我们结婚吧·下

咬春饼 / 著

图书在版编目（CIP）数据

我们结婚吧 / 咬春饼著. -- 武汉：长江出版社，2024.10 -- ISBN 978-7-5492-9703-0

I. I247.5

中国国家版本馆CIP数据核字第202438HT17号

我们结婚吧 / 咬春饼 著
WOMEN JIEHUN BA

出　　版	长江出版社
	（武汉市解放大道1863号 邮政编码：430010）
市场发行	长江出版社发行部
网　　址	http://www.cjpress.cn
责任编辑	张艳艳
封面插图	KEHAO
题　　字	池　影
印　　刷	北京盛通印刷股份有限公司
版　　次	2024年10月第1版
印　　次	2024年10月第1次印刷
开　　本	880mm×1230mm　1/32
印　　张	16.75
字　　数	515千字
书　　号	ISBN 978-7-5492-9703-0
定　　价	58.00元（全两册）

版权所有，侵权必究。如有质量问题，请与本社联系退换。
电话：027-82926557（总编室）027-82926806（市场营销部）

目 录
Contents

第1章 锦上添花　　　/001

第2章 百年好合　　　/047

第3章 夫妻同心　　　/085

第4章 是来爱你的　　/133

第5章 人间多团圆　　/175

番外一 好日子　　　/209

番外二 爱是双向的　/239

番外三 特别感谢你　/263

 第1章

锦上添花

霖雀的天气很诡异,上周过来的时候,冷得要穿棉袄,这一次却热得想穿短袖。姜家小院里的花花草草开疯了似的,以前没发现,姜荣耀竟然还种了一溜向日葵。

"干吗呢,姐夫?看了一早上花。"姜弋穿着凉拖鞋,随手扯了根野草叼在嘴里,"好心提个醒啊,今天别去惹老姜,板着的脸可以烤铁板烧了。"

卓裕瞥了他一眼,一言难尽。

姜弋笑眯眯道:"不绕弯子了,我知道是因为你的事。别看我爸平日积极快乐小老头的人设深入人心,其实他有点钻牛角尖,尤其在我姐的事情上。"

卓裕也扯了一根花坛边长歪了的狗尾巴草:"我怎么觉得,你像捡来的?"

"我摆烂惯了啊,不学无术,懒懒散散,他们早就接受现实了,但我姐不一样,全家族的希望。"

卓裕夸无可夸,勉强道:"嗯,心态不错。"

"所以你跟我学喽。"姜弋撑着膝盖站起来,"这几天你听到什么话,都别往

心里去。"

原本他没懂什么意思，但到了晚上，彻底领悟了。

来姜家串门的邻居特别多，卓裕眼熟一两个。向简丹偶尔笑一笑，再往卓裕身上瞄一眼，卓裕听不太懂方言，但能感受出她们聊天的内容跟他有关。

这么几拨下来，卓裕心里发慌。

正好这个叫李婶的带了自己五岁的小孙女过来，卓裕拿玩具车逗她过来："想不想要？"

小姑娘萌萌地点头。

"那你帮叔叔一个忙，能告诉我，奶奶她们在说什么吗？"

"她们说你没上班，没挣钱了，是姜姜姐安排你回阿公家住的。"小姑娘奶声奶气地翻译完，看不上这辆破玩具车，"叔叔，你有没有糖果吃？"

叔叔心里苦。

卓裕忽然明白姜弋话里有话的意思了。小镇就这么大，家家户户都认识，谁家母猪下崽子了都能论上好久。上一回引起全镇轰动的事，就是姜宛繁忽然结婚。卓裕大概不知道，小镇人民对他的生辰八字、身份证号码记得比他自己都清楚。

"你终于发现了啊，我都怕说得太直接，你承受不住。"姜弋懒洋洋道，"你辞职的事，大伙儿已经八卦两天两夜了。你看这两日来的人，可不是来找我妈聊天的，而是来看你的。"

卓裕沉着脸色问："我有什么好看的？"

"好看啊。"姜弋眉尾上扬，"一个失足的新婚男人，能不好看吗？"

"我是失业。"不是失足。

"在我们这儿都一个意思。"姜弋敷衍地安慰了一番，"你别往心里去，等你再就业，风向就会变的。"

卓裕久久不语，姜弋跟有读心术似的说："你千万别想着走。你要走了，大家就会说你心虚，羞愧，不敢面对。"

卓裕硬着头皮问："那我该怎么做？"

"别往心里去。"

卓裕给姜宛繁发微信，表示自己的郁闷。

但他守着手机一上午，没有一个字回复，到了中午，他终于憋不住地给她打电话，响铃到最后一声才接，吕旅说："姐夫，我师傅忙，你有什么事吗？我帮你转达。"

卓裕一口气出不来，堵得慌，停顿还没三秒，他刚要开口，吕旅又急匆匆道："没事我就先挂了，拜拜。"

嘟声在耳边重复回荡，卓裕握着手机，手机上长满了刺似的扎手。

到下午五六点，早早吃过晚饭后，祁霜又让卓裕陪她出门散步，说："围着小西苑走一圈，然后再去婶婶家喝喝茶。"

卓裕莫名犯怵，觉得自己像一只被围观的泼猴。

刚出门没两分钟，小镇上空响彻激昂的广播音乐，每天这个点都会播报一些政策动态，时事新闻，半小时结束。

卓裕心不在焉，扶着祁霜慢慢走。

"孙女婿你回来两天，怎么感觉还疲惫了呢？"奶奶关心地问。

卓裕心里苦，能不疲惫吗？流言蜚语给他整了个容，精气神全整没了。

"你住久一点，难得休个假。"奶奶拍拍他的手背，"我给你做好吃的。"

他恨不得连夜收拾行李回去。

这时，广播站的新闻播放结束，响起一段全新的旋律。卓裕只觉得这旋律有点耳熟，听到歌者的声音后，他想起来了，是卓怡晓喜欢的那位男歌手。

听到副歌部分，卓裕越来越觉得不对劲。祁霜也觉得新奇："哟，今天小郑换片尾曲了。"

卓裕下意识地问："小郑是谁？"

"蛮好的一个小伙子，帅帅瘦瘦的，有礼貌。"祁霜说，"他以前啊，也追过姜姜，喜欢姜姜喜欢得要死呢。"

很好，公报私仇是吗？好一首《算什么男人》。他如果还有一个男人的自觉性，有半分当丈夫的责任心，有一丁点对家庭、对妻子的担当，就应该立刻、马上去赚钱养家。

姜宛繁晚上十点到家，看到玄关处的皮鞋、行李箱，倒也不是很意外。她靠着玄关墙，要笑不笑地望着沙发上精神恍惚的某人。

"你还笑。"此刻的卓裕颇有怨夫气质。

"委屈啦？受不了啦？"姜宛繁笑眯眯地说，"你在你姑姑家受的委屈比这多多了，也没见你抱怨什么。裕总，做人不要太双标哦。"

卓裕又发现了媳妇一个新特质，够腹黑。

"我没有跟我爸妈告状。"姜宛繁摊摊手，合情合理地把自己撇干净。

卓裕拿她没辙，谁说软饭男好当，没点心理素质真的无法胜任。

四月，连绵多雨，但气温回升，不再乍暖还寒。天气晴好时，六点的傍晚便有了夏天的身影。从中心区的高楼耸立间，斜伸出一角雨过天晴的彩虹，颜色淡如烟，像低饱和度的水彩画，引得步行街上的路人频频观望，拍照打卡。

姜宛繁找到卓怡晓时，她正在给一位孩童画人像，并且很应景地将雨后彩虹添成背景。孩子妈妈连连称赞，付款的时候多给了6.66元。

卓怡晓支着画板，坐一张小板凳，脚边是简易画具。画板前写了一张很简单的价格表：速画，5分钟出图，20元。

姜宛繁走过去问："咱这价格是不是有点低？"

卓怡晓惊喜道："姐姐！"

"吕旅在这边买东西看到你了。"姜宛繁拿了张作废的画纸垫在地上，挨着卓怡晓坐下，"怎么想到来这儿摆摊了？实践作业？"

卓怡晓难为情地挠挠脸，小声说："我哥不是没工作了吗？我想自己挣钱赚生活费。"

姜宛繁拢拢眉心，心疼妹妹的懂事。

"对了姐姐，哥哥是不是跟姑姑闹翻了？"卓怡晓犹豫许久，还是决定告诉她，"姑姑给我打了两个电话，让我回家吃饭，我拒绝了，姑姑很不高兴。"

姜宛繁很平静地说："你想回就回，没事。你哥虽然不在公司了，但你们永远是一家人。"

在姜宛繁的认知里，什么事都得就事论事，如果此时她煽风点火，那跟卓悯敏用感情与道德绑架的行径又有什么不同。

"姐姐，我不想去，我拒绝了，姑姑很不开心。"卓怡晓抿了抿唇，她本就不是性格果断的女生，能做到这一步，姜宛繁也讶异。

"哥哥在姑父的公司里过得并不开心，我看到过好多次，他一个人坐在书房抽闷烟。他虽然什么都不说，但我见过他快乐的时候。"卓怡晓比画出手指，"两次。一次是他在瑞士参加国际滑雪比赛，打破了非本土选手夺冠的纪录。他穿滑雪服的样子太帅了。"

姜宛繁笑了笑："另一次呢？"

"跟你结婚呀。"

当卓裕收到妹妹388元的微信转账时，心情极为复杂。

卓怡晓："我帮人画画赚的。画了三个小时就赚了这么多！"

卓裕觉得这待业在家的日子不能再多一秒了。他把谢宥笛叫出来，两个人上老地方喝两杯。酒保见面招了一下手："裕哥。"

卓裕点了一下头："老规矩。"

谢宥笛制止道："给他上果汁，已婚男人喝什么酒。"

酒保问："裕哥这是要备孕？"

卓裕一本正经地瞎扯道："嗯，二胎。"

谢宥笛嗤笑一声，把烟盒和打火机都收到左手边："那这个你也别抽了。"

卓裕把在霖雀的"小镇故事"讲了一遍，谢宥笛笑到差点从高脚凳上摔下来："就为了这么点流言蜚语，把你苦恼成这样？"

"不工作就是一种错，那里的父老乡亲让我觉得，我生来就是要努力奋斗，不能懈怠，多一秒的放松都是罪。"卓裕至今还有点恍惚。

谢宥笛道："你才休息不到一周，人家年假都不止这几天。结个婚而已，把自己弄得跟狗似的，有什么好？"

"是不好。"卓裕没有一丁点的反思，"但她可是姜宛繁。"

谢宥笛一声笑骂："出息！"

卓裕跟他碰了碰杯，欣然接受。

"那你接下来准备做什么？"谢宥笛问到重点，"据我所知，对你抛出橄榄枝的公司可不少，顶跃甚至给你开了这个数的条件。你呢，什么想法？"

卓裕摇了摇头。

谢宥笛又问："那是准备自己创业？"

卓裕放下杯子，杯底磕得大理石吧台清脆一响。他心中早已有了答案，平心静气道："我晚上的航班去北京。"

谢宥笛愣了愣："干吗？"

"找一个人。"

姜宛繁知道他要去北京时，就问了两个问题：

要不要我陪你？

什么时候回？

这是卓裕听过的最安心的话。她甚至没有多问，也没有不放心的好奇，坚定且从容的目光似是坚强的后盾。

卓裕轻轻拥住她，嗓子有点哑："这件事可能有点难。"

姜宛繁说："只要是你喜欢做的事，就不算难。"

"姜姜，我……"

"我一直在。"

晚十一点，航班抵达首都机场。

飞机平缓降落的过程中，卓裕打开遮光板，看到跑道灯如呼吸的节奏，一闪一闪交替不熄。以前在兆林，工作出差往返北京是常事，已经麻木得没有任何闲暇，或者是心底里以繁忙工作作为遮掩真实情绪的借口。但这一次，卓裕很明白自己即将面对的是什么，也大概率没有一个好结果，但他一点也不畏惧，更不想退缩。

这么晚,接机的人依旧很多。吴勒一眼看到他,嗓门大得镇场子:"卓裕,这儿!"

卓裕的神色没变化,但拎着登机箱的脚步不自觉地加快。

吴勒张开半边胳膊:"来一个?"

卓裕笑着击掌而上,右肩撞了一下他的左肩:"来就来。"

这是属于他俩之间特有的"暗号",吴勒的情绪再也憋不住了:"你终于想起哥们儿了是吧!这些年赚大钱赚够了?我是不是该叫你裕总啊?"

卓裕笑道:"嗯,你叫。"

"叫个屁。"吴勒勾着他的肩膀,用力给了他两拳当泄恨。

卓裕站得稳,没避没让:"够吗?还打吗?"

吴勒翻了个白眼:"行,和当年一样酷。"

从机场出来送他去酒店,吴勒边开车边偷瞄。今天飞机颠簸得厉害,卓裕没休息好,闭着眼揉眉心,懒洋洋地说:"自重一点,我已婚了,别让我误会,我有点害怕。"

吴勒笑骂:"噁瑟不死你。嫂子美吗?"

"美。"卓裕睁开眼,顿时来了精神,"看不看照片?"

打开钱夹,是两人的合影。吴勒眼前一亮,连连点头,真心夸赞:"美,美,气质太好了。"

"靠边停车。"

"干吗?"

"我这儿还有很多,适合慢慢看。"

吴勒心梗一秒,又反应过来,悠悠调侃:"是因为她吧?才让你迷途知返,重新做人。"

卓裕低头笑了笑:"是。"

"不过徐教头那一关,你可能不好过。"吴勒叹了口气,"当年他那么器重你,把你作为苗子培养,结果呢?"

卓裕喉结微滚,承认道:"是我辜负了他的信任。"

007

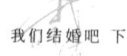

"也不只是信任,要真的只是这两个字,他也不会在这几年的时间里,对你只字不提。"吴勒说,"去年,我和几个学生去看他,一块吃饭的时候,张扬念了一下你的名字,老徐当场冷脸,自个儿喝了两杯闷酒。那顿饭也没心情再吃,还有菜没上齐就散场了。老徐还是惦念你的,嘴硬心软,你好好哄。"

卓裕的心跟刀子割似的,难受得很,干巴巴地应了一声:"嗯。"

吴勒放了心,好心提醒道:"既然想通了,明天见到人,甭管他说什么,你都受着。"

如果真的只是"说"而已,卓裕都觉得不是徐佐克的风格。

次日,天刚擦亮,吴勒就带着卓裕去了花园门小区。

徐佐克这个时间会晨跑,掐着点,就看见他一身黑白运动服出现在拐角。徐佐克五十多岁,但身材板板正正,跑步姿势标准轻盈,没有半分中年男子的油腻富态之感。

吴勒殷勤地招手:"徐教头!早啊!"

徐佐克摘下墨镜,神色讶异:"你小子怎么来了?"

吴勒笑眯眯地说:"不是我一个人来的,你看,这还有谁?"

卓裕拎着两个车厘子礼盒,深吸一口气走出来:"老师,是我。"

春日晨光里,花草红情绿意,只要徐佐克给个笑脸,那便是聚散团圆的最佳剧本,可眼下安静得只听得见鸟叫,徐佐克面无表情,只一双眼睛盯着卓裕。没有过多的细节泄露,卓裕无法揣度恩师的情绪递转。徐佐克的眼神一如当年,犀利、锐意,有着极强的压迫感,也正是如此,一点一点勾起卓裕深藏的记忆。他对徐佐克的敬畏、敬重分毫不减。

无须回应,故人相见,卓裕眼眶先热,忍不住往前迈了一步,沉声再喊一遍:"老师。"

徐佐克依旧无所反馈。

一旁的吴勒笑眯眯地打圆场:"他是专程来北京看望您的,有很多话想对您说,您给个机会,骂他打他都行,我录个视频发到群里,让大伙儿都瞧瞧,咱不给他留脸,成吗?"

话音刚落，徐佐克大步向前，径直越过两人往楼道里走。

卓裕屏息，近乡情怯，定在原地，进退两难。

吴勒很少见他有这般神色，有点不是滋味，看着怪可怜的。"没事啊，慢慢来。老徐见到你竟然没揍你，我已经相当震惊了。这就是好的开始，别慌。"

很快，徐佐克又出来了，手里还拎着个绿色水桶。他单手提着，目标明确，直接走到卓裕跟前，下一秒，抬手泼水，哗啦——水花激石，动作麻利，悉数浇灌至卓裕头上。

徐佐克把水桶往地上重重一放，冷冷赏出五个字："小畜生，滚蛋。"

除了滴滴答答的水声在看热闹，世界宛如按下悲催的暂停键。吴勒目瞪口呆，一会儿看卓裕，一会儿看徐佐克。徐佐克不怒自威，气场不减当年，依旧习惯用最直接的方式达到效果。

"不，不是，老徐你……"吴勒偏袒卓裕，试图帮他说话。

"你也是个小畜生！"徐佐克气势凛然，骂得他无话可说，然后不再看他俩一眼，抱着空桶回了家。

路过的行人纷纷侧目，卓裕视若无物，反倒低头笑了一声。

吴勒皱眉问："笑得出来？脑子泼坏了？"

卓裕心说，这很徐佐克。只要他愿意用一贯的方式对待，再疾言厉色，也不至于真正想断绝恩义。

卓裕重新看到希望，抹了一把脸上的水，心情还挺好。

就这样，卓裕让吴勒忙自己的事去，然后衣服也没换，顶着一身湿淋淋等在楼道口。春日深，阳光艳，但架不住冷水浸体，蹲点的地方又是风口，穿堂风一吹，卓裕冷得直哆嗦。

据他的观察，二楼左边的窗帘一刻也没拉开过，徐佐克也没下过楼。中途有同楼的邻居不忍心地问："你是找老徐吧？我给你刷门禁，你上楼敲敲门？"

卓裕道谢婉拒，继续守在楼下。

中饭晚饭都是同一个外卖小哥，小哥热心肠，好心告诉他："晚上这家店可别再点了，厨房卫生条件特别差，我都看到两次老鼠尾巴了。"

009

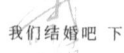

卓裕的胃口彻底没了。

就这样，他从早上等到晚上，衣服湿了又干，累了就在楼梯上坐一会儿。师徒俩暗自较着劲，谁都不服软。七点，《新闻联播》的背景乐激昂响起，卓裕的手机也快没电了。就在他准备去十米远的地方刷个充电宝时，越走越近的脚步声自身后传来，卓裕下意识地回头——徐佐克一脸平静地站在楼梯上。

卓裕露出笑脸，有点无赖讨好的意味："能让我进屋给手机充十分钟电吗？"

徐佐克绕过他的肩膀往前走，撂下两个字："过来。"

卓裕亦步亦趋地跟在他身后，徐佐克示意他上车。

"您换车了？"卓裕边系安全带边套近乎，奈何对方一眼都没瞧他。

"去哪儿？要不您休息，我来开？"卓裕又笑着搭话。

徐佐克一脚急刹车，车身狂抖以示警告，卓裕默默闭了嘴。

很快到了地方，卓裕看到熟悉的建筑时，心如一片汪洋上劈头盖下的一层浪。他少年时的大部分时间，都是在这个训练馆度过的。

徐佐克停好车，往里走。进门要刷脸，他通过后也没停，卓裕连忙贴着他的后背蒙混过关，差点撞上老头的背。

徐佐克扭头瞪他一眼，卓裕笑得没个正经样。

进入训练馆，场地宽敞明亮，各种训练器具遍布，西角的一个专业大跳台上，不断有训练者做着速滑翻转的动作。

卓裕站在原地，有点恍然。

"你既然来找我，那就要有诚意，有让我原谅你的本事。"徐佐克的手往高台一指，冷言道，"上去。"

场馆渐渐安静，大家陆续停下，高台上自觉让出一条赛道。

卓裕咽了咽口水，没有犹豫，走过去换好滑雪服。

他从休息间出来时，蓝白横纹的滑雪服贴身合体，把他整个人衬得挺拔如翠柏。徐佐克不耐烦地别开脸，皱着眉，下耷着唇角，看似嫌弃至极。

培训员在一旁小声道："师兄，给。"

卓裕接过雪杖，熟练地上了高台。他俯视下方，哪怕是连仿真都算不上的训练台,都让他心潮澎湃。他好像看到年少的自己,还魂一般无比亲近,野蛮生长的斗志,蛮横冲撞的勇气被唤醒,在心底压抑地翻涌。

卓裕戴上防护墨镜,接下来的每一个动作,如身体本能反应一般,屈膝,握杆,30度角倾斜于台面。他身体前倾,弓腰收紧核心,下一秒,聚力滑出,如离弦的箭。十米滑行后,凌空腾跃,于半空完成第一个大回转动作。

台下惊呼阵阵,时隔多年,以观众的角度来观赏,卓裕的表现依旧漂亮。

但下一秒,卓裕落地,重心不稳,前倾扑地,狠狠摔在坡面上,连人带雪杖直滚而下。"嘭"的一声剧烈闷响,卓裕的背狠狠撞上防护挡板,额头也被雪杖剐蹭出一条长长的血口。

大伙儿惊叫连连,纷纷围过去询问他的伤势。

徐佐克的焦虑神色一闪而过,连着往前走了两步,当卓裕无意间做了个往他这边看的动作时,徐佐克猛地停步,又恢复了一脸冷漠。

卓裕被人扶到休息区,队医在做简单处理。围观的队员渐渐散开一条道,徐佐克就站在距卓裕三米远的地方,目光锐利、不屑。

卓裕喘着气,右额渗出的血顺着颧骨往下流,如慢放的镜头。

徐佐克道:"你还没认清现实吗?你现在的身体、状态、技巧、心志,都大不如前。那么多好苗子,好少年,我凭什么再选你?从你决定走的那一刻,你已和赛道缘尽,我和你也没有再叙旧的必要了。"

卓裕心跳凝滞,望向他的眼神一分一分黯淡。徐佐克这话无疑是一把粗糙且锋利的刀刃,毫不留情地斩断他的一切侥幸与念想。它们提醒着卓裕,今非昔比,就跟前半生挥手作别吧。

训练馆整点的钟声播报撞击着神经,卓裕像被勉强修复的机器,颤颤巍巍地站起来,周围有人伸手想扶他,被他摇头婉拒,然后一瘸一拐地走出训练馆。

不明所以的年轻队员悄声问队医:"他是谁啊?"

队医叹了口气:"老徐最喜欢的一个学生,可惜后来从商了。"

姜宛繁今天难得下班早,一个店员生日,请大家吃了顿饭,到家也快八点了。

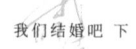

客厅亮着灯，灯火通明，卓裕就坐在沙发上。

"咦？你回来啦！"姜宛繁还没兴奋一秒就皱眉问，"你脸怎么了？"

卓裕站起身，笑着说："摔了一跤，没事。"

"在哪儿摔的？"姜宛繁走过去，捧着他的脸左看右看，显然不信，"不是从一百级阶梯上滚下来的，摔不出你这模样。"

卓裕笑着笑着，嘴角弧度慢慢收敛，本不想让她担心的无谓眼神也逐渐卸下防备，像一只湿漉漉的淋雨狮子。

卓裕声音嘶哑，低低喊了一声"老婆"，然后将她抱住，埋头于她的颈侧。呼吸烫，哪儿都是烫的，甚至他的身体也在不自觉地微抖。

姜宛繁心疼地将人抱紧，双手稍用力，卓裕"嘶"的一声倒吸气——背上的摔伤不轻，整根脊柱都是疼的。

姜宛繁撩开他的衣服，看到青紫不一的红肿后，整个人都沉默了。

卓裕把衣服放下来，握紧她的手，笑着安慰道："看到雪板没忍住，上去滑了两圈，高估自己了，年龄、身体早不如从前。"

这哪是安慰，分明是自嘲。

"本来想有个好结果再告诉你，但可能……不会有结果了。"卓裕将在北京发生的一切告诉了姜宛繁，第一次正式聊起他的过去与梦想。

卓裕有过两年职业滑雪运动员的经历，在这之前，是自幼的兴趣与正规的学习和训练。如很多追梦人的故事一般，他也经历过父亲的反对，却一意孤行的过程，有过意气风发、激流勇进的少年心气。

徐佐克是他职业生涯里的贵人，在大一的校运会上，徐佐克一眼相中卓裕，从此亦师亦友，互相成就。但后来荒谬收场。正如那首歌一样，最熟悉的陌生人。徐佐克苦劝无果，两人一拍两散，在回天无力的时刻，他不顾所有冲着卓裕悲慨斥责："你永远不要再来见我。"

梦想轻几两，现实千斤担。难的不是选择，而是选择之后依旧坦然。

卓裕说起这些，目光纯净如稚童，再回神时，又黯淡如浓雾。他抬起头，对着姜宛繁，连一个装模作样的苦笑都挤不出，全是成年人的疲惫。

姜宛繁轻声问:"你后悔吗?"

卓裕说:"无悔。"

养了两天伤,卓裕再次出发去北京。三顾茅庐这才第二遭,别的没有,就是脸皮厚。姜宛繁这天约了客户,没送他去机场,挺潇洒地挥手拜拜,然后拧开门把就要走。

卓裕"啧"了一声,一把将人拉进怀里箍紧了:"连声再见都不跟我说?"

姜宛繁粲然一笑:"我们已经天天见了。"

这话受用,卓裕亲了亲她的侧脸:"那一路顺风呢?"

"飞机起飞要逆风。"姜宛繁连有理有据的辩驳都带着几分甜腻的撒娇,"那就祝你,逆风执炬,早点搞定那老头。"

卓裕笑道:"不是老头,是徐教头。"

姜宛繁不经心地撩了撩眼皮:"他打我丈夫,就是老头。"

卓裕乐不可支,不死心地问:"真不跟我说再见?"

"亲一口。"姜宛繁踮起脚。

到机场,正赶上登机,卓裕排在末尾,跟着旅客缓步挪动。他低头看手机,查询北京的天气,这几日温度飙升,短袖应该能派上用场。机场的人络绎不绝,陆续有人站在队伍后。

检票后,卓裕进入登机桥,走到一半,觉得身后有人跟得紧,刚想转头,右肩一沉,姜宛繁扬着笑脸,歪头冲他眨眼。

卓裕的表情相当精彩。

姜宛繁一把挽住他的手,颇有女侠风范地说:"走,陪你上京城。"

卓裕也终于明白,走之前她迟迟不肯说再见的原因——无须再见,我一直和你在一起。

他无法形容这一刻的感受,激流勇进时,又被披上一件铠甲战袍,除了一往无前的勇气,更是无论结局如何,都有路可退的无惧。

姜宛繁漂亮的侧脸上鼻尖挺翘,白皙的耳垂上有一颗小巧的痣,淡淡的如

微缩版的红豆。

"不用这么看。"姜宛繁与他十指相扣,身体往他那边侧,"都是你的哟。"

抵达北京后,和上一次一样,卓裕守在小区大门口,就连小孩都认识他了,指着他说:"妈妈,那个叔叔又来啦。"

徐佐克不可能不出门,但见上面了,也当没看见似的。

卓裕拦在他的车前,觍着笑脸说:"我给您当司机行吗?"

徐佐克讥讽道:"你这么大个老板,我请不起。"

卓裕苦着脸道:"辞职了,您就给个再就业的机会?"

"我不是垃圾回收站。"徐佐克的态度板板正正,"别太把自己当回事。"

这话其实挺刺人,但卓裕跟没事人一样,死乞白赖地帮他开副驾车门。门开到一半,徐佐克出手制止,力气大到卓裕差点没守住,于是两人来回拉锯,比臂力,比腕劲。徐佐克绷着脸,脸色铁青,是铆足了力气。卓裕估量着,有分寸地对抗,不至于伤着他。

徐佐克气急败坏道:"你给我松开!"

"好好好,我松,你别用力,待会儿弄伤了你。"卓裕没料到这老头的固执只增不减,他刚松了半分,徐佐克猛地一推,车门结结实实地夹在卓裕的手掌上。

"嘶!"卓裕额头顿时冒汗,嘴唇惨白,弓着腰,左手握住被夹的手,整个肩膀都在颤抖。

徐佐克吓得无措,就这么看着他,明明想向前,又如被封印,额头上的汗跟卓裕一样多。卓裕气息不稳,仍不忘安慰他,喘着粗气,话都说不利索:"我没事,快迟到了,您先去上班。"

酒店。

姜宛繁也没怎么休息,心里记挂着卓裕,一整天坐立难安。终于等到卓裕回来,却发现他手上缠着厚厚的纱布,身上一股浓烈的活络油气味。

"怎么了?"姜宛繁紧张地问。

卓裕说了，说完也没个好心情。上赶着当司机被拒，负伤够狼狈的。

姜宛繁再次仔细检查他受伤的手。

"骨头没断，就是小拇指被夹得轻微骨裂。"但疼也是真疼，卓裕现在还觉得胳膊不是自己的。他怕她担心，刚想说几句玩笑话，却见姜宛繁冷着脸，嗖地一下原地站起，拿起包就要走。

卓裕莫名问："哎，你去哪儿？"

姜宛繁没回答，但这气势汹汹的架势，卓裕害怕得赶紧追上去。

女人较真起来，任何人都不敢惹。卓裕大气不敢喘，只照她的吩咐输入徐佐克的住址。陌生的城市街道，姜宛繁开车老道，没有半分紧张。在几个转弯时，卓裕默默抓紧了安全带。

到了小区，姜宛繁指着7号楼问："几楼？"

"2楼。"

正好有人刷门禁卡，姜宛繁笑颜以对："麻烦您啦。"

上了楼，普遍的两梯三户，徐佐克住在203。姜宛繁按响门铃，门里应声问："哪位？"

她继续按，频率也快，没给对方思考的时间就急匆匆地开了门。徐佐克先是看到卓裕，下意识地要关门，姜宛繁一把按住门板，气势如风起："老头，你把我丈夫揍了，是不是该给个说法？"

徐佐克一脸茫然："你是谁？"

卓裕配合演戏，笑着说："我媳妇。"

徐佐克彻底蒙了。

姜宛繁双手叉腰，下巴扬高："我老公的手被你的车门夹断了，你连声对不起都没有？医药费，慰问费，我告诉你，一毛钱都别想少！"

她特意提高声音，隔壁邻居都打开了门，狐疑地问："老徐，这是怎么了？"

姜宛繁指着卓裕受伤的手："正好，大家给评评理！"

还评什么理啊！徐佐克最要面子的人，忙不迭地把两人拖进屋："进来，进来，你们赶紧给我进来！"又对邻居说，"没事没事，误会。"然后"砰"的一声把门

015

关紧。

安静中,三人大眼瞪小眼。卓裕懒散地靠着门,一脸无辜。姜宛繁眼珠一转,悠悠看向别处。

徐佐克反应过来了:"你、你们串通好的!"

姜宛繁说:"他都伤成这样了,还这么煞费苦心地过来找您,就不能给他一个机会吗?"

徐佐克冷哼一声。

"差不多就行了啊。"姜宛繁说,"我跟您非亲非故,可不惯着。"

"那你别来啊。"

"你把我老公的手夹成这样,我凭什么不能来?"姜宛繁才不让步,"我要去楼下贴小广告,控诉你欺负小孩。"

"你、你你你!"徐佐克气得胡子飞起,脾气没处发,只能狠狠瞪了一眼卓裕,"你娶的什么无赖母老虎!"

卓裕喉结微滚,伸手把姜宛繁轻轻拉至身后,沉着声音说:"老师,您说得对,我的身体、状态、技术,早不适合比赛了。这些我都明白,我来,只是想对您说一声对不起。"

他后退半步,以绝对的赤诚,朝徐佐克深深鞠了一躬。

停顿五秒,卓裕才站直身体,扭头对姜宛繁说:"走吧。"

门开了一条缝,两人已迈出半步,身后的徐佐克忽然闷声道:"手不是被我弄伤了吗?那就坐下,吃顿饭,好好聊聊医药费的事。"

卓裕只觉得背脊一阵清风往上,吹拂全身,仿佛严冬后第一缕破冰的春风。他转过身,眼底微热,嗓子低哑地喊他:"老师。"

徐佐克再也克制不住情绪,别过脸,勉力维持最后的严厉形象。

姜宛繁却绕到他身侧,冲他眨了眨眼:"老头,我不讹你钱,您不用紧张到流泪。"

徐佐克暴吼:"卓裕,你娶的什么媳妇!"

姜宛繁往卓裕身后躲,露出半个脑袋,无辜道:"其实您哭起来还挺帅。

等等,待会儿的午饭您会让我吃吗?"

徐佐克拍着大腿,最后无奈叹气:"我敢不让你吃吗?吃吧,免得你又说我欺负小孩。"

"我不是小孩。"姜宛繁指了指自己的脸,"我是美少女?"

"卓裕!待会儿你媳妇只准吃一碗饭!"

小区旁边的胡同,往里走五十来米是一家老北京火锅店。三个人坐在靠窗的位置,铜锅滋滋冒着热气。卓裕叫了两瓶52度的观云,说:"先凑合,改天我请您好好喝一顿。"

徐佐克呵了一声,说:"受了伤还喝酒,心里没点数。"

卓裕笑了笑:"不碍事。"

"那你看看她。"徐佐克不情不愿地朝姜宛繁努了努下巴,"眼睛都要吃人了。"

姜宛繁不掩对卓裕的关心,也不扫兴,拿过一瓶酒说:"我陪您喝。"

"你真是全能啊。"徐佐克记着方才的仇,说话难免阴阳怪气。

姜宛繁权当是夸奖:"对的,我还会刺绣,做各种衣服呢。"

徐佐克又不得劲了,看着她那张明媚的脸,真挚的目光,没忍住,低头笑了起来。姜宛繁眼明手快,倒了一杯酒,双手敬奉:"我就当是一笑泯恩仇啦。徐老师,我敬您,多有得罪,对不起。"

她仰头一口喝完,爽快得很。

徐佐克"哎"了一声,叫停都来不及:"你一姑娘家,少喝少喝。卓裕,你管管她。"

卓裕摇摇头:"管不住。"

"怕老婆,出息。"徐佐克冷哼一声,然后想到自己,心里虚,假咳两声不再聊这话题。

短暂的静默后,徐佐克幽幽叹了口气:"当年你要走,确实狠狠伤了我的心。但这几年我也反思过,站在你的角度,或许我也不该一意孤行。"

卓裕愣了愣,如鲠在喉:"老师。"

徐佐克亦动容道:"我带过这么多学生,只有你每一次都叫我'老师'。"

017

姜宛繁缓解气氛，轻松愉悦道："叫老师显年轻，这也说明他一直没忘记您，记着您的好。"

徐佐克哼了一声，眼角向上舒展："你这媳妇成精了。你什么时候结的婚？"

"年前。"卓裕一只手搭在姜宛繁的椅背边沿上，虚虚护着。

"早点成家也好。"徐佐克点了点头，又问，"还在你那家族企业上班？这么多年了，继承家业了没啊？"

嗯，这话又有些漫不经心的讽刺了。卓裕笑着回答："上周辞职了。"

吴勒早就向他打过报告，徐佐克当然知道，故意挑刺道："当年放弃所有选了这条道，干吗辞职？"

卓裕说："因为想明白了一些事，但对于过去，我不后悔。"

他坦诚如一张白纸，无可指责，倒让徐佐克无刺可挑，抿了抿唇，心里不无遗憾："你是我带过资质最好的一个学生，我对你寄予厚望。国家队来选人的时候，我只推荐了你一个，测试考核就在第二周，没想到你家里出了事。可能这就是命数吧，总有无数次进退维谷的时候。我之前很想听你说一声，你后悔了，但刚才，你那么坚定地告诉我，你无悔。我反倒不生气，还很欣慰。"徐佐克笑着摇了摇头，似在自言自语，"你还是你，我没有看错人。"

卓裕咽了咽口水，胸腔里也只剩一片风平浪静的坦然："我当时的腿伤已经很严重了，我清楚自己的身体状况，难以有更好的突破。大家闭口不谈，是因为心怀侥幸，但我明白，最多坚持一年，我一定会走下坡路。"

"那能一样吗？"徐佐克反驳。

卓裕没说话，只望着他。

徐佐克抿紧唇，不愿承认他的实话。大家都对利剑出鞘、英雄光环喜闻乐见，谁都不愿见江郎才尽，美梦沉舟。良久，他紧着嗓子说："我不怪你了。"

卓裕低垂眼眸，掩过这一秒的酸涩："老师，谢谢您。"

人之旅途，无论上坡下坡，逆境顺境，总是一路往前的。岁月可回首，但无回头路。

心结解开，两人相谈甚欢，徐佐克说起自己的情况时，卓裕其实都知道。

"你小子,逢年过节也不知道给我打个电话,没心肝的东西。"

姜宛繁替卓裕喊冤:"您会接吗?"

"不接就不打了?"徐佐克说,"你你你,不许说话,吃饭!"

"我最后说一句行吗?"姜宛繁笑脸如花,"徐老师,您看起来真年轻,顶多四十。"

OK,徐佐克彻底没了脾气,对卓裕无奈摊手:"上辈子上高香了吧?"

卓裕的手在桌底下,悄然握紧姜宛繁:"嗯,我的福报。"

火锅吃到尾声,徐佐克问:"你以后有什么打算?"

职业赛场是回不去了,卓裕对自己的认知很清晰,他说:"我准备开一家俱乐部,专做滑雪。"

徐佐克喜笑颜开:"不错。"

姜宛繁买完单后借口去洗手间,特意把徐佐克堵在走廊上。徐佐克吓一跳,往后退了一大步:"你你你,又想干什么?"

姜宛繁态度谦卑:"徐老师,我想向您打听点事。刚才聊天的时候,卓裕说他受过很多伤,我……"

"你想知道?"

"想。"

"他练的是高山滑雪,小腿胫骨断过,踝骨错位,腰椎骨裂。"徐佐克斜睨她一眼,心里还记着她伶牙俐齿女土匪的样子,悠悠道,"腰伤最严重,绑过一年护腰,天天做治疗,针灸按摩拔火罐,以后就得金尊玉贵地养着,千万别做体力活。"

从北京回来后,卓裕便正式开始着手准备俱乐部的事。滑雪这项运动烧钱,门槛相对也高。B市有几家,但规模小,大多对标儿童,仅限于了解体验。

谢宥笛一听说他要自己创业,直接问:"你要多少钱?我现在转给你。"

卓裕"啧"了一声:"谢宥笛,这是我认识你近二十年里,你最帅的一次。"

"滚蛋,谢爷从小帅到大。"

"你就不问问项目情况？不怕亏钱？"

"我高兴！"谢宥笛难掩激动，"亏钱也爽！"

卓裕知道他的性情，待兄弟没的说。

"我真不能跟你保证不会亏钱。"卓裕也很坦诚，拿出一份初稿计划书，细节待完善，但构思、框架，包括预算分红都写得一清二楚。

谢宥笛看完，问："室内与户外一站式体验，还有专业培训？"

卓裕思路清晰："对，我要往高端、专业做。国内的滑雪运动并不被广为人知，去年，我们国家的冰雪产业规模突破了六千亿，然而真正参与这项运动的人数不到六百万，这是前景，亦是机遇。户外这一块，我准备对接吉林、沈阳、新疆的滑雪场。对内，囊括滑雪教练的培训，人才选拔基地建设，做成整套的产业链，最后形成一个闭环。"

他在聊这些时，意气风发，谢宥笛看得有些呆滞。

卓裕皱眉问："你有没有在听我说话？"

"没有。"谢宥笛痴痴道，"卓裕，你也太帅了吧！"

卓裕神色复杂地亮了亮自己的无名指。

谢宥笛："干吗？"

"很有必要提醒你一下，我已婚。"

姜宛繁这一天天也心不在焉，拿色板的时候错了好几次，连吕旅都看出她的不对劲，问："师傅你怎么啦？"

姜宛繁摇摇头，顿了一下，又抬起头问道："一个人的腰不好，会有什么后遗症？"

"那太多啦。我跟你说，腰伤很难痊愈，并且会反复发作。一个腰椎间盘突出都能要了命，我妈犯病的时候，起不来床，疼得直哼哼。"吕旅深有感触。

"那如果……受过很严重的伤呢？"

"下半身瘫痪吧。"吕旅奇怪地问，"师傅，谁的腰不好？"

"我随便问问。"

姜宛繁上心一件事，就喜欢推理揣测，既然说到腰，她难免不多想。

春日渐渐到尾声，卓裕的忙碌与初夏一同到来。从俱乐部店址的选择，租用谈判，成本预算表，到购置物品的明细，卓裕都安排得有条不紊。他早出晚归，但忙得有章法，有目标，有进度。租用场地的费用问题，卓裕进行了不下三次谈判，姜宛繁陪他去过一次，他大杀四方，口若悬河，游刃有余。

这样的男人很有魅力，姜宛繁就坐在他身旁，看他以一敌多，潇洒从容。自兆林离职后，卓裕几乎没再穿过正式的西装，杏色风衣长短适宜，腿长的优势一下显现，发型也不再是精英气派的背头，松软利索，英俊极了。

那日在北京，姜宛繁问过他，放弃滑雪，选择从商，后悔吗？他说不后悔。当时她不明白，但现在懂了。

做出决定的那一瞬间，是纠结、痛苦、挣扎、取舍、忐忑，但"后悔"这个词，需要放眼更长时间才能得出结论。在兆林这几年，有城府算计，有攻心利用，有奸佞不甘，但从另一个角度看，他收获了苦楚磨炼，心智迅速成熟，锻炼了商业思维，也拥有了裁决是非的能力。卓裕不后悔，因为后悔已无用。

大获全胜回去的路上，姜宛繁后知后觉地问："你是不是很久很久以前，就在为开俱乐部做准备了？"

遇上红灯，车身缓停，卓裕单手扶着方向盘浅浅弯唇。

"所以离开兆林，也是你必然会做的事喽？"姜宛繁惊呼，"老奸巨猾。"

卓裕笑意更深，笑纳这个形容。

渐渐的，姜宛繁心里不是滋味了，酸不溜秋地说："所以你一早就有计划，并不是因为我哦。"

卓裕的右手越过中控台，握住她的左手，在掌心捏面团似的或轻或重地捏，吊儿郎当地问："你是想听好话还是坏话？"

"坏话。"

"坏话啊，你想多了。"

姜宛繁扬眉道："裕总，没我这么聪明的人，真听不出你这九曲十环的文字陷阱。"

"那你听好话吗？"他笑着问。

"不听，憋着。"姜宛繁悠悠把头转向窗外，哼着不成调的歌。

"心眼一百八十个。"卓裕握着她的手在唇边亲了亲，"本来是一个可延后的选择题，但你的出现，让它成为我的唯一选项，刻不容缓。"

姜宛繁久久没说话，维持着看风景的姿势。卓裕"啧"了一声，捏住她的下巴，强迫地将人掰回来："想笑别偷着。"

姜宛繁使出十成的克制力："谁说我想笑了？"

卓裕低头吻住她的唇，突然袭击最能攻占中心点。绿灯亮起，车后鸣笛催促，卓裕这才将人放开，沉声道："现在不就笑了？"

姜宛繁脸颊燥热，后半程两人交流为零，回四季云顶停好车，上电梯，偶尔对视一眼，卓裕目光浓烈。彼此都心知肚明将要发生的事，到家后，门一关，两人便如藤蔓缠在一起。

卓裕照常单手箍住她的腰往上提，身高差固然养眼，但确实不太方便。卓裕很快察觉异常，姜宛繁今天明显不配合，双腿就是不肯使力。他已经很难受了，耐心哄道："姜姜，听话。"

姜宛繁却心事重重："你确定要这个动作？"

姜宛繁惦记着他的腰伤，不敢让他用力过猛，于是体贴周到地在他耳边轻声道："你躺下去吧。"

卓裕的内心是震撼的，他无法形容这一次打开的新世界大门。

姜宛繁却乐观地想，至少这样，卓裕的腰不会二次受伤。

这一个半月，卓裕忙得脚不着地。创业就是从零开始，从装潢设计忙到材料选购，中途还飞了两趟美国选冰面。五一劳动节前，忙碌告一段落，卓裕主动提出回霖雀，许久没看望岳父岳母，他得陪姜宛繁回去一趟过个节。

提前两日启程，错峰出行，所以这次到得早。姜荣耀对卓裕的态度又恢复以往，姜弋打着哈欠，成天一副睡不够的模样："爸，您这也太明显了，一听姐夫要开俱乐部，态度转变实在是快。"

姜荣耀抄起拖鞋就要打："胡说！"

姜弋一蹦三尺高，气死爹不偿命："喏，姐夫你看，恼羞成怒了。"

客厅鸡飞狗跳，厨房菜肴飘香。姜宛繁进去审查一番，心不在焉地说："妈，这几天您多买点菠菜、牡蛎、小橄榄、山药、木耳、秋葵。别煮茶叶了，泡点枸杞水。"

向简丹平日就注重养生，很快意识到女儿的目的性，关心地问："你怎么了？"

姜宛繁不想让父母担心，敷衍而过："没怎么，就是想吃了。"

向简丹这点心眼还是有的，直觉此事绝对没那么简单。晚上睡觉之前，姜荣耀惯例戴着老花镜看十页书，向简丹将白天小姜的话复述了一遍，忧心不已道："这些都不是女儿平时爱吃的菜，可见绝不是她要吃。"

姜荣耀猛地合上书，道："当然不是她！这些补肾养精的东西，你说还有谁要吃！"

此时半闭眼的卓裕，莫名其妙连打两个喷嚏。

男人才更懂男人。姜荣耀整夜失眠，第二天一大早就去镇卫生院排队挂号。小镇上的医院分科没那么细致，通通归内科解决。今日当值的内科医生姓黄，妥妥的年轻帅小伙，见到姜荣耀时，格外热心："姜伯伯，您哪儿不舒服？"

姜荣耀如见救命稻草，抓着他的手说："没大事，也没哪儿不舒服，就是想来咨询一下，如果最近感觉肾亏，不得劲，出虚汗，食补些什么比较好？"

黄医生说："多买点菠菜、牡蛎、小橄榄、山药、木耳、秋葵。别煮茶叶了，泡点枸杞水。"

姜荣耀心一沉，这跟向简丹说的一模一样啊！

看诊结束后，黄医生欲言又止地问："姜伯，宛繁过得还好吗？"

"挺好的，幸福得很。"姜荣耀心里苦，但在外人面前还是给卓裕留足了面子，并且不忘提醒外人："小黄，人还是要向前看，哪怕你再喜欢姜姜，但她已经结婚了，我女婿人很好，他们过得特别幸福。"

家丑不外扬，除了肾不太好。

在霖雀待到第二天，卓裕隐隐感觉有些不对劲——餐桌上，每一顿少不得枸杞牡蛎汤、爆炒牡蛎枸杞、清蒸枸杞牡蛎、凉拌山药木耳枸杞。但凡他夹菜的频率低于每分钟五次，姜荣耀和向简丹的眼神就会变得深幽怨念。

这一顿顿饭下来，卓裕觉得自己下一秒就要变身成牡蛎精，连在室外活动的心情都没了，早早回了卧室休息。姜宛繁正在护肤，卓裕背靠门，只觉得空气里都是一股枸杞味。

"老婆。"

"嗯？"

"你觉不觉得，这两天咱妈做的菜，有点怪怪的。"

姜宛繁淡定如常："挺好的呀。"

卓裕下楼去院子里透透气，顺便理一理思路，往秋千上坐了没一分钟，身后诡异的动静传来，卓裕猛地回头，吓了一跳："爸，您还没休息？"

姜荣耀不知何时站在他身后，手里还端着冒热气的玻璃壶，幽幽道："好女婿，时间不早了，该喝枸杞水了。"

卓裕被这接二连三的枸杞弄得噩梦连连，梦里，姜荣耀凶神恶煞地撬开他的嘴，命令着"吃！给我吃"，卓裕越变越小，最后变成了一颗胖乎乎的红枸杞。姜荣耀满意地给他贴上标签：枸杞王 100元/斤。

半夜三点惊醒，卓裕掌心抵着额头沉沉呼吸，捞过手机百无聊赖地查询，刚打出"吃"这个字，后面的第一个关联提问就是"吃枸杞能不能补肾"。

热评："假的！"

卓裕手一顿，什么都明白了。

次日一大早，祁霜给他发微信："孙女婿，起床了没？"

卓裕迅速穿衣，走之前还不忘给熟睡的姜宛繁披了披被子。一出卧室，直奔祁霜那儿："奶奶，您要干吗去？您干什么我都陪您一起。"

祁霜笑开了花："好好好，那走吧。"

办的事都是小事，顺便炫一下这么帅的孙女婿才是真。

祁霜去的地方不在镇子中心，稀稀拉拉偶尔一户人家，路也不太好走，房子破旧,条件不好,但见到祁霜来,人们依旧热情大方地拿出一些水果。

"不吃啦,不吃啦,还有好多家没去呢。"祁霜摆摆手,现在卓裕也能听懂一些当地话了。

祁霜是来收绣品的。

农妇手里牵着两个小孩,背上还背着一个。卓裕蹲下身,笑着对小孩勾勾手:"来,叔叔带你玩。"

农妇得空后,去屋里抱着几件绣品出来。祁霜展开看了看,说:"好的,登记一下,回头姜姜拍个照,卖出去了就告诉你哦。"

两个小时下来,收了十几件,祁霜舒了一口气:"都卖出去的话,也够娃儿们开学的学费喽。"

到了家,姜宛繁大致检查了一遍,挑了几样不错的准备放在店里,她边拍照边跟卓裕解释道:"以前有一些中间商过来收,但价格都压得很低,低到你无法想象。你看到的那几家都很可怜,连镇子都没出过,根本不了解行情。她们靠绣这个换生活费、娃儿的学费,就这么一幅翠鸟图,日熬夜熬,眼睛都熬坏了,还得绣上二十多天才能完成。这么好的作品,不能贱卖,我能帮一点是一点吧。"

后续还有很多事,拍照、排版、文案,再挂到她自己做的APP上,姜宛繁何尝不是劳心劳力。卓裕想了想,轻轻拉了一下她的手:"记得上回我跟你说过的学设计的学姐吗?"

"嗯?"

"她自己有摄影工作室,以后这些放在她那儿去弄吧。"

"又是学姐啊?"姜宛繁悠悠道,"裕总魅力不小。不过先说好,太贵了我可舍不得花钱。"

"你都说我魅力不小了,还花什么钱?"卓裕一本正经地侧头悄声道,"出卖点色相不就好了?"

姜宛繁轻轻撞开他的肩:"烦人。"

看来是枸杞还没吃够,忘了自己有个什么样的腰了。

"五一"假期结束,卓裕也开启下一阶段的工作,去东北进行两周的户外雪

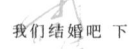

场考察选址。谢宥笛对新鲜玩意儿一向来劲,以合伙人的身份也跟着去了。那边有不少卓裕的朋友,都是因滑雪结识的。

出发的前一天晚上,谢宥笛跟卓裕视频两小时,不断展示自己带过去的行李,手套、围巾这些都能理解,但卓裕不理解的是——

"你为什么要带一身龙袍?"

"这是人造毛披肩!"谢宥笛反手就是一披,全方位展示,"酷不酷?"

"你是去调研市场的,不是去拍戏的。"

谢宥笛辱骂他不懂欣赏,顺便透露给他一个消息:"你姑那边出了点事,公司的供应链断了,林久徐头大得很。我猜,他们应该会来找你。"

谢宥笛料事如神,第二天,林延果然打来电话,想和卓裕见一面。

卓裕说:"我现在快到机场了,这一个月都没有时间。"

林延恳求道:"哥,我来机场找你。"

卓裕看了看时间,说:"三十分钟内赶到。"

这一次林延没有迟到,一见面就大吐苦水,指责供货方毫无诚信,见利忘义,违反合同。卓裕不耐烦地看了两次时间,林延话锋一转:"哥,黄董跟你关系好,你能不能出个面,去他那儿说说好话?"

卓裕直接道:"违反合同,就由法务走程序。毫无诚信,如果只是口头承诺,你也拿他没辙。至于见利忘义,据我了解,老黄不是那样的人。"

林延心慌道:"哥,你帮帮公司行吗?这批面料供不上,交不出货,我们要向客户赔一大笔违约金的。求你了哥,你也不能眼睁睁地看着兆林出事吧!"

广播开始播报登机信息,卓裕目光锐利道:"当初为难你嫂子,暗地里截和她的面料供应商时,你就没想过她的感受?"

林延一脸通红:"我、我……"

卓裕起身,推着登机箱:"你总要学会独当一面,毕竟兆林是你的公司。"

暗中观察的谢宥笛也起身并肩往前:"可以啊,硬起来了裕总!"

卓裕面色平静,望着落地窗外的飞机,心里却总不踏实。

同一时间,姜宛繁在店里刚忙完,上午接待了一个定制顾客,儿子要结婚,她是来为儿媳妇定制全套的中式婚服。问及预算要求,这个婆婆很温柔地说,不用考虑钱,按最好的、最适合的做。

全程沟通十分舒心,连店里恐婚的前台小妹妹都忍不住感慨道:"这个婆婆真温柔!"

姜宛繁也挺羡慕的,但想到卓裕的情况,她可能这辈子也只有羡慕的分了。

手机响起,是卓怡晓打来电话。

"怡晓?"姜宛繁按了接听,"正好我中午有空,去学校接你吃饭?"

那头没有声音,仔细听了一会儿,姜宛繁皱眉问:"怎么哭了?"

卓怡晓起先是想忍的,但听到温柔的关心,便再也忍不住啜泣,语不成调,哭腔里压抑着苦楚和委屈。

姜宛繁冷冷道:"林以璐又说你了,对吗?"

卓怡晓哭得更厉害,宣泄的劲过了之后,向姜宛繁说了事情始末。

今天是林以璐生日,卓怡晓给她挑了礼物,一早就去学校找她。林以璐磨磨蹭蹭地出来,非但没接受好意,见面反倒一顿嘲讽:"你们不是和我家断绝关系了吗?怎么还来这儿装模作样啊?是你嫂子教你的吧?跟她一样诡计多端。"

卓怡晓不乐意她说姜宛繁,当时就冲了两句:"你不要乱讲,上次你没有坐我嫂子的车?没有让她送?她出车祸就是跟你有关。明明就是你做错了,你不可以指责她。"

林以璐没想过一向唯唯诺诺的人竟会反抗,小姐脾气顿时爆发:"你有什么资格教训我?你爸把我妈害成那样,你怎么没点数呢?你就该一辈子赎罪,别想过轻松日子。我们不说,你们就当没发生过,是吗?"

乍一听她提起父亲,卓怡晓有点蒙,四肢发软,也没了辩解的心气,只愣愣地站在原地。

"谁要你的礼物!就是因为你,我生日过得都不开心了!"说完,林以璐抬手将她精心准备的礼物扔在地上。

讲完这些,卓怡晓哭得上气不接下气。姜宛繁已经拿着车钥匙走出店里:"等我十五分钟,我来学校接你。"

这里离美院近，卓怡晓乖乖地站在路边，眼圈红透，小声喊了句："姐姐。"

姜宛繁按开车锁，平静道："上车。"

卓怡晓照做，虽然不知道她要干吗，但很快，当发现这条路是去林家时，就明白她要干什么了。

卓怡晓语气忐忑："姐姐……"

"你怕？"姜宛繁的声音冷了一分。

"我不怕。"卓怡晓挺直腰杆，胸口起伏的频率很快，"我就是很生气。"说了两句，眼睛又忍不住泛红。

面子薄，敏感，性格软，这样的姑娘遇着委屈会很吃亏。可这是妹妹，别的人可以吃亏，但妹妹不可以。

林以璐的生日宴在家里，搞了一个糖果主题派对，还请了专门的策划团队，布置得相当精致应景。十几个同学朋友捧场，她身着粉色小洋装，宛如众星捧月的公主。

才到门口，已能听见院子里悠扬欢悦的小提琴音乐，卓怡晓下意识地往后站，姜宛繁没给她怯懦的机会，牵紧她的手，用力推开半高的栅栏门。

音乐声大，只有离门近的人注意到她俩，再一个接一个传递，等到了林以璐耳里，两人已经站在了她面前。林以璐意外道："嫂、嫂子。"

"向她道歉。"姜宛繁指着卓怡晓。

林以璐渐渐反应过来，故意扭头跟朋友说话，当没听见。

姜宛繁面色镇定，环视半圈，不疾不徐地拿起桌上的一瓶果酒，毫无征兆地往地上一砸——"哗啦"碎片分裂的刺耳声响，彻底镇住场面。

在众人的尖叫声中，姜宛繁厉声道："向她道歉！"

姜宛繁是偏柔的长相，乍一看没有半分攻击性，算是青春疼痛文学里小白花女主角的标准长相，但一旦有了真实的怒容，冷冽带来的反差感，更能震慑人。

林以璐害怕得往后退，转身就要走。

"站住。"姜宛繁可不惯着她，抓住她的胳膊制止。林以璐大声痛呼，带着哭腔："你弄痛我了！"

"这就痛了?"姜宛繁冷笑,狠狠把她往卓怡晓面前一扯,"你这些年对她做的事、说的话,岂不是让她千刀万剐?怡晓好心给你准备礼物,跟你说生日快乐,你呢?长了一张嘴不会好好说话吗?十几年书白读了,连基本的素质都没有?"

同学朋友看着,林以璐脸如火烧,气急败坏之下,抬脚就去踹姜宛繁。姜宛繁没躲开,膝盖生生挨了一下,疼得她火冒三丈,但她也没手下留情,伸手将林以璐头上的生日头环、发饰摘了下来丢在地上。

林以璐发型乱了,狼狈不堪,想走又走不了,姜宛繁练过很长一段时间的跆拳道,力气当然比她大,非要一个道歉。

"你有当姐姐的样子吗?对怡晓从来都是冷言冷语,阴阳怪气。她做任何事情,穿任何衣服,你不打击几句就会死是吗?你这莫名的优越感怎么来的,心里没点数?"姜宛繁早看她不惯,索性彻底闹翻,"你也是女孩子,为什么对别的女孩子有这么大的恶意?你的自尊、自信,就是靠践踏贬低自己的妹妹来获取的?那你未免也太可怜了。"

林以璐只觉得丢脸,不是争吵本身,而是姜宛繁尖锐精准地说中了本质。她怒喊:"你懂什么!"

姜宛繁掷地有声地说:"我懂一家人,就算做不到相亲相爱,至少也要彼此尊重。我懂作为一个姐姐,就算不喜欢自己的妹妹,至少也要做足明面上的礼貌。我懂一个人要有志气,不要一边看不起谁,一边又心安理得地享受那个人带来的红利。"

音乐声被关闭,极致的安静,只有风吹动绿枝,轻轻摇曳,提醒众人这不是静态画面。

卓悯敏走出来,目光幽冷地望着姜宛繁:"姐姐确实不能欺负妹妹,但林以璐也是你妹妹,此刻你这样跟她说话,难道就不是欺负?"

姜宛繁往前一步,神色淡然,嘴角微微上翘:"姑姑,想必刚才的所有你也看到了。这个妹妹那么踢我踹我,我膝盖现在还疼着呢,我还没资格生气了吗?您看,卓裕他父亲犯了错,您不也拿着这件事说了好多年吗?"

"你!"卓悯敏脸色绷不住,也彻底看穿姜宛繁是连演戏的耐心都没了,她

今天不是来要说法的,而是来摊牌的。

"我不过是小巫见大巫,既然咱俩都不是爽快人,那就谁也别自以为是地要求谁。"姜宛繁尚且留有一丝余地,笑意温婉道,"您护您女儿,我护我丈夫。"

卓悯敏没料到她会如此明火执仗地对抗,也难怪,良好的教育,开阔的眼界,家境优渥,自主独立,这样的女孩子,像一块通透傲然的美玉,沉得住气,也不惧崭露锋芒。

眼见着硬碰硬行不通,卓悯敏又转向一直闷声不吭的卓怡晓,以决然的语气说:"晓晓,你不说两句吗?"

卓怡晓握紧拳头,指甲掐着皮肉,早已泛起数道印痕。她抬起头,猛地大声道:"有什么好说的!我不会再顺着你说话!做错事的是我爸,不是我哥!我爸死了,我不会再允许你们逼死我哥!说完了,满意了吧!"

回到车里二十分钟,卓怡晓喝了五瓶水,心跳速度仍没降下来。姜宛繁看了她半晌,扑哧笑出了声,问:"爽不爽?"

卓怡晓拍拍胸口,用力点头。

姜宛繁满意道:"早该这样了。"

卓怡晓吸了吸鼻子,看着某一处发呆,慢慢道:"我从小性格就内向,家里出了变故后,更加没有安全感。有时候睡着睡着会突然惊醒,然后再也睡不着了。"

敏感的人确实比较被动、慢热,情绪的升华更需要人引导、推着前进。卓裕工作忙,兄妹年龄差也大,他一个男的,很多事情有心无力。有时候,两个人都为彼此考虑,反倒缩手缩脚,适得其反。姜宛繁不过是旁观者清。

"晓晓,姐姐告诉你哦,女孩子呢,首先要爱自己,有谋生的本领,可以不依附任何人,也要有辨别是非的能力,当机立断的决心。少一些自以为是,自作聪明,要遵从内心,不负苦心。你可以有一颗盛满清风的心,但也得有独自面对高山丘壑的魄力。"说完,姜宛繁悠悠道,"尤其,不要被所谓的亲情、爱情,任何感情所牵绊。"

卓怡晓似懂非懂,随后懵懂地问:"那我哥呢?他是你的牵绊吗?"

姜宛繁转过头，目如澄月："他从来不是牵绊，他是我的锦上添花。"

回到学校，下车的时候，卓怡晓担心地问："姐姐，你的膝盖还疼吗？"

"不疼了。"姜宛繁笑着挥挥手，"快进去吧，外面热。"

直到卓怡晓的背影消失，姜宛繁才龇牙咧嘴地卷起裤管，哪能不疼啊！半月板都快被踢没了。这一场唇枪舌剑下来，相当内耗，姜宛繁只觉得累，连店里都没去，直接回了四季云顶。

今天这事闹得不好看，以卓悯敏的心性和心机，说不定早就去卓裕那儿告状了。姜宛繁换了条居家短裤，曲着腿坐在沙发上，右膝红肿得老高，估计会疼个两三天。她忍不住给卓裕打电话，第一遍的时候没有接，过了五分钟，卓裕回了电话。

"老婆怎么了？"

他的声音带着显而易见的紧张，听得姜宛繁心头既暖又冒出点委屈，还有几分急于求证的忐忑。

"我问你啊……"姜宛繁咽了咽口水，装作临时起意的闲聊，"假如你中了五百万，而我把你的彩票弄丢了，或者有一个赚钱的大工程，而我要性子，闹脾气，就是不许你去，你会怎……"姜宛繁都觉得自己语言组织得过于混乱，毫无逻辑，她轻轻咬牙，懊悔不已，在车里的时候还口若悬河地对卓怡晓讲大道理呢，现在算怎么回事。

她硬着头皮试图收场："再简单点吧，如果哪一天，有很重要的人，很关键的事情，是你非常在意的。但我呢，不小心搞了点破坏，就比如说，打乱了你的计划，破坏了你好不容易维系下来的关系……"

一直沉默的卓裕忽然打断她，沉声坚定道："我选你。"

姜宛繁如被塞下一整颗定心丸，直接让她从九霄云外垂直坠地，哪里都是踏实的。她嘿嘿憨笑，连膝盖上的疼都淡忘了。

"你呢，那边顺利吗？"她问。

卓裕不想骗她："不太顺利。"

姜宛繁"哦"了一声。

"不安慰我一下?"卓裕调侃道。

"哦。"

"宝贝你再忍几天。"卓裕忽然低声道,"我懂你的暗号。"

结束通话后好久,姜宛繁才猛然发现端倪——卓裕简直是拆字大师。姜宛繁越想越觉得脸烧得慌,给卓裕发了条微信解释:"我不是这个意思。"

卓裕秒回:"OK。"

真够厚脸皮的。

手机又一振,这次是卓怡晓:"姐姐,我要不要跟哥哥说一下今天的事?不要被别人抢占先机。"

姜宛繁莞尔,挺好,小姑娘会盘算了。她回道:"不用说了,你哥那边事情多。"

卓怡晓又问:"那万一她们先告状,说我俩坏话呢?"

姜宛繁道:"放心,在你哥那儿,这点自信我还是有的。"

"好吧。"卓怡晓连发三个柠檬表情包,"爱吃柠檬的那么多,为什么偏偏喂给我?"

卓裕第一站落地吉林,这边地理环境优越,已形成规模比较完整的滑雪运动经济链。他也在这边的几个大型滑雪场集训过,几年过去,变化之大,让他感慨不已。

联系的朋友是曾经的队友,乍一见面,卓裕差点认不出他,连谢宥笛都怀疑:"你确定?就他这身材还当过滑雪运动员?"

张厘米疯狂招手:"阿裕!"

拥抱的时候,卓裕被他撞得胸口疼,蹙眉问:"生活过太好了?发福成这样。"

"也还行吧,不过二百五十斤上下。"张厘米笑得憨,"你倒是一点都没变。"

知道卓裕此行的目的,张厘米帮他筛选了两个适合的场地,陪同一起考察下来,再一路启程,去往张家口、长白山、呼伦贝尔。

最后,卓裕看中淞山湖附近的一块农场区域,地势高,平缓起伏距离长,适合做高山滑雪的训练场。右边的空旷平地可以作为一般滑雪场。更难得的是,这里交通便利,邻近度假区,有客流基础。

打听下来,这里原是租给私人老板做果园基地的,恰好今年合同到期,处于待租状态。卓裕联系农场主,农场主一听他要长期租用,签二十年合同,自然是乐意。考察至此,过程顺畅,然而就在他筹备影像资料,准备拿回去再进行专业评估时,农场主忽然说没有出租意向了。

十来天的调研对比,这里是卓裕最满意的区域,他实在不甘心,上门追问缘由,农场主简明扼要道:"不想租了。"

哪有什么想不想的,卓裕深谙人心,直截了当道:"租金可以好好谈。"

"我才不缺钱。"农场主是真不缺钱,大手一挥,"我闺女就喜欢看果树,绿油油的,舒心得很!她不喜欢人多,开个滑雪场到时候全是人,不清静,闹腾。"

一时间,卓裕三人齐齐沉默,这理由,他们连辩论的切入点都不知从哪儿刨。

农场主是直来直往的脾性,半点迂回婉转都懒得应付,就这么把人打发了。

卓裕蛰伏了三天,次次上门都吃闭门羹。谢宥笛和张厘米都劝他放弃:"不是还有几家,我们再去看看,也许更合适呢?"

卓裕却坚持道:"不用了。"

张厘米以为这是负气话,但卓裕忽然笑着说:"我对我老婆,是一见钟情。"

"啊?"话题转移速度之快,张厘米蒙了。

"我见我老婆第一眼,就想带她回家。"

谢宥笛震惊道:"裕,你好流氓哦。"

"我不要脸地追她,豁了命地救她,我们认识不到三个月就去领了证。"卓裕说,"这是我这辈子做过最正确的一件事。我相信我的直觉,在重要的人和事情上,我坚信眼缘。"

张厘米听得一愣一愣的,谢宥笛懒懒道:"又在这儿假公济私,想秀恩爱就直说。"

卓裕挑眉笑起来:"我就这德行,忍忍啊,控制不住。"

谢宥笛作势挥拳:"我也控制不住地想要揍你。"

奔波了十来天,身体与精神一直紧绷着,农场主这儿暂时理不出头绪,卓裕便让张厘米回家忙自己的事,他和谢宥笛再待几天,看能否有新突破。

谢宥笛还挺兴奋的:"正好玩一玩。"

卓裕早年冬训经常混迹于各大滑雪场,在北方待的日子比南方久。这些年虽有变化,但大致印象还在,连攻略也不需要做。

晚上跟姜宛繁视频时,他提了一嘴玩两天的事,姜宛繁"咦"了一声:"你们在华至?好巧哎,小书也在那边拍戏。你要不要去看一看?"

开车过去半小时,确实很近。

谢宥笛下车后环视一周,空旷寂寥,全是石头,忍不住挑刺道:"这鸟地方有什么好来的?还不如在酒店睡觉。"

卓裕提醒他:"是谁跳着要来的?"

谢宥笛辩解道:"我只是想来看看明星的替身是如何工作的。"

"你有没有想过,她就是明星本人?"

新仇旧恨积攒太多,尤其说他像柯基这一点更是不能忍,因此哪怕盛梨书貌美,谢宥笛也不愿把她往好里想。

拍摄场地还要步行五百米,已隐约能看见拍摄场景一角。小助理等在不远处,招呼道:"你们好,我带路。"

谢宥笛算是开眼界了,碰了碰卓裕的肩:"一个替身,还这么大排场。"

卓裕不想搭理他。

盛梨书刚结束拍摄,披着外套,笑盈盈地等在休息棚外,扭头就对工作人员说:"帅的那个,是我姐们的丈夫。丑一点点的那个,是我'迷弟'。"

谢宥笛翻了个白眼。

"好好好,不是'迷弟'。"盛梨书哄着道,"是粉丝,粉丝可以了吧?"

到了休息棚,谢宥笛再也忍不住地抗议:"别随便评论我,谁是你的粉丝了?"

"不然是什么?"盛梨书恍然大悟,"我养的宠物?柯基,快点到妈妈这儿来。"

谢宥笛站在她背后,愤怒地揪起她的马尾,动作很轻,象征性地扯了扯。

盛梨书反手掐住他的手腕,那是实打实地真掐:"放手!"

谢宥笛疼得尖叫:"不放!"

"短腿柯基！"

"你腿才短！"

卓裕被吵得头疼，拍了张照片发给姜宛繁："小姜同学，看武打片吗？现场直播的那种。"

姜宛繁过了两分钟回复道："哦哟？啧啧啧。"

第一轮暂停休息，谢宥笛和盛梨书动作统一地拿水喝，两人互瞪一眼，又齐齐放下水瓶，结果发现动作还是那么一致！卓裕看得乐不可支，只差没说你俩凑一对得了。

盛梨书轻哼一声掩饰不自在："学人精。"

谢宥笛抡起衣袖气得肺疼，委屈巴巴道："我喝个水怎么了？不用嘴喝难道用脚喝啊？"

眼见着又要鸡飞狗跳，卓裕岔开话题，问："这次拍的什么剧？"

"正经剧。"盛梨书叹了口气，蔫蔫地答。

"你怎么好像还挺失望？"谢宥笛奇怪道，"正经剧不好吗？现在不都宣扬根正苗红的主旋律。"

盛梨书白他一眼，懂个屁，跟柯基聊什么梦想。

卓裕顺口一问："这剧里你演什么？"

"当然是女一号。创业剧情，航空题材，我演一个女企业家。男二有事求我，但高二的时候，我暗恋他，向他表白，被他拒绝了。他如今落在我手上，我怎么会让他好过。"盛梨书口若悬河，知无不言，"女子报仇，十年不晚，得罪女人没有好下场。"

谢宥笛听得恍恍惚惚，问："男一号呢？"

"自然是被我的魅力拿捏，不值一提。"盛梨书还没说过瘾，"来，我们继续聊回男二号，这个男二真的很作死。"

卓裕忽然一顿，握着矿泉水瓶的手忍不住把瓶身捏出凹陷——暗恋，表白，拒绝，作死，这些词语串联在一起，断了几天的思路瞬间通电发光。

"我知道了。"他忍不住喃喃。

"你知道什么了?"谢宥笛莫名其妙。

保险起见,卓裕再次复核那位农场主的姓名,很好记,林宇宙。卓裕认识的人里,也有一个姓林的,老家也是这个地方。

"大学学妹,比我低两届,读的是体育教育专业。"卓裕默了默,觉得这事太过于玄乎费解,难以启齿道,"这个学妹喜欢过我,被我拒绝了。"

林米柚当时还摆了爱心蜡烛在男寝楼下,声势浩大地拿着麦克风喊话。这姑娘的性子跟太阳似的,热辣胆大,追卓裕的这一段壮举还成了体院女追男的标准范本。

谢宥笛震惊道:"农场主是她爹?"

卓裕艰难地点了下头。

"这什么孽缘?"谢宥笛转念一想,另辟蹊径,"约她出来吃个饭,你给她磕十个头道歉,哄好人,消了气,这事就还能继续谈。"

卓裕神色复杂。

"你还想开滑雪场吗?你还想租场地吗?你还记得你的梦想吗?跟学妹吃顿饭怎么了?那也是你年少时造的孽,迟早都要还。现在是给你长记性,做人留一线,以后好相见。这个道理想必你今后都不会忘记。

"再说了,她只是要你的面子,又不是要你的腰子!说,你要面子还是要梦想?你要重获岳父的欢心,还是要继续维持这可笑的男人自尊?"谢宥笛铿锵有力地问。

卓裕听得热血沸腾,心一横:"我这就打电话。"

耳朵贴在门帘后的盛梨书捂住嘴,悄悄离开休息棚,然后躲在大树下给姜宛繁发微信。

盛梨书:"你老公要去见初恋了。"

盛梨书:"他说要把两个腰子送给她。"

盛梨书:"我现在给你订机票,赶紧来守住你丈夫的腰。"

通过几个同学,不难问到林米柚的联系方式。卓裕的手几度犹豫在拨打键上方，迟迟下不了手。谢宥笛抓着他的手往下按："走你的！"

那头很快接了，林米柚的风格一如当年，开门见山道："卓学长，你终于找上我了。"

这语气，两分兴奋，三分期待还有五分大仇将报的快乐，翻译过来的意思就是——你终于落在我手上了。

都不用卓裕开口邀约，林米柚主动提出一起吃晚饭。去的路上，谢宥笛在他腰上摸了摸，一脸苦大仇深，悄悄说："待会儿啊，这腰子就没了。"

卓裕不耐烦地拂开他的手："神经。"

林米柚约了吃一锅炖，热火朝天的店门口，她笑眯眯地挥手道："卓裕学长，好久不见。"

很清爽的一个女孩，性格直爽，往那儿一坐，藏不住话，一股脑地往出倒："你比大学时更帅了，但那时候你可太讨厌了，说拒绝就拒绝，男寝楼下跟你表白用的蜡烛花了我半个月生活费，你不答应就算了，至少把钱给我报销啊！"林米柚一头短发，元气精神，豪迈地倒了三杯酒，一口闷了一杯，"来来来，解解渴。"

卓裕笑起来，点点头："好。"

六十度的白酒辣喉咙，谢宥笛差点没当场去世。

都不用卓裕开口，林米柚早就憋不住了："那天我爸说有人要做滑雪场，我还挺高兴的。一听你的名字，我恨不得三个后空翻！终于给我逮着机会报仇了！"

谢宥笛深吸一口气，问："你准备怎么报？"

"我报完啦。"林米柚摊摊手，"把学长急了这么多天，我舒坦了。"

"就这？"

"不然呢？"

"不是。"谢宥笛咂了咂嘴，双手交叠在桌面往前坐了坐，"你就不想让他割个腰子什么的？"

林米柚醍醐灌顶，招手呼唤服务生："老板，再烤三个羊腰子！"

这时，一道清浅又熟悉的女声钻入耳里："不要放太辣，我先生嗓子疼。"

卓裕以为是幻觉，猛地转过头——店门处，和刚才点菜的服务生交谈的，确实是姜宛繁。

卓裕皱起眉，下意识地掐了一把大腿，疼，可见是真的。谢宥笛揉了揉眼睛："那人怎么和小姜长得那么像呢？"

姜宛繁走过来，笑意盈盈。

更玄幻的是，对面的林米柚站起来，激动地直挥手："宛繁姐！"

林米柚的妈妈是姜宛繁的一个远房表姑，嫁来这边快三十年，已经很少回霖雀了，但小辈间的联系并不淡薄，单独拉个小群，时不时地在里面聊天。

回到酒店半小时，卓裕仍有点恍惚。姜宛繁在洗澡，淅淅沥沥的水声像落雨，而他的心也跟被雨水浸泡似的，脑子里只有一个念头，他和姜宛繁真是命中注定的一对。那些与他有过感情羁绊的人，绕了一大圈，竟都是姜宛繁的人。

卓裕自顾自地笑起来，边笑边摇头。

"你好像不满意，或者有点遗憾？"浴室门开了，争先恐后地奔出袅袅热气。白雾般的水汽裹着姜宛繁，她只围着一条自己带来的浴巾，清新的绿色衬着如雪的肤色。

卓裕的眼神变深变沉，想要一探究竟。

姜宛繁似是故意，敞开浴室门，若隐若现地在门口吹头发，香气与热气一阵阵地往他鼻间扑腾。卓裕丢掉定力，从身后抱住她，幸亏他的手腕捞住人，姜宛繁才不至于软坐于地。

她转身搂住他的脖子，脸埋在他锁骨处。卓裕边亲边问："突然来是要给我惊喜吗？"

姜宛繁"唔"了一声，不知是回应他的吻，还是他的问话。卓裕掌控节奏，适时停顿，给她回答的力气。

姜宛繁软声坦诚："我想你了。"

卓裕心尖一颤，耳膜被碾压切割，轰轰烈烈的震动，心口淌出蜜糖。她如稚子赤诚，心无旁骛地诉说喜欢。卓裕环着她，单手轻松将人抱起来。

外面，是辽阔空旷的夜空，酒店的树影斑驳对称，像极了卓裕硬朗的肩型。

姜宛繁手握成拳抵在唇边，牙齿咬住骨节。她也试图阻止，以可怜之姿撒娇哀求，卓裕却短暂抬头，敷衍地应了声："哦。"

哦——有求必应，拆字大师正式上线。

姜宛繁的表姑嫁来这边后，几乎和姜家不常走动，只是听说姜宛繁年前结婚了，但具体细节并不知道，林米柚的老爸就更不知情了。他一听有老板要长期租用场地，拍着大腿直乐呵，把这事跟家里人一说，林米柚对B市人略微敏感，下意识地问："叫啥名字？"

这一听答案，真是命运的齿轮。

"那租场地的事，还能谈吗？"再次见到林米柚，卓裕问得直接，还补刀似的喊人家，"表妹。"

林米柚扎心死了："姐！"

姜宛繁也是服了，拉着他的衣袖小声训斥："求人办事还这态度？"

卓裕在她耳侧轻声道："你来了，我有恃无恐。"

林米柚捂住眼睛，没眼看。

她也不是真的要为难卓裕，所谓的报仇也不过是口舌之快，她现在和男朋友好着呢，商量着下半年结婚。上大学的时候，卓裕太有名了，长得帅，练的又是高山滑雪这种要求极高、难度系数大的项目，一般条件的家庭可能真的烧不起钱。那会儿喜欢卓裕的人很多，林米柚本就是凑热闹似的，也不是多痴迷，在男寝楼下搞的那一出土味告白，后来被她定义成人生里的最大黑点。

女孩子嘛，自己主动去做，做什么都毫无悔意，但那时的卓裕，谁都不放在眼里，拒绝起人来也不讲究方式。

"我可气愤了，怎么还会有比我更拽的人？"林米柚愤懑不平，"等我回去想好要怎么骂他时，他已经去瑞士参加比赛了。"

姜宛繁忍俊不禁，赞成道："确实不是好东西。"

林米柚这话可不敢接，要是真接了，那岂不是侧面骂了姜宛繁是个收破烂的？她哼道："姐，别以为我听不出来，你在护短。"

姜宛繁让卓裕去房间拿东西，特意把他支开。

等人走后，林米柚忍不住叹了口气："我大四的时候，就听同学说他放弃了滑雪，转行从商了。我们真的很不理解。姐姐，你是没见过大学时的姐夫，太耀眼了，用一个烂大街的词来形容，就是蓬勃的少年感。"

姜宛繁没见过，但仅凭一个细节就能想象——自兆林离职后，卓裕很少再穿西装，休闲风衣，利落爽朗。姜宛繁私心评价，她更喜欢休闲版的卓裕，更自在，更随性，举手投足间有一股压不住的意气。

卓裕拿了东西折返回来，远远见着他，两人默契一笑，终止背后议论。林米柚小声说："姐，找个机会，你让学长给你表演滑雪，入股不亏。"

姜宛繁笑了笑："好。"

"笑什么？"卓裕走近，把钱夹递给她，不明所以。

"笑你的风流韵事呗。"林米柚优哉地掰着手指头，"教育系的系花，隔壁舞蹈学院的妹妹……"

卓裕一脸淡定，事不关己。

"哟？"姜宛繁斜睨他一眼，"翻账本了，不紧张啊？"

卓裕握住她的手，何其自信道："不紧张，反正我现在是你的了。"

场地租用的事顺利谈成，二十年长期租赁，卓裕开的价也很有诚意。合同签订后，林米柚笑眯眯道："谢谢老板姐夫！"

"态度转变这么快？"卓裕调侃道。

林米柚瞬间拉下脸："渣男。"

这边搞定，卓裕又陪姜宛繁去市区跑了几个地方，她这次匆忙过来，也不全是为了卓裕。姜荣耀有几件枕头顶的绣品要收，原本是要自己过来的，但祁霜忽然不太舒服，被送去医院留观，心血管老毛病了，用点药就好。姜荣耀抽不出身，姜宛繁就帮父亲跑了这一趟。

收到绣品后，卓裕仔细研究半晌，应该是老作品了，泛旧，黑青底布都有点褪色，但上面的花纹很艳丽。

"这种枕头顶已经很少有师傅会绣了,你看图案,有鸟兽、人物、山水,还有文字,难度相当大。要不是底布有些褪色,价格会更高。"姜宛繁熟稔地解释。

卓裕问:"这个收价多少?"

"老姜开了这个数。"姜宛繁比画一个数。

"这么高?"卓裕震惊了,又问,"爸收回去做什么用?"

"收藏,看着高兴。"姜宛繁笑道,"老姜不差钱,就是有点怕老婆,太大数额的得偷偷摸摸收。"

事情办得差不多了,这天晚上,两人约着盛梨书一起吃晚饭。谢宥笛少爷的身体不适应这边的气候,浑身不得劲地在酒店躺了两天。

盛梨书见到他后,深沉地问:"玩得太过火了吗?年轻人要保重身体啊。"

谢宥笛苍白着一张脸,刚想说谢谢关心,就听盛梨书又道:"宠物医院消费很贵的,我不想花这个冤枉钱。"

谢宥笛什么病都被气没了,"汪汪"叫了两声,然后去揪盛梨书编了好久的小辫子,她尖叫着躲他:"打女明星啦!"

卓裕堵住耳朵直摇头。姜宛繁勾了勾他的手指,眼珠一转,笑眯眯地问:"你觉不觉得谢宥笛和小书还挺喜冤家的?"

卓裕听出她的本意,言简意赅地回答:"他俩没戏。"

"为什么?"

卓裕面无表情地说:"谢宥笛有喜欢的人了。"

结束这边的工作,次日,三人飞回B市。

滑雪俱乐部的装修顺利推进,卓裕白天盯现场,晚上做细节上的方案,比如滑雪服的采选,软装的添置。卓裕闭上眼睛都是睡在雪橇板上,冰冰凉凉的,能安抚一天的躁动和疲惫,让他一夜好眠。

这天下午,卓裕正在施工场内接一批柜面材料,卸货的时候人手不够,他也不讲架子,袖子一卷就上去帮忙。两百多斤的桌面压得重,几人仍然费劲,就在这时,一道男声从旁而降:"这边我来。"

卓裕转过头，皱眉道："周正？"

周正点点头："裕总。"

卸完货，卓裕递了瓶水给他，问："出来办事？"

周正站得笔直："没发现，我没穿西装吗？"

卓裕当然发现了，笑了一下："你还是穿西装比较好看。"

周正也笑了："差不多就行，裕总，兆林那边我辞了，我还想跟你干。"

卓裕微微蹙眉，问："林延为难你了？"

"没有，他现在能用的人不多，挑刺了一阵，后来被林董说了一顿，对我的态度便很好了。"周正又抿了一口水，眼神平静，"是我自己不想干了，裕总，你这边应聘，需要交哪些资料？最好快点做决定，你知道的，对我抛橄榄枝的公司也不在少数。"

卓裕看着他，神色审视严肃："我这边刚起步，一切都是未知，无法承诺你太多东西。"

周正笑了笑，坚定道："你在，就是最好的承诺。"

周正是学人力的，各方面条件都很不错，确实是鼎力助手，能帮卓裕分担不少事情。家具定制的事情告一段落，卓裕准备休息两天，正好陪姜宛繁去看一个绣品展会。

他换好衣服来店里接人时，姜宛繁诧异道："你今天有空了？"

这表情看得卓裕心疼，细算一下，已经很久没有好好陪过她了。

"看完展，带你去吃好吃的。"卓裕上前牵住她的手，"明天想去哪里玩？要不要叫上谢宥笛去金林山户外烧烤？"

姜宛繁是打心里高兴，挽住他的手，神色欢悦道："好呀！那你今天一整天都是我的喽？"

卓裕替她拉开车门："嗯，晚上也是你的。"

这次绣品展会是余海澜夫妇一力促成的，早一个月，孟媛女士就将邀请函寄到了她手中。对于上一次没能达成合作，孟女士至今惋惜，嘱咐这次展会她一定要来。

举办地在市美术馆A3最大的展厅内，集作品与相关公司文化宣传于一体。

"这是苏绣，这个应该是土族刺绣，你看它的针法，是左右交叉往下走的，这种呢，就叫辫绣。"姜宛繁边看边轻声向卓裕介绍，"松鹤同春，福在眼前。一般用于婚庆，定制一套这样的床品价格不菲，工期也长，但是很有寓意，也适合做收藏。"

她什么都懂，任何作品都能说上一二，这就是专业赋予的个人魅力，让一个人从容、自信，这样的姜宛繁，卓裕舍不得挪眼。

她介绍的时候，也吸引了不少别的看展人。一个小孩的妈妈说："你就跟着这个姐姐，她应该是讲解员。"

姜宛繁对卓裕眨了一下眼睛，一脸骄傲。

看完展览区差不多用了两个小时，下一个展区是相关企业的展台宣讲，卓裕看到熟悉的人时，想拉住姜宛繁已经来不及了。

林延率先叫人，讶异又惊喜："大哥！"

兆林也参加了此次展会，去年他斥巨资与晏修诚签订协议，给"苏芝"项目砸了那么多钱，最后的成衣销量却并不如人意，直接导致公司去年四季度利润同比下降40%。听周正说，林延被员工诟病，在公司大发雷霆，抓了几个普通员工通报，实属荒谬绝伦。但这事发生在林延身上，又觉得没什么不可能。

既是迎面碰上，卓裕还是好好跟他打招呼："你亲自过来了？"

林延大吐苦水："爸让我来的，站了两天了。"

姜宛繁往旁边走了两步，顺便看了一下兆林的展厅。位置最好，地方也大，布置花了心思，还弄了个现场刺绣表演，三个穿着改良旗袍的年轻姑娘，有模有样地绣着作品。

林延往那边努了努下巴："喏，晏修诚给我找来的，死贵，请一个就是十万，说是什么关门弟子，大师传人，吹得跟什么似的。"他对晏修诚已有诸多不满，"哥，你说他是不是在故意搞我的钱？就他设计出的那些东西，还没嫂子的好看。"

卓裕绷紧唇，没说话，眉眼间的情绪变薄变淡。林延讪讪闭嘴，知道他是不高兴了。

姜宛繁在那三人跟前看了看，就知道她们是什么路数了。她装作感兴趣的路人，问："你这用的是什么针法？"

女绣工答："滚针。"

"你手上的作品是山水，不是应该用套针做打底，针脚镶嵌进绣布，减少边界感，这样才能讲究意境？"姜宛繁不疾不徐道，"而且你起针的顺序也不对，落叶、鸟羽，这些动态景物，应该用金线，而不适合用棉线，不然有物而无形，整幅作品也就没了灵性。"

女工被她说得面红耳赤，拿针的手都在心虚发抖。

姜宛繁的视线挪到她手上，纤细白嫩，修长如葱，笑了笑："你也很适合当手模。"

刺绣伤手，她的指腹茧子厚，指节也不甚平整。向简丹常常抱怨，说她的手像劳作的妇人，丑得很。但姜宛繁从不介意，反倒觉得光荣，是她的功勋章。

一旁的林延听到后，无疑是佐证了他的疑心，登时火冒三丈："我就知道晏修诚是诓我钱来的！我的什么玩意儿！"

姜宛繁似没听见，也不想多留，一个眼神，卓裕就懂。

去往餐厅的路上，姜宛繁兴致颇高地研究菜单，时不时地问卓裕的意见。卓裕不吃香菜，其余都听她的。开过半程，遇上红灯，卓裕伸手越过中控台，轻轻盖上她的手背。

姜宛繁愣了愣："怎么了？"

卓裕说："谢谢你。"

都是聪明人，不想藏话的时候，便开诚布公。姜宛繁也没再装不懂，但也不想深聊，于是指尖一划，笑盈盈地问："要咖喱酱还是芝士酱？"

在展会上，她似是无心的闲聊，实则是说给有心人听的。林延听进去了，少不了找晏修诚的麻烦。

但这一晚，姜宛繁失眠了，翻来覆去睡不着，索性起床去书房看综艺。

旅行节目塞满了人生鸡汤，本以为可以助眠，却越发让人心烦。姜宛繁盯着天花板幽幽发呆，一个人独处时，心里的两种不同声音甚嚣尘上，提醒着她的矛盾行为。

比如，她已经和林延闹翻，但今天看到那几个明摆着是忽悠人的绣工时，依旧忍不住拆穿。而卓裕那一声"谢谢"，也让姜宛繁不得不承认一件事——只要有了情感的牵绊，恩怨的纠缠，那么不管有多狠的心，多无情的决定，都做不到真正的割舍与漠视。

姜宛繁胸腔发堵，甚至有了两分无力的挫败感。她闭眼深深呼吸，心里忽然冒出一个诡异的想法。她拿起手机给卓怡晓发了条短信：

"当年你父亲的那场车祸，真的是他醉驾导致的吗？"

滑雪俱乐部的筹备顺利推进，有了周正的帮助，简直如虎添翼。人只有做自己真正热爱的事，才会这般投入，并且世上所有的好事，都跟长了眼睛似的自动找上门来。这不是迷信，而是一种奇异的磁场玄学。

从三月卓裕正式决定创业，到现在盛夏光年，一切准备就绪，规模崭露。户外滑雪场不急于开放，正有条不紊地施工重建。卓裕的下一阶段目标，是往更专业、更宽阔的远方前进。

开业在即，姜家也是鼎力相助。姜荣耀和向简丹信良辰吉日，全家吃斋半月，烧香拜佛，祈求顺遂，并且找了远近闻名的看卦师傅，求来一个大吉之日。

农历二十八，天蓝如清亮的瓷釉，艳阳高照，万物野蛮向上。这一日的场面比烈日还要沸腾，捧场的友人，昔日并肩作战的队友，甚至恩师徐佐克也从北京赶了过来。舞龙舞狮，喜庆祥瑞，礼花轰鸣，漫天彩纸飘然。在开业仪式之后，所有人进入俱乐部参观，卓裕站在人群外，四处寻找姜宛繁。

忽然手心一热，姜宛繁从背后过来，握紧他的手，笑盈盈道："开业大吉哟老板！"

卓裕也笑道："以后不是裕总了。"

"我觉得老板更有气势，赚的钱都是自己的，想做什么就做什么。"姜宛繁有模有样地拍了拍他的手背，"放心吧，当老板这一块，我经验比你足，会慢慢教你的。"

卓裕没说话，就这么看着她。对视之间，他的情绪深沉浓烈，汹涌无言的爱意，不用言语，姜宛繁都懂。她张开双臂，用力抱住卓裕，胸腔相贴，心跳听话地趋于同频。

姜宛繁轻轻拍了拍他宽阔挺立的背，温声说："无论何时都不晚，梦想最珍贵。寻梦快乐，卓老板。"

卓裕眼底发热，埋头于她的侧颈，低声喃喃："嗯，你最珍贵。"

第2章

百年好合

开业仪式上还有一场滑雪秀,无论是灯光效果还是阵容,都堪比顶尖。其中一个孩童指着吴勒激动道:"妈妈!我在滑雪锦标赛上见过他!"

这是徐佐克和吴勒送给卓裕的礼物。

这场表演秀直接将开业气氛推至最高潮。盛梨书在组里拍戏赶不过来,谢宥笛拿着手机读她的短信:"'派了一支专业摄影团队全程跟拍,后期再在网上推广'。还挺懂套路啊,她一个替身演员也不容易,那我就祝她早日在大荧幕上露脸。"

卓怡晓好心提醒:"宥笛哥,你想笑就笑嘛,不用憋着。"

"我哪里想笑了?我这是不屑一顾。"

"明明就是高兴。"小孩子才不撒谎。

另一边,姜弋忙上忙下当引导员,他本就高帅,穿上蓝白相间的工作T恤,像一株跳跃全场的白杨树。稍微闲下来一会儿,他跑到卓裕跟前,说:"姐夫,我也要办卡!"

卓裕狐疑道:"嗯?"

"我要办一对一的那种,教我滑雪呗,我有钱!"姜弋抹了抹头上的汗,憋了一天早就想说了。

卓裕笑了笑,揽着他的肩:"不用钱,我教你。"

"那可不行。"姜弋说,"你现在挣的每一分钱,都是要养老婆的。你知道姜家的家规第一条是什么吗?"

"什么?"

"耕凿勤厥躬,耘锄课妻子。"姜弋书读不好,但家训倒是记得一清二楚,"大丈夫,肩上要能扛事。"

卓裕回过味来,挑眉问:"我这以后还能藏私房钱吗?"

姜弋震惊道:"你还有私房钱呢!"

"臭小子。"卓裕笑骂。

"大哥。"

卓裕转过头,竟是林延。他走在前面,卓悯敏因为腿脚不便,慢慢跟在他身后。

"哥,开业大吉,真气派啊。"林延道喜。

卓悯敏捧着花,姿态亦是端庄典雅:"阿裕,恭喜你。"

卓裕迎向前,接过花,点了点头:"谢谢姑姑。"

开业的事他没告诉林家。他权衡许久,在他的认知里,两家闹得不欢而散,怎么做都尴尬,与其这样,不如浅交。没想到的是,卓悯敏竟然自己过来,礼数周全,卓裕也不好拒绝。

"宛繁呢?"卓悯敏似很关心。

卓裕平声道:"招呼她朋友去了,她那边事也多。"

林延如今的心眼修炼神速,都能听出对方的本真之意:"大哥,你不用担心我们对嫂子会有意见,都是一家人嘛,哪有隔夜仇。"

卓裕听后,很轻地哼笑一声。

"她在以璐生日那天做的事,我们不也是没计较吗?一家子吵吵闹闹,不还是一家子?"林延循序渐进,按卓悯敏的计划,这一刻才不经意地流露本意。

卓裕皱了皱眉:"以璐生日那天?"

第 2 章 百年好合

印象里，姜宛繁从未提过。

就在这时，卓怡晓高兴地跑过来："姑姑，二哥。"久未见到亲人的惊喜劲在她的脸上活灵活现，还没等林延反应，卓怡晓便挽上卓裕的胳膊，神色为难道，"本来这事姐姐不让我说的，但二哥今天一提，我也忍不了了。"

"怎么了？"卓裕蹙眉更深。

"姐姐那天伤了膝盖，肿得可厉害了，她不准任何人告诉你，怕你担心。"卓怡晓说。

卓悯敏大概也没料到卓怡晓会先发制人，卓裕摆明了当然信亲妹妹，他们之后再说什么，都会被认为是颠倒是非。

林延刚想开口，被卓悯敏打断，装作诧异地问："是吗？她那天伤得这么严重？我还以为只是不小心撞到了。"

一句话悄然抚平风雨，至少给了卓裕无法当场发作的理由。卓裕默了默，打发妹妹先去忙。

人走之后，卓悯敏索性开门见山，笑意镶在眼角，弧度如精准算计好一般，得体得挑不出差错："或许我也该反思，我们怎么会变成如今这般陌生，我对你充满不解，你也对我满是提防。"

卓裕四两拨千斤地回道："那是姑姑您自以为的，但我还是抱歉，让您这么多想。"

卓悯敏笑道："林延再努力，也终难达到你的高度。你父亲慧眼识人，当初阻止你学滑雪，让你学金融，可见他是最了解你的人。"

"我都不敢说了解自己，这顶多是一位父亲的常规期盼。"卓裕道。

卓悯敏赞许地点了一下头，环视一圈俱乐部，现代化的场地，功能分区、人员安排，这些都很"卓裕"。她目光深幽，暗淡一瞬，喃喃道："你不管做什么，都能做出成绩。哪怕没有按照你父亲的心愿走，他也会感到欣慰。"

卓裕说："但愿吧。"

卓悯敏又恢复方才的神色，直截了当道："我主动来，是惦记你，关心你，不管你怎么想，我始终是你姑姑。哪怕周正辞职后，来了你这里，我都没有责怪

你半分。小姜这孩子，聪明圆滑，确实很适合当你的贤内助。只要你们过得好，我便放心。你既然已从兆林离开，我们之间也没了那么多敏感的计较。纵然如此，姑姑还是热切盼望，你能抽空回来，陪姑姑吃顿饭。"

卓裕默然地看着她没说话。

卓悯敏笑了笑："你先忙吧，我先走了。"

她的腿装了假肢，再昂贵先进，仍能看出端倪，走得慢，左右不齐，背影跟跄落魄。

卓裕咽了咽口水，别开脸看向别处。

休息区与滑雪场地的间隔廊道上，卓怡晓小心翼翼地喊道："姐姐？"

姜宛繁站在原地，目光从远处姑侄二人身上挪回："没事了，我们走吧。"

"姐姐，哥哥没有为姑姑说好话，你放心。"

姜宛繁一顿，看向卓怡晓，蓦地问："你很怕我和你哥因为姑姑闹矛盾？"

卓怡晓从不在她面前撒谎，她舍不得欺骗姜宛繁，于是小声坦诚："我怕你不要我哥。"

姜宛繁笑起来，心里却像尝了一口变味的醋，浑身不得劲。

见她不说话，卓怡晓又说："其实哥哥也怀疑过爸爸的那场车祸。"她的声音不断压低，百般隐忍，似不愿回忆那一段惨痛经历，"他找人调查，比对了所有卷宗细节，甚至想办法打通关系，找了也哥去勘察事故车辆的车况，看有没有被人动过手脚。"

当年的卓裕也抱着怀疑，想要找到真相，但真相就是如此。以符也在汽车上的造诣，连他都断定确实是意外，卓裕便彻底死心。

"在看什么？"姜宛繁是在俱乐部的安全门外找着的人。

这里作为消防通道，出来后一片空旷，绿植种类不多，打理得也不精细，但正因如此，植物茂密繁盛，有风吹过，便像波涛起伏的绿海，哪怕是炎热的下午，也不觉得闷燥。

卓裕转过身，下意识地向她伸出手。姜宛繁握住，力道一紧，被他圈在怀中。

"不热啊？"姜宛繁笑了，作势嗅了嗅他的肩膀，"你都不出汗的吗？还是这么香。"

卓裕"嗯"了一声："从小就不爱出汗。"

"那你刚才剪彩的时候，出汗了吗？"

"没有。"卓裕笑道，"说出来你可能不信，我当时特别平静，甚至满场找人，你猜我想找谁？"

姜宛繁说："找你父亲。"

卓裕一愣，不由得将她握得更紧，自顾自地一笑："什么都瞒不过你。我就跟魔怔了一样，觉得我爸就在人群里看着我，他也来了，或许是想骂我，或许是想跟我说些别的。"

"都骂你了，你还找他呢？"姜宛繁问，"不怕他砸你场子啊？"

"只要他能来，砸得稀巴烂我也认了。"卓裕顿了顿，声音不由得发紧，"但他不会再来了，永远不会了。"

姜宛繁很少听他提及自己的父亲，说："我听怡晓说，爸爸好像不赞成你走滑雪这条路。"

"他不喜欢，也不赞成，高中为了这事，差点断绝父子关系。"卓裕笑了，"你说得对，他还是跟来了，我几乎押上所有，走了一条他眼里离经叛道之路，他应该气得棺材板都压不住了。"

风吹过，蝉鸣阵阵，外面是盛夏烈日，这里被野蛮疯长的植物隔出一块荫凉，感觉不到热，风来来的，是植物混合的淡淡凉意。

忽热又忽冷，和卓裕此刻的心情一样，在忐忑里寻找答案，又被答案自我否定，这是深埋在他心里的一道无解题。

"如果爸爸真的反对，就绝不会允许你上体院，给你交学费。你做出的决定，他还是默默支持的。嘴硬心软，不代表他没有心。人生每个阶段，都有每个阶段最重要的事，为填志愿，为选择，为梦想，为前程。哪怕不能如愿，他也会对你妥协，因为他爱你，就算没有照着他的路走，他也希望你顺遂平安。你有没有看过一部动画电影，叫《功夫熊猫》？"姜宛繁问。

卓裕太忙了,这几年几乎没有进过影院,他答:"我听说过。"

"我们晚上一起看,里面有一句台词我很喜欢。"

昨日已成历史,明天是个谜团,但今天是天赐的礼物。

她在卓裕耳边轻声道:"我是陪你拆礼物的人。"

俱乐部的预售额还不错,超过了预期,一切都朝着好方向在前进。忙过这一阵,卓裕终于有了真正意义上的空闲时间。

八月中旬,姜荣耀打来电话,告诉他们奶奶说要过来这边看一看。

卓裕万分惊喜,满口答应:"行,我开车过去接她,下午出发,您让奶奶不用收拾太多行李,缺什么在这边我给她买。"

"不用不用,你也忙。"姜荣耀欲言又止,"姜弋陪着她一块儿。"

晚上和姜宛繁说起行程安排,卓裕拿出小本本,盘腿坐在那儿自言自语:"还是第二天去烧香吧,在山脚下住一晚,让奶奶烧头香。"他扒拉了一下手机,很快否认道,"不行,那天日子不好,奶奶信这个,别惹她不高兴。"

姜宛繁偷偷拍了个他的背影的小视频,发给祁霜。

祁霜回得超级快:"让孙女婿别驼背!不精神!"

姜宛繁偷着乐,凑过去看了看,说:"不用这么麻烦,只要你陪着,家里蹲奶奶都会很高兴的。"

卓裕已经做好决定:"第一天先带她去藏芷邸。"

姜宛繁纳闷道:"去新房干吗?那边还没装修好呀。"

"眼见为实,她孙女婿没撒谎,房子给你安排好了的。"卓裕神秘兮兮地说,"老人家的心很敏感的。"

卓裕见识过霖雀那边流言的传播速度,他已经吃了一次亏,长教训,总结经验,绝不会有第二次。

姜宛繁乐不可支,拎着他的耳朵左右摇晃:"我奶奶可有钱了,不在乎咱俩有几套房。"

祁霜坐了几个小时的车,跟没事人一样,下车后看见路边的糖葫芦,还想让卓裕帮她买一根尝尝。蹲在路边晕车干呕的姜弋连连摆手,虚弱呐喊:"千万别,姐夫,我奶奶吃不了甜的,她牙齿全掉光了。"

祁霜郁闷道:"就你话多,下次再也不跟你出来玩了。"

卓裕扶着她,悄声说:"没事,晚点我给您买,偷偷地。但是说好了,您只许吃两口,行吗?"

祁霜喜笑颜开:"哎!"

今天店里事情多,姜宛繁抽不出空接人,卓裕开车带着奶奶直接来了店里,祁霜一改往日亲和,戴上老花镜,严肃认真地在简胭巡视。

"这边的料子要分开,颜色没有问题,但是材质不一样,看起来很乱。"

"你这针线盒不能这样码放,要平铺,方便拿取。"

"这两把尺子,你没觉得哪里不对吗?"祁霜事无巨细,拿起来比画给众人看,"刻度标得不准确,差了两毫米,给顾客量尺的时候,怎么拿捏得准?"

吕旅额头冒汗,连姜宛繁都是少有的紧张。卓裕忍不住向前解围,他还没开口,就被祁霜扯远几步,主动商量道:"孙女婿,糖葫芦让我吃四口,我就不说你媳妇了,行不?"

姜还是老的辣。

祁霜体力好,舟车劳顿也不觉得辛苦,又说要去卓裕的俱乐部看一看。卓裕自然有求必应,给她介绍滑雪服、雪橇、滑板。这才是祁霜眼里的万花筒,是她不曾接触过的新事物。她连连赞许,扭头吩咐姜弋拍照:"多拍点,帮我发到二头桥群里!"

"二头桥?"卓裕疑惑道。

姜弋说:"霖雀镇的中老年妇女都在里边。"

卓裕狂喜:"拍好点!"终于可以摆脱"失业男"的形象了!

俱乐部一共两层半,祁霜把每一个角落都巡检完,忍不住感慨:"人的眼界啊,外面的世界啊,真的不一样喽。"

姜弋眼含期待,欲言又止:"奶奶,那我……"

"我累了,先回家睡觉。"

姜宛繁在四季云顶的房子小，卓裕怕奶奶住得不舒服，便去了他那边的公寓。床铺日用品一应俱全，还提早让五星餐厅送来夜宵。祁霜贪甜，觊觎着奶酪甜品，姜宛繁悠悠地将它端开，放到她够不着的最远处。

祁霜气鼓鼓道："孙女婿，你媳妇欺负我。"

卓裕变戏法似的又拿出一碗："您吃这个，我让他们糖量减半了。"

姜弋啧啧感叹，凑到姜宛繁耳边说："我姐夫好厉害啊。咱家老太太被他拿捏得妥妥的。搞定奶奶，他在姜家的地位就稳了。"

姜宛繁笑而不语，时不时地瞄向卓裕，却发现他正好也在看她，视线交织成一线，闪出默契的小火花。

卓裕起身去了厨房，过了一会儿，姜宛繁轻咳两声："奶奶，您慢慢吃，我去倒杯水。"

姜弋热心地拿起手边的矿泉水："姐姐，这里有。"

姜宛繁当没听见，低头快步走了，只听见祁霜呵斥道："傻小子，缺心眼哪！"

姜弋被骂得莫名其妙，嘴里叼着半截麻辣小龙虾，像一只委屈的德牧。

厨房里，喝水的人不喝水，双双搂在一起。卓裕的后腰抵着案台边沿，大理石冰凉，刺得他腰腹如挠痒。怀里的人还不安分，时不时地扭动，简直让人心猿意马。

卓裕挑眉问："刚才弟弟说我什么？"

"他夸你厉害。"姜宛繁语气娇俏，"我也觉得你挺厉害的。"

"嗯？哪里厉害？"卓裕往前贴了贴，顺势将她抱得更紧，"把话说清楚。"

论让人想入非非，卓老板堪称高手，语气松弛自在，眼神却如暗处跳跃的灯火，勾人得很。

姜宛繁笑着抿唇，双手抵在他的胸口："出去吧，进来太久了。"

"再抱一下。"卓裕说。

姜宛繁埋脸在他的颈间，呼吸浅浅游离，很轻地"嗯"了一声。

抱完后，他将人松开，姜宛繁刚想转身，又被他一把拽住手腕用力拉了回来。人再次回到怀抱，卓裕笑像个登徒浪子："抱都抱了，你再让我亲一口。"

姜宛繁忍着笑,佯装斥责:"贪得无厌。"

卓裕低头,吻落下来,低声道:"不,是上进心。"

说好的拥抱变成亲吻,浅尝辄止仍不够,在曼妙的灯光里,两人吻得七荤八素,最后姜宛繁搂紧他的脖颈,过于投入不肯放手。

卓裕偏过头,躲开她的亲昵,一脸老实人家的无辜神色:"奶奶还在外面,要让她看现场直播吗?我怕她心脏受不了。"

姜宛繁神魂颠倒,呼吸沉且急,恨恨瞪他一眼:"欲擒故纵。"

卓裕抬起手,拇指指腹刮蹭着她红润的唇,无辜极了:"愿者上钩。"

姜弋勤快,吃完夜宵麻利地将桌子清扫干净,祈霜在旁催促:"快点哦,我要斗地主了。"

姜宛繁不乐意道:"奶奶,您该休息了。"

"我睡不着。"祈霜知道这儿谁做主,一双眼睛盯着卓裕,"孙女婿,陪我斗斗呗。"

卓裕挑挑眉:"您有赌资吗?"

"有的有的。"祈霜拿起两把小纸条,"我早就撕好啦。"

本以为老人家只想过过瘾,没想到祈霜的牌技贼溜,打得活,会给人下陷阱,一个小时不到,人菜瘾大的姜弋已经被贴了满脸的小纸条。

祈霜语重心长地说:"下一次只有鼻孔能贴喽。"

姜弋气鼓鼓地把牌塞给姜宛繁:"姐,你帮我打。"

姜宛繁摆手道:"这么臭的牌给我啊?我不收破烂。"

祈霜平心静气地搭话:"可不是嘛,谁喜欢收破烂呢,还是得自己有一副好牌,不用靠别人,就可以掌握在自己手中了。"

姜弋沉默下来,闷闷的,不得劲,打了两把,便蔫蔫地把牌一放:"奶奶,您早点睡吧。"

姜弋起身,顶着一脸小纸条默默进了客房。

十一点,姜宛繁也睡了,卓裕悄然起身,走出卧室。不多久,像是心存默契,祈霜也从房间走了出来。她搭着一条浅灰披肩,戴着老花镜,笑得眼纹深刻,藏

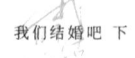

不住疲倦。"孙女婿，陪奶奶聊聊天呗。"

夜色是低饱和度的暮霭深蓝，不似小地方，八点多就漆黑一片，连偶尔的一声狗吠都慵懒敷衍。卓裕端了杯热牛奶进入书房，就见祈霜安静地站在窗边，眼神空远。

"奶奶。"卓裕递过牛奶。

"谢谢啊。"祈霜接过后幽幽地叹了口气，"其实奶奶这次来呢，是陪着阿弋。这伢子跟他爸吵了好大一架，他爸翻脸让他滚，唉，他才多大啊，能滚哪里去嘛。一个在气头上，一个也不服软。"

卓裕在斗地主的时候就看出不对劲了："所以您说要来看看我们，正好带姜弋一起来了。"

"要分开一段时间，让他们父子俩冷静。"祁霜白天能忍，能装，是顾忌着小年轻那点敏感又稀薄的面子，但现在对着卓裕，她可以敞开心扉了。

"小弋不喜欢念书，总想出去闯荡，他爸爸恨铁不成钢，犟起来不管不顾的，伤了感情和脸面。"祁霜两边都心疼，"你说这臭小子是怎么想的？明明姜姜这么会读书，他跟姐姐一点也不像。"

卓裕笑着纠正道："这没有必然联系，龙生九子还各有不同呢。那小弋是怎么想的？"

"他说他就是不想上学，送外卖，送快递都行。"祁霜想起来就头疼，眼底是抑不住的心疼和惋惜，"他那是气话，孙女婿，你可不可以帮奶奶劝劝他？他对他姐姐都不讲实话的，木头疙瘩，臭石头。但是他对你，有一种莫名的崇拜。"

卓裕竖起大拇指："奶奶，我爱听您讲话，用词特时髦。"

祁霜被逗笑了："你啊你。"

第二天，姜宛繁带奶奶去店里，卓裕叫上姜弋，丢给他一个滑板："你不是一直想学压板技术吗？走，教你。"

姜弋兴奋极了，配合得很，摔跤也乐在其中。中途休息的时候，他把衣服脱了，赤着膀子坐在地上，皮肤黝黑，肌肉线条流畅。他一口气喝完半瓶水，说："姐夫，我留下来帮你得了。我看你俱乐部也挺忙的。"

卓裕斜睨他一眼："不回霖雀了？"

"不想回了。"不知怎么，姜弋对这个姐夫下意识地信任，抱怨道，"我爸妈非得让我去上学，上学有什么用？"

卓裕的语气陡然严肃："小子，收起你的偏见。上学，是这个世界上为数不多的相对公平的一条起跑线。"

"有什么公平的？新闻上还有Y大毕业的博士生去卖猪肉呢。"

"那你怎么不看看这么多行业里的顶尖人才，我不说学历有多高，但一定是学有所成。"卓裕皱着眉，以坚定的态度驳斥他的偏见。

姜弋不说话，但横着的浓眉都快飞了，心里仍是不服气。

卓裕没惯着，直言不讳道："你跟我摆架子有用？你十七岁了，要么以理服人，要么就虚心听讲，或者你跟我打一架，谁赢谁是老大。"

姜弋努努嘴，闷声道："我打不过你。"

卓裕软硬话轮着来，又动之以情道："就说你姐，可能不是你心目中飞黄腾达的大人物，但她以一技之长让自己的生活过得很不错，开了一家喜欢的店，集聚了一批志同道合的人。更重要的是，她的灵魂充实，眼界开阔，在面对困难、处理问题的时候，有分寸，知进退。你以为这是耍耍嘴皮子，逞逞能就能做到的？这就是她的人生积累，读过的书，学到的东西，一分一毫都不会成为坏账。"

姜弋目光空旷深远，迷茫和无措渐渐显现。

卓裕拍了拍他的肩膀，语重心长道："你想学滑板，学滑雪，但你想过没有？这条路比单纯的上学更艰难。身体的伤痛，不可逆转的损伤，无法预知的危险，你真的有勇气承担吗？"

姜弋想大声表态，但到了此刻，他发现"我可以"三个字竟然犹豫于唇齿间，内心被唤醒的另一道声音在慎重规劝。

卓裕站起身，活动了一下久坐的筋骨，说："哦对了，顺便告诉你一声，我虽然报的是体院，但我当年的高考分数，足以选择上任何一所大学。"

姜弋抬起头，欲言又止。他发现，在真正有经历、有实力的人面前，狠话成了最傻最无用的证明，于是他默默做了个抹脖子的动作，以表扎心。

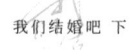

深度交流后，卓裕给姜荣耀打去电话："爸，我想跟您商量件事。"

姜弋不爱上学这事，已是家里的大难题，几度把姜荣耀气得心脏病要发作，就他这逍遥自在的侠客作风，就算让他继承家业，那也是两边都痛苦。

"这些事你怎么从来不跟我说？"卓裕兴师问罪。

姜宛繁撇了撇嘴角，小声道："这不是家丑不外扬嘛。"

"我是外人？"

眼看他拿捏把柄气势高涨，姜宛繁瞪他一眼，先发制人："你和你姑姑家的事，好像也没把我当自己人哦。"

卓裕自觉噤声，双手拱拳甘愿认输。

姜宛繁抿唇笑了笑，但也是真的好奇："你是怎么说服我爸允许小弋留在这里的？"

卓裕的方法简单粗暴，向岳父下了军令状："您给我一年时间，我来带姜弋。帮他找准自己的人生定位，读书这事没办法强求，但他会明白自己真正要什么，能要什么。"

有时候，清晰准确的心智认知，比缥缈的宏图壮志更实际。

姜宛繁却持怀疑态度："我爸不是容易被蛊惑的人。"

"我跟他说了，一年为期，如果我办不到，就再买一套江景大平层，只写你的名字。"

卓老板牛气。

姜弋这事解决得漂亮，祁霜相当满意，不同于前两日的强颜欢笑，乐得成天合不拢嘴。她来B市还见了一个人，曾经的学生，孟媛女士。

孟女士对恩师感激不尽，把她当亲妈招呼，热情到祁霜偏头痛都犯了："哎呀呀，我不去玩了，坐车都坐晕喽。"

孟女士热情不减，提的建议十分硬核："老师，那我们改坐直升机！"

祁霜一下子精神了："那好啊！继续玩！"

在私人直升机上，纵览城市大好风光，祁霜戴着护目镜，满头银丝格外飒爽，贼酷一老太太。

飞机上，师徒俩闲聊家常，谈话过往。孟女士仍对去年姜宛繁放弃"女史箴"绣品修复一事耿耿于怀。

"在我眼里，她就是最合适的人选，这幅图于我来说，意义重大。祁老师，您还记得吗？您第一次给我讲解的绣品，就是女史箴。尽吾辈所能，让流失海外的国宝回归，是海澜的毕生所愿，而让您的后人来完成修复，是我的私心。"孟女士说，"当年，正是因为您给我讲解的这幅作品，让我真正懂得您所说的'传承'为何意。"

天高海阔，城市如沧海中的一粟。在苍穹顶空，借东风，忆往事，勾起醉人春风。祁霜笑呵呵的，面容苍老，但眼神开阔、包容，温柔得一如年轻时。

她说："你能记得我，这也是一种传承吧。"

孟女士眼泪夺眶而出，激动道："老师，还有件事，下个月，行业内即将举办国际文创比赛，这次比赛联合故宫博物院、国家文物馆，是难得的展露机会。我和我先生受邀担当刺绣单元的评委方。我想让宛繁参加，她值得更好的平台。"

"你真不去啊？要不要再考虑考虑？别学你爸爸的闲云野鹤，该争取的时候还是得争取。"祁霜劝说了两遍，姜宛繁的态度并没有改变。

"奶奶，你知道的，我对这些没兴趣。店里单子多，根本忙不过来。"

"都是借口。"祁霜摆摆手，"随你吧，我话带到了。"

这几年，圈子里的各种活动邀请函，姜宛繁收到不少，但她志不在此，不然早走另一条路了。

祁霜最不爱干涉他人自由，很快转移话题道："哦对了，上次在霖雀收的你九花婶婶的那两幅梅花图，不用帮她卖了哦。"

"嗯？"姜宛繁诧异道，"为什么？"

"我来之前，她特意跟我说了，还很不好意思，脸都憋红了。"祁霜告诉她，"是因为有别的老板来收了，价格给得也不错。"

姜宛繁不疑有他，真心道："挺好的，奶奶，那我把九花婶的作品找出来，您帮我带回去给她。"

祁霜待了五天，周六，姜荣耀和向简丹开车过来接她回去。当卓裕看到他俩不停从后备厢里往外搬东西时，一度以为他们是来开中药店的。

向简丹笑眯眯地说："这些都是给你的。"

卓裕只认识一个枸杞。

向简丹朝姜荣耀使眼神，这种事情还是男人沟通比较好。姜荣耀把卓裕叫到稍远处，说："这是蛤蚧、海马，这些小袋里的是苁蓉、巴戟天。我都给你分好了，用法和吃法也写在小本本上。"

卓裕问："这些都是给我的？"

姜荣耀叹了口气，拍了拍女婿的肩："之前是爸爸态度不好，我呢，不该对你摆脸色，毕竟如今的情况也不是你所想的。"

卓裕听得云里雾里，说："没、没事，爸，我贸然辞职，确实让你们担心了，是我做得不周全，您没有错。"

"唉，已经铸成大错了。"姜荣耀盯了盯他的腰，怕他敏感多虑，又匆匆移开目光，心说都是男人，他千万不能表现得过于明显，以免伤了卓裕的自尊心。

卓裕费解岳父的态度为何转变如此之快，就听姜荣耀委婉道："你工作辛苦，也要注意身体。这些补品都是给你的，平日炖汤喝，对身体好。对了，还有这一坛酒。"

卓裕顿时受宠若惊，做姜家女婿好幸福。

"这坛药酒，用了很多名贵药材，我费了老大劲泡的，一天一小杯，千万别贪杯，睡觉前喝，也不耽误你日常开车。"姜荣耀再三交代，"记得，一定要按时喝。"

这是爸爸的爱，卓裕不敢不接。

送别奶奶和岳父母，卓裕望着这大袋小袋的心意，感受到久违的家庭暖意。姜宛繁不疑有他，爸妈一向注重养生，大概也就是些一般的滋补品。

她店里事忙，接了一个浙商富豪的嫁娶礼服，定了时间亲自过去量体裁衣，沟通细节。卓裕早上开车送她去机场，佯装多愁善感道："送完爸妈送老婆，我都成留守儿童了。"

姜宛繁抱着他难舍难分，嗔怪道："就你昨晚做的事还儿童呢！"

"昨晚我做什么了？"卓裕在她耳边低声笑了，放在她腰上的手劲也加重半分，"嗯？说啊。"

"这是机场，不是颜料厂。"

登机时间到，卓裕放开人，目送她进了安检。

家里请了个定时过来做饭的阿姨，卓裕把姜荣耀带来的这些药材交给她，嘱托她每天炖道汤，顺便拍张照片，他好转发给姜荣耀每日打卡——联络感情的绝佳机会，卓裕自然不会错过。

姜荣耀很高兴，每一次都回一个怒赞的土味表情。

大概是最近太忙，操心的事太多，第二天卓裕的嘴角就长了颗火气痘，连喝水都疼。第三天，他开始觉得不对劲，他不是浑身无力，而是浑身上下太得劲了！一定是夏天温度太高、太热，他索性去俱乐部的滑冰场待着，方能纾解体内多余的热乎劲。

做饭的阿姨厨艺精湛，用料大方，放足了补料，熬了一锅鲜香肥美的羊肉汤。卓裕闻见这药材味，隐隐有些反胃，刚想作罢，手机响了。

岳父："女婿忙不忙？"

不用明说，卓裕连忙拍照打卡，发了一张正在喝汤的自拍照。

吃完饭，阿姨洗碗收拾，念叨着夏天进补羊肉的诸多益处："喝点羊肉汤，身上暖和，到了冬天不怕冷。"

卓裕好想说这岂止是暖和，他现在气沉丹田，都可以参加荒野求生了。

阿姨走之前，贴心提醒他："酒也给你倒好了，休息一会儿记得喝。"

这坛药酒不是酒，而是来自岳父的爱。卓裕将今日份的爱意一口闷了，也是奇怪，平日酒量不错的他竟然有点晕。原本以为早点休息就会缓解，没想到的是，他越发难受——心跳加快，气息不匀，急喘粗气，小腹似火山，里面有烈焰熔浆在搅动。

卓裕额上汗大如豆，身体越来越不对劲，意识涣散前，他给谢宥笛打去电话：

"快，快来接我，去医院。"

谢宥笛吓得半死，直接给他叫来了救护车。

医生做完检查后，看向他的神色颇为复杂："生理问题要及时就医，相信科学，民间土方不可取。你也没什么大事，就是那些药材汤水，不要再喝了。"

这种病人医生见得多了，开了一系列检查单，结果出来后，医生深沉道："各项指标已经非常好了，还这么努力地突破自我啊？"

谢宥笛接话道："他可是滑雪俱乐部的老板！运动员哦！"

卓裕这辈子从没这么想死过，谢宥笛在病床旁边捧腹狂笑半小时，卓裕打着点滴，扭头看向墙壁。从未想过有一天，会因为吃了太多补品而进医院。

"要不要告诉小姜？毕竟你晚上需要人陪床。"谢宥笛故意问。

卓裕抚额无力道："你闭嘴吧。"

"该闭嘴的是你，喝了那么多汤药，很难不怀疑你的动机。"

"你还有脸说？"卓裕不敢多回忆一秒，"谁让你叫120的，你开车过来接我一下会死吗？"

救护车那么大的动静，四季云顶的居民全体出来看热闹。他一度婉拒随车护士，说"谢谢，我能走，我没事"，但护士尽职尽责，以为他无能逞强，索性给他扎了一针镇静剂。

"得了，晚上我陪你，明早我直接从这儿去机场。"谢宥笛公事出差去广州，关键时候很靠谱，卓裕心里刚稍感安慰，又听他说，"本想找个护工，但我怕你做出禽兽不如的事，只能我本人以身涉险了。"

卓裕没扎针的那只手抓起外套丢向他，谢宥笛夸张地以手在鼻子前扇动："一股枸杞味！"

卓裕这辈子都不想再听到这两个字。

谢宥笛去小护士那儿领了张陪护椅，躺在上面翻他的检查报告，啧啧称赞："可以啊卓老板，堪比健康范本，平时看不出。"

"神经病。"卓裕骂道。

谢宥笛笑着说："我现在只想给你的岳父点个赞。"

第2章 百年好合

姜宛繁坐最早的航班飞了回来,没人告密,是卓裕坦白的。自从上次出车祸,两人闹过矛盾,他便发誓无论何事,对她都再也不会隐瞒。

姜宛繁赶来时,愣在病房门口半天不敢进来,耳边还回荡着主任医生的话:"哦,你是患者家属啊?其实呢,患者的各项指标已经相当优秀了,你也适当开解一下,不必过于追求完美。"

她看着卓裕,卓裕也茫然地看着她,持续半分钟后,两人齐齐笑出了声。

卓裕委屈巴巴道:"我真不是故意进医院的,你别骂我。"

姜宛繁哭笑不得:"我平时对你很凶吗?"

卓裕摇头不语,头发搭在额前,嘴角的痘还没消,眼角也被补得上火泛红,活脱脱一只受伤的大白兔,怪可怜的。

姜宛繁走到外边给向简丹打了个电话,语气很无奈:"妈,镇上所有的药材是不是都被您和爸承包了?"

乍一听卓裕进了医院,祁霜急得不行,再一听是这种离谱的原因,顿时暴跳如雷,逮着儿子儿媳一顿怒骂:"你们都多大的人了,怎么还这么没分寸呢!人家中医都得望闻问切才敢对症下药,你们倒好,庸医当上瘾了,心里没点数,拿我孙女婿当试验品!"

向简丹弱声辩解:"我、我们这也是为小卓好。"

"好你个头啊!"祁霜平日是随性快乐的老太太,但动真格也是很慑人的,"好不好由你们说了算吗?是我姜姜说了才算。她都没说什么,你们在这儿瞎拱火。"

向简丹也觉得委屈:"我们也是好意。"

"好意什么?就是无知加愚蠢!"祁霜还是一肚子火,"我孙女婿多好啊,帮你们说服姜弋,愿意把姜弋带在身边教,自己开俱乐部,没让你们帮衬一分钱,这么上进的小伙子,哪怕缺胳膊少腿,那也是好青年。"

姜荣耀屁颠颠地帮老伴打圆场,觍着笑脸说:"哎,她当妈的关心嘛,以后要孩子的话,早点调理也是好的。"

"你闭嘴,别以为我听不出你那迂腐的心思,要不要孩子,是他们小两口的事,

063

用不着你们在这儿出馊主意。这么着急催孩子,就是坏。"祁霜态度硬朗地撂话,"以后谁再拿这事做文章,大门口狗窝旁的那把扫帚就是为他准备的!"

卓裕这一次没少遭罪,倒也不是对身体有多大的损伤,就是上火,嘴角连续起了三五个疱,出虚汗,人不得劲,久站一会儿就头晕。他吊了两天水,出院的时候医生开了一堆清心败火的药。

一进家门,他皱眉捂着鼻子,迟迟不肯进去:"有药味。"

"等着!"姜宛繁小跑进卧室,拿出香水四处喷,"好啦。"

卓裕这才肯进屋,往沙发上一躺,孤单弱小可怜。姜宛繁不由得紧张,走过去摸了摸他的脸:"还难受呢?"

卓裕"嗯"了一声。

"我去给你拿药。"姜宛繁勤快得如同田螺姑娘,刚转身,就被他握住手拽了回来。

卓裕病恹恹地说:"老婆,你抱抱我就好了。"

姜宛繁一眼看穿他的心思,一定不是抱抱而已,挑眉问:"都这样了,你还能干吗?"

"你说能干吗?"卓裕一副"我就这样你看着办"的无赖态度,偏偏眼神旖旎多情,姜宛繁莫名想到一个词:病美男。

她伸手够到遥控器,窗帘缓缓关合薄纱那一层,光线减弱,合情宜景。卓裕眸光渐深,偏语气还无辜:"你别过来啊。"

姜宛繁乐不可支。

沙发大,他自觉让出一半,单手圈住她的腰,怕她跌落。姜宛繁一只手撑着,居高临下地望着他:"那我走?"

"来都来了,不干点什么你甘心?"卓裕的手加重一分力气。

"我甘心啊。"姜宛繁捏住他的下巴,左看右看如选妃,佯装挑剔,"病秧子,次等品,不要也罢。"

"要或不要,试过再做决定。"卓裕压着她的后脑勺往下,自己"被迫"接了个吻。

什么病美男,根本就是故意的。

卓裕接住她含嗔含怨的眼神,低声哄慰:"我这不是身体不好吗？"

姜宛繁轻呸一声:"你适应得还挺快啊,还剩那么多药材补酒,你干脆喝完别浪费。"

卓裕猛摇头:"不了,不了。"

姜宛繁笑盈盈地问:"岳父的爱是不是很沉重？"

"倒也不沉重。"卓裕故意往上挪了挪,"就是有点费人。"

嘴硬归嘴硬,到底是进了医院的人,卓裕在沙发上睡着了。姜宛繁躺了一会儿,怕吵到他,便去主卧洗了个澡。

卓裕这房子装潢很简单,多余的装饰没有,灰墙金属色家具,无主灯设计显得房子冰冷如样板间。主卧要好一点,因为上一周姜宛繁陪奶奶住在这边,护肤品、衣服也放了些,添了几分柔软。

姜宛繁找不到自己的睡衣,暂且先裹着卓裕的睡袍,在衣柜里翻找。

别的不说,他的衣服是真多。在兆林上班时西装笔挺,白衬衣和各式西服有二十多套,更别提内搭、T恤,好多连吊牌都没拆。这应该是姜宛繁见过的,衣服最多的男人。

职业习惯使然,她顺便帮他分门别类,按颜色、季节区分。衣柜下是两层饰品收纳屉,手表居多,右边则都摆的领带。姜宛繁有点色彩强迫症,习惯由深至浅规律摆放。她动手整理,先把它们全部拿出来,然而最后一条黑色的领带卡在抽屉之间,姜宛繁扯不出来,只好将隔板拿起。

隔板下,一叠大小不一的纸页赫然入目,最下面的是一份泛旧的报纸——《辰市日报》,2015年12月4日。

这个地方姜宛繁听说过,但从没去过。她翻了翻,没仔细看,直到瞧见另一样东西:卓钦典的身份证。她忽然反应过来,这些手稿书信,是卓裕父亲的。

姜宛繁忍住好奇,克制地将东西放回原处。卓裕把它们压在箱底,一定是不想被人知道,没经过他同意,她不会肆意窥探。

"没事,你看吧。"门口,卓裕已经站了好一会儿。他刚睡醒,头发乱,随意套了条裤子,赤脚踩在地上。

"这是爸爸的东西?"姜宛繁问。

卓裕走过来,顺手拿了件白T恤穿上,脑袋还在衣服里,声音隔着布料显得闷:"嗯,车祸之后,他的东西基本都烧了,就留了这几样。"

人死后,尘归尘,土归土,七八年了,卓裕已能够很平静地说起这些。

"老卓是个非常严肃的老头,最开始,兆林其实是他和我姑共同出资成立的。他不赞成我学滑雪,把我藏起来的滑板找出来再藏,让我找不着。我的高中记忆,就是在藏与找之间与老卓斗智斗勇。"

姜宛繁笑道:"爸爸对你还算温柔。"

卓裕点点头:"他再反对,也从没有砸过我的滑雪板。最生气的一次,是我高考填志愿,非得报体院。他放狠话要跟我断绝父子关系,连断绝书都写好了。我那时也挺欠揍的,还激他,说他一把年纪,幼不幼稚。"

"你没被爸爸打死,还能活到现在,是爸爸心有大爱。"姜宛繁说。

卓裕笑意更深,想了想,说:"我以前确实挺不孝的。老卓心不够狠,没对我下狠手,让我在任性这条道路上有了可乘之机。"

"他不是不心狠,而是对你不舍得。"姜宛繁轻声纠正。

卓裕咽了咽口水,看向她的目光变深变沉:"如果他还在,一定很喜欢你。"

"我本来就招人喜欢。"姜宛繁俏皮眨眼。

卓钦典是一位严谨、严肃,在卓裕看来,还很固执的父亲,做什么事都有板有眼。他在世时,家规是他手写的,厚厚几十条,卓裕背不出来就要被竹条打手心。卓钦典乘着改革开放的东风,在深圳做海产生意发家,积累了不菲的身家。少年时的卓裕常常匪夷所思地想,老卓这么古板,怎么还能在海产界混得下去呢,不是应该早就被竞争对手丢进海里了吗?

结果老卓没被丢进海里,卓裕他妈妈倒是闹出了事——夫妻相隔两地,独守空房,他妈妈和一个湘南人跑了,给老卓扣了一顶绿帽子。那时卓裕还小,印象中,也没听他们之间有很大的争吵,散了就散了,老卓喝了一夜闷酒。

老婆走了，老卓对外说她去沿海做生意了，但做了几年生意还没回来，其实大家都心知肚明。有挑事看热闹的故意问卓怡晓："晓晓，你妈妈去哪儿啦？"

十几岁的卓裕，单脚用力一踩滑板，滑板跳到他手里，下一秒就在那人脑袋上开了瓢。

但这件事，卓钦典没有责骂他，只沉默坐了好久，最后说："别再让我看见你那破滑板！"

他与卓钦典之间并没有什么父子感情互动，但老卓身上这股刻板、较真、严肃的劲，反倒让卓裕莫名安心。他觉得，老卓就是那种守得住寂寞，耐得住性子，能忍常人所不能忍的狠人。所以，老卓死的时候，就如一道雷，直接劈开了他的心。

"我不是不能接受他的死。"卓裕看着姜宛繁，这么多年过去，眼底仍有茫然与无措，"我只是无法忍受他一意孤行，以身涉法醉驾。他谨小慎微了一辈子，那么苛刻地要求我，到最后，却以最狂妄愚蠢的方式，害人害己。你说，这不是很讽刺吗？"

卓裕长长地吐了口气，情绪翻涌，指节抵住自己的鼻骨，闭眼缓过这一阵失态。姜宛繁能理解，但此刻，千言万语的安慰，都无法抚平他多年的心结。

"姑姑是很惨，但我觉得她不该总拿这事翻来覆去地炒。"姜宛繁的指腹在他的大腿上画圈圈，"挺没意思的。"

"但她毕竟是受老卓连累，于她而言，也是不可逆转的伤痛。"卓裕心存歉疚，正因如此，他也更加介怀父亲的不知轻重，无视对生命的敬畏。

很久很久没有这么平静、投入、坦然地谈论父亲的事了，有恨，有怨，有惋惜，有追忆，也有不舍和怆痛。

卓裕忽而低声道："他去世后，从没有来过我梦里。"

姜宛繁心尖拧得疼，将手握得更紧。

"他应该来的。"卓裕喃喃道，"我要好好跟他理论，当年脑子抽的什么筋，非要作死。"

姜宛繁把最底下的《辰市日报》又抽了出来，说："其实你还是想他的，不

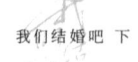

然不会一直收着他出事那天的报纸。"

卓裕侧过头，眼神隐忍又悲伤，肩膀微不可察地颤了颤。

姜宛繁捕捉到他的情绪，没让他逃避，温声说："没关系，想爸爸了，就去给他上炷香。"

她太善解人意了。卓裕在她的注目里，渐渐红了眼角。

江跃山，据说这里有高人施过道场，风水奇佳，背山傍水，天高云阔。

卓钦典的墓碑立于西南角，黑白照上的他，剑眉星目，神态凛冽。姜宛繁献上花，轻轻"哇"了一声："你父亲好帅哦。"

卓裕忍俊不禁，蹲在地上，捏开落在墓碑上的一根干草，他看了一眼卓钦典的照片，说："你儿媳妇最会哄人，不必太当真。"

黑白照肃穆，似在无声抗议。卓裕低下头，弯着的唇角平缓了些。

"你只清明节来一次吗？"姜宛繁问。

"不一定。"卓裕说，"没那么讲究，有时候忘记了，或者工作忙。"

他的语气轻描淡写，似是真不在意。哪怕天人永隔，在老卓面前，他仍然铆着一股劲，要呛上几句才舒坦。

姜宛繁屈起指节，作势敲了敲他的脑袋，然后笑眯眯地对卓钦典说："嘴犟，我帮您打他啦！"

卓裕"嘶"的一声倒吸气，捂着头久久不语。

姜宛繁紧张道："怎么了？我打得不重啊。"她扒开他的手查看情况。卓裕狡黠，扭头对墓碑说："看，她还是最关心我。"

幼稚！

一炷香的工夫，也没什么多余的倾诉。卓裕对父亲的感情一直是复杂且矛盾的，掺杂着几分抹不去的介怀。将墓碑清扫一番，菊花摆正位置后，卓裕牵着姜宛繁的手，说："走，带你去个地方。"

江跃山山顶有一座古庙，多有人忌讳，访客不多，只留了三五个守寺人。

卓裕踏进庙宇，里面供奉的神像不多，仅一尊菩萨像。功德箱伫立在一旁，陈旧却洁净。两人上了香火,恭敬叩拜。年长的僧人与卓裕熟识,走过来与之亲切攀谈。

姜宛繁四处看,这里地方不大,供奉的长明灯寥寥几盏。虽清静,但不敷衍,每一盏灯上,灯油厚深,灯芯粗顺。灯身下有红纸,以毛笔字手写着受庇护人的姓名。

第五盏,卓钦典。是卓裕为他供的灯。

流云飞鸟,群星闪烁,旷日经年不复返,年年当如是。

姜宛繁忍不住看向他。约莫是商量妥当,僧人提笔写字,卓裕在旁轻声提点。

姜宛繁没去打扰,在寺外等候。等卓裕过来时,她问:"刚才在写什么?"

"祈愿。"卓裕不告诉她,笑了笑,"说出来便不灵了。"

姜宛繁忍不住好奇心,待他去接电话时,再一次折返大殿。功德本摆在案台上,佛香幽淡袅袅,殿外群山浅廓,与云海融为一体。

她将功德本翻开,墨迹崭新,形如流水。姜宛繁看清后,一愣,笑了起来。

朗朗乾坤,字字映心——

"与我姜姜,百年好合。"

九月初,秋老虎威力绵绵,日气温仍往37℃蹿,正是因为太热,两人迟迟没搬去藏芷邸的新房。姜宛繁是个神人,总能见缝插针,利用空余时间将房里的软装摆件添补齐整。

那天卓裕去新房拿证件,进门差点以为走错了地方。像屏风、挂画这种大件,他都不知道姜宛繁是怎么弄上来的。

"简单呀,中午没客人的时候,我让店里的伙伴帮忙一小时。"姜宛繁又翻了翻日历,"下周五你有空吗?"

"怎么?"

"搬家。"

卓裕很好奇,伏在工作台面上,问她:"老婆,你从小到大,做任何事都这么计划周详?"

"那倒不是,也有意外。"姜宛繁手上的活没停,穿针引线,动作如流水,赏心悦目。

"说说看,什么意外?"

姜宛繁垂下手,手背贴着柔软的布料,瞥了他一眼:"你。"

卓裕心猿意马,竟被一个字撩到失语。

说是搬新家,但两人心态都挺平和。姜宛繁说:"其实我那小公寓也挺好的,我们两个人够住。太大的房子我怕睡不着,不习惯。"

晚上,卓裕随手点了一部影片投屏,《两小无猜》修复版甚得他心。卓裕枕着姜宛繁的腿,大爷似的张嘴咬住她递过来的苹果片。

"你怎么想的?"姜宛繁捏了捏他的鼻梁骨。

卓裕懒散地"哦"了一声:"房子太多了,没想法。"

"欠揍吧。"姜宛繁挠他的侧腰。

卓裕拧眉躲开:"别动那儿,还没好。"

姜宛繁气不打一处来:"你又开始了是吗?卖惨上瘾了是吗?"

卓裕笑了,无辜发问:"我怎么卖惨了,嗯?"

"你这样,那样,最后就这样了。"姜宛繁含糊道,耳尖也微微发烫。

"看来回忆很美好。"卓裕挑挑眉,"不用回味,我就在这儿。"

"你们说,他是不是被我爸妈的补药,把脑子给补坏了?"睡前在闺密群里聊天,姜宛繁慢吞吞地打字。

向衿:"不是补坏了,是补黄了。"

盛梨书:"应该是药效比较猛。"

向衿:"假装不拆穿你在炫耀。"

姜宛繁看得忍俊不禁。

盛梨书:"我下周六回,老地方一起吃饭。姜姜,叫上那条'谢柯基',我给他买了两包狗粮。"

姜宛繁:"他好像来不了,去广州出差了。"

盛梨书："去见女朋友啊？"

姜宛繁听卓裕提过，谢宥笛有喜欢的女人，并且喜欢的时间还不短，她认识谢宥笛快三年，真没见过他身边出入过女性伴侣，这么一想，他还挺长情。

姜宛繁弹开跟盛梨书的聊天窗口，打了字又删，删了又打，犹豫一番又作罢。

卓裕洗完澡出来，径直去床上，大腿一盘，从后边贴着姜宛繁坐。这种不正经的姿势让她脸颊发热，往后推了一把，先发制人："无赖流氓。"

卓裕坐怀不乱："我没想对你这样那样。"

这么一说，倒显得她有多心虚似的，姜宛繁拿胳膊肘推他以表愤懑。

卓裕稍稍分开了些，跟她商量正事："搬家那天，要不要接奶奶和爸妈过来？"

姜宛繁斜睨他一眼："还挺惦记岳父母的爱啊？"

卓裕的手搭在她的腰上，手指似弹琴撩拨："嗯，咱俩有爱同担。"

姜宛繁忍不住翻了个白眼，这男人婚后越发放纵本性了。

跟家里说了搬家的事后，姜荣耀和向简丹决定过来看看。这天日子很好，天青云淡，起风了，吹走夏日最后一截尾巴，洒下凉爽，替秋日拉开序幕。谢宥笛一早就发来视频，他人还在广州，回不来，但礼物没少，送了两块金条，说是保值增值，三百多克的重量，相当阔绰。

姜宛繁凑到屏幕前跟他打了声招呼，隐约听见有别的声音。视频挂断后，她问："他这次去这么久啊，刚才是不是有女生在叫他？"

卓裕说："他喜欢的人回来了。"

姜宛繁愣了愣："啊？那、那挺好。"

卓裕冷不丁地笑了一下，神色复杂，没再多谈，说："我去陪陪爸妈。"

姜荣耀和向简丹坐在沙发上，和卓裕大眼瞪小眼。

两人都不说话，卓裕很紧张，硬着头皮道："爸、妈，下套房子我一定好好装。"

"不不不，这房子太漂亮了。"向简丹叹了一声气，忍不住说，"其实这次过来，也是想借着机会跟你道个歉。"

卓裕一愣。

"对，对。"姜荣耀道，"上回那些补药，害得你进医院。我和你妈内疚，都不知道该怎么提这事。还是你奶奶把我们骂醒了,以后啊,我们不瞎掺和了。"

把话说开后,向简丹也自在了些:"如果真有个什么,你也好好看医生,不用讳疾忌医,爸爸妈妈更不会对你有意见。"

看来这误会,短时间内是消除不了了。

向简丹着重看了一下厨房,宽敞、现代化,她说:"你们又不做饭,搞得这么隆重,自欺欺人呢。"

姜宛繁汗颜。

"对了,九花婶知道我要来,昨晚特意到咱们家,说让我跟你道个歉。"向简丹也是无奈,"她啊,就是实诚,觉得那两幅绣品不放你这儿卖,过意不去,念叨了两个小时,我真服她。"

"呀,她还过意不去呢?"姜宛繁哭笑不得,"那您好好开解。"

姜宛繁的本意也是尽自己所能帮衬一把,希望家乡的手艺人有一份收入。她能力有限,既然有人愿意花不错的价格收绣品,多好,多欣慰的事。

中午在餐厅订了位置,卓裕开车,刚出地库,就与一辆欧陆迎面碰上。欧陆的车窗降下,林延笑着打招呼:"哥,巧了。"

后座的向简丹"咦"了一声:"这是你表弟吧?"

卓裕不得不下车。

跟随林延一起的,还有一张熟悉面孔。晏修诚不疾不徐地站在车边,和卓裕谁都没看谁。林延揣着红酒做礼物,说:"要不是听同事说,我都不知道你搬家。你真是贵人多忘事,都不通知我们的。"

他说话带着笑,说的又确实是这么个道理。

向简丹和姜荣耀没少纳闷,目光游离在两人之间。卓裕一时无言,发作不得。

林延躬腰,隔着车窗向里面打招呼:"亲家伯伯、伯母,您们好。"他指了指晏修诚,"晏老师也经常提起您们,原来早就认识,真是缘分。"

姜荣耀总觉得晏修诚有点面熟,仔细端详半天,终于记起来了:"啊,这、这是不是姜姜的同学?你大一还是大二的时候,带他来过家里。"

场面一霎冷却。卓裕肩一颤,面若寒霜。姜宛繁紧抿唇,把脸别向一边。

向简丹看出气氛不对，悄悄拉了拉老伴的衣袖，姜荣耀虽不解，但也没再问。

晏修诚挪动两步，毕恭毕敬地叫了声"伯父伯母"。姜宛繁不给他任何机会，直接按关车窗。

这事只当是小插曲，用餐时的气氛依然和谐温馨。向简丹观察敏锐，仍是看出了小两口之间不对劲的地方——卓裕礼数周到，无可挑剔，姜宛繁喜欢的菜，他第一筷都是夹到她的碗里。可姜宛繁两次看向他时，他的目光如蜻蜓点水，游离而过。

向简丹借口去洗手间，越想越不对劲，便偷偷给祁霜打了个电话。

"妈，您看一下微信里我发的照片，这个男孩子，你有没有印象啊？"

五分钟后，向简丹刚走到包间门口，祁霜打来的电话火急火燎地响起。

姜荣耀和向简丹不愿意住新房，说是霖雀镇的习俗，犯冲。卓裕不信这些，说家里大，住得下，向简丹便找了个理由，说是自己不想住，想体验一下五星酒店。

卓裕无可反驳。

中心圈最有名的那一家酒店恰巧是谢家产业，在前台办理入住时，经理认识卓裕，顺便就跟谢少爷汇报了情况，谢宥笛打来电话，说："账划我那儿吧，让小姜爸妈住就是了。"

卓裕听他的语气，心情不错的样子，问："还和陈瑶在一起？定居广州不打算回来了？"

谢宥笛精神爽利："我倒是想。"

卓裕哼笑一声，说多了怕他不爱听："挂了。"

将爸妈安顿好，卓裕和姜宛繁乘电梯下楼。梯厢里，香气弥漫，三面装了镜子，灯光折射，更加富丽堂皇。两人挨着站的，谁都没说话。出电梯时，卓裕伸手挡着梯门，等她出去了才收回手。姜宛繁看了他两眼，他都不经意地转开头，目光落向别处。

到了车里，气氛更沉默。卓裕想抽烟，手都搭在烟盒上了，又怕她吸二手烟，克制地收了手，拧开一瓶水仰头就是半瓶。"咕噜咕噜"的声音回响，似在传达情绪，姜宛繁目视前方，当没感受到。

卓裕绷紧唇，沉默地开车，只是车技与平日判若两人，直路行驶时，时不时地踩一脚急刹车，明明前后没有车辆；绿灯还有十五秒，完全可以通过，他又忽然降慢车速，生生拖到下一轮。

姜宛繁闭着眼，佯装睡觉，没有一丝怨言与不满。卓裕终于没忍住，从后视镜里瞥向她，看她沉静的睡颜，像是一团火球，闷不吭声地砸在他的心尖。

姜宛繁睁开眼，只说了一句话："你送我回店里吧。"

就这么十分钟的路程，卓裕怄得都快内伤了。

前面靠边就到简胭，卓裕眼睛微眯，单手将方向盘打横到底，直接就地停稳。

安全带扯着人惯性往前倾了倾，姜宛繁皱眉，转头看着他。

卓裕绷着脸，深呼吸一下，然后说："跟你有关的，不管什么，在我这儿压根儿藏不住，我也不想藏。我问你，从吃饭到现在这么长时间，你就没有看出我不高兴？"

姜宛繁点头道："我看出来了。"

心像一张纸，被人一把捏出褶皱，他喉结滚了滚，说："你连一句话都不问。"

"不高兴你就说，为什么要我问？"

"我这不是在跟你说？"

"好，你说，我听着。"姜宛繁对答如流，逻辑闭环让他翻不出一丝破绽。

卓裕堵得慌，五脏六腑都细细绵绵地疼。

姜宛繁的目光一直定在他身上，一副洗耳恭听的架势，像一面光滑峭壁，让他找不到攀爬的支力点。

"不说了？"姜宛繁没了耐心，"那我走了。"

车门关紧，"嘭"的一声画上句号。

姜宛繁进店，吕旅她们正在吃西瓜："师傅，赶紧吃瓜。"

姜宛繁手一顿，听着像一语双关的内涵。

店门又被推开，吕旅惊奇道："呀，裕哥你也来啦，正好一块儿吃瓜。"

卓裕皱起眉，沉着脸，把手里的牛奶递给姜宛繁，语气生硬道："午饭没吃几口,待会儿别胃疼。"

姜宛繁接了,他走了。

店员们面面相觑,有眼睛的都瞧出了不对劲,大家不约而同地垂下手,手里的瓜顿时不香了。

俱乐部里,姜弋现在的身份是打杂的小助手,帮教练收拾器械,和顾客沟通时间,跑上跑下勤快得很。他刚忙完,便屁颠颠地凑去卓裕跟前晃了晃,问:"姐夫,你是不是跟我姐吵架了?"

卓裕一噎,这么明显吗?

"没有。"

"你骗不过我。"姜弋自信道,"你一下午跟油尽灯枯了似的。"

卓裕脸色阴沉:"你能不能换个词?"

姜弋说:"我话糙理不糙。你这状态我见过一次,就是你追我姐追到霖雀那次。遇上别的任何困难,你只会打鸡血,越挫越勇。"

卓裕没搭话。

"姐夫,走吧,我请你喝酒呗。"姜弋很懂,"你现在需要一个借酒消愁的机会。"

吵架不至于,顶多算冷战——当卓裕这般评价时,姜弋惊叫道:"你竟然敢跟我姐冷战?信不信,你成冰雕了,她都不会给你披件衣服。"

"现在她不在这儿,你可以跟我吐吐槽。"姜弋打开一瓶啤酒,跟他碰了碰瓶身。

卓裕摇头道:"你姐很好,是很好的女人,很好的老婆,娶到她是我的福气。就算你不是她弟弟,换作任何人,我都会这样说。我自己的老婆,我若还在背后议论,那我真不是男人了。"

姜弋忒感动,问:"那你俩这次是为了什么?"

听卓裕说完,姜弋"唉"了一声:"原来是吃醋了!"

他声音大,半个酒吧的人都看了过来。卓裕认命道:"这辈子,我是栽在你们姐弟俩手里了。"

酒喝得差不多了,姜弋晃了晃手机:"我给姐打电话,让她来接你,你把头发弄乱点,卖惨也得逼真些。"

卓裕下意识地夺过他的手机,闷声说:"别打。她晚上开不了车。"

姜宛繁第一次在新房煮了银耳粥,吕旅送的炖盅还不错,她这种没下过几次厨房的人也能操作自如。喝完粥,又顺便将垃圾袋系好准备丢下楼,姜宛繁换好鞋,拉开门,被地上一团巨物吓得后退一大步。

卓裕屈膝坐在门口,头发乱,脸色也不好,衣袖仅一只挽上半截,白天冷淡的克制没了踪影,眼角猩红,可怜地望着她。

姜宛繁蒙了:"你、你怎么了?"

本来没怎么,但姜弋开车送他,这小子刚拿驾照,急刹车踩了一百脚,他差点死在车里。

卓裕憋得慌:"你都不来找我。"

姜宛繁不惯着他:"家里地址你不知道?还用我去找?"

"你不找我,我心里慌。"卓裕低声道,"我就是吃醋,你带过别的人去你家,爸妈都认识他,咱爸都没忘掉,一眼就认出来了。"

姜宛繁客观道:"晏修诚长得确实不差,我爸印象深刻也很正常。"

卓裕吞了吞口水,话说得几近咬牙:"你要气死我啊。"

姜宛繁高冷不过两秒,没忍住,笑了出来。这一笑,卓裕更心酸了。

她走到卓裕面前蹲下,只差没伸手揉他的头发:"那你想怎么样,嗯?卓老板。"

卓裕索性坦诚道:"我酸,我一想到你带别的男人回过家,我就恨不得给他两拳。"

"回什么家啊?"姜宛繁说,"那次还有我室友,一共四个人来霖雀采风。"

"你老家,追过你的人那么多,个个仍惦记你的好,就那耍杂技的,天天后空翻、胸口碎大石。"

姜宛繁眼神无辜:"我就是这么好,没办法嘛。"

得了,这天聊死透了。卓裕别开脸,眼睛熬得通红。

姜宛繁沉默几秒,忽然握住他的手,温声说:"但我只喜欢你。"

一世界的愁云惨雾至此消散,绵绵春风将他完全包裹。卓裕心生悔意,说:"今天是我失了分寸,对不起,老婆。"

"别啊。"姜宛繁惋惜道,"我还挺喜欢看你发疯的。"

卓裕后知后觉,手探向她的衣角:"所以你故意的,故意吊着我?"

姜宛繁"唔"了一声,无辜地轻声道:"愿者上钩喽。"

卓裕适时服软,委屈巴巴地往她胸口贴:"哥哥道歉,满意了吗,钓系美人?"

"你吃醋的时候都这样?买醉喝酒冷战装可怜,挺有计谋啊卓老板?"姜宛繁复盘一遍,越发觉得这人是个高手,先占据主动权,不奏效,便换一种战术。

女人或许不吃硬,但一般都心软,卓裕的长相气质又有可塑性,眼角一红,破碎感绝了。

姜宛繁掐指细算:"没个五六七段恋爱经验,做不到这程度。"

卓裕深刻怀疑她又在下套,适时服软认输,不言不语先保命。

姜宛繁忍俊不禁,走过去把脚搁在他的大腿上,问:"你谈过几次恋爱?"

卓裕闭眼休息,后颈靠着沙发,闭口不答。

姜宛繁大度道:"我俩都结婚了,我不会吃你醋的。你都知我的所有,我的追求者还给你表演过胸口碎大石,这真的没什么。"

卓裕懒洋洋地睁开眼,悠声道:"也不算恋爱,初中的时候,对我们班班长有过好感。那时候不是流行折星星?谢宥笛暗恋的人太多了,干脆批发了一整箱折星星的纸。他折不完,我想着别浪费,就给她也折了一罐。那些星星纸还挺漂亮,带夜光。"

安静五秒,姜宛繁冷不丁道:"你记性很好啊,带夜光都记得这么清楚。"

卓裕睨她一眼:"是你要我说的。"

"我没让你说得这么详细。"姜宛繁把腿缩回,一分一厘都不挨着他,楚河汉界秒速划分,眼神似嗔似怨地盯着他,"卓老板真是多才多艺,会当老总,会滑雪,会开俱乐部,还会折夜光星星。"

卓裕佯装思考,然后点点头:"这么一总结,好像确实不错。"

姜宛繁笑着捏他的鼻子："开染坊了是吧？"

卓裕龇牙皱眉："轻点，我这鼻子刚做的。"

姜宛繁一脸无语。

"老婆。"短暂的安静后，卓裕还是问出了口，"如果我不来找你，夜不归宿，你是不是也没事？"

姜宛繁笃定道："你不会。"

被毫不迟疑地信任的感觉，让卓裕满足且踏实。

"姜弋给我发了几十条信息，有录音、照片和你们去酒吧时的定位。"

兜头一瓢冷水浇没了那点沾沾自喜的存在感，卓裕情绪复杂，沉着脸色，最后憋出一句："弟弟不好，以后我们生女儿。"

姜宛繁乐不可支，坐直了些，嘴角的弧度像轻柔起伏的浪："我宁愿你跟我大吵一架，也不喜欢冷战这种方式。我以前……就晏修诚——"她停了停，调整语气道，"他这个人，最擅长用冷暴力吊着人，上一秒还好好着，下一分钟就变了脸，也不说原因，还话里有话，故意留钩子让你自己费尽脑筋地去猜，猜得精疲力尽，最后自我怀疑。等你的情绪都挥霍完之后，他又像没事人似的，跟你和好。"

这种交际方式，一度让姜宛繁崩溃。那时，她把晏修诚当朋友，并且有几分好感，女孩子本就敏感，哪里招架得住这种拉锯。

"晏修诚自卑，敏锐，他很会察言观色，并且抓准对方的弱点，用一种温水煮青蛙的方式，慢慢磨损你的心智、耐力、理性。"

这是姜宛繁之后才总结出来的。当局者迷的时候，她在他身上吃了不少暗亏，不过换个角度想，也是这种人的做法，淬炼了她看人的眼光。

姜荣耀认出晏修诚，说出他来过霖雀时，姜宛繁就察觉到卓裕生气了，那种被冷落的滋味太熟悉了，姜宛繁至今心有余悸。

"此风不可长。"她笑着说。

卓裕却悔意无尽，紧紧握了握她的手，说："以后不会了。"

姜宛繁"嗯"了一声："咱俩谁也别翻旧账，除了折星星，你还折过什么？"

卓裕回答："还折过你的腿。"

气氛烘托到这儿,不酝酿出点故事也说不过去。两人刚投入,手机铃声骤然惊响,卓裕轻轻咬了咬她的锁骨,说:"别接。"

姜宛繁一看手机:"得接啊,是我妈。"

卓裕埋头深呼吸一下,不情不愿地站起身。

电话接通后,向简丹急得声音都变了腔调:"姜姜,你们快过来!你爸把人打了!"

"嗡"的一声,姜宛繁脑子一片空白。

卓裕见她状态不对,拿过她的手机,冷静地问:"妈,您别急。你们现在在哪儿?"

"在这个……徐、徐北派出所。"

"是受害人报的警,人已经送去医院了。"办案的民警说,"他拿木棍从背后袭击,我们到现场的时候,他还把人按在地上打。具体情况,要等医院那边的检查结果。"

姜宛繁下意识地问:"我爸打了谁?"

"姓晏,晏修诚。"民警翻了翻记录,确认道。

向简丹六神无主,女儿女婿来了后,才缓缓回过神,喃喃念叨:"都怪我,我不该跟他说这事的,你爸一听你被欺负,什么都顾不上了。"

姜荣耀之所以对晏修诚印象深刻,是他们来霖雀玩时,这小伙子一表人才,温文礼貌,很讨长辈喜欢,但他并不知道后来发生的事。

姜宛繁被陷害,被猥琐流浪汉追着打,失去了去故宫博物院进修的机会,这些他通通不知道。

昨天在餐厅吃饭时,向简丹给祁霜打电话,祁霜关心则乱,怕这小子又来祸害姜宛繁,这才说出这些。向简丹惊呆了:"姜、姜姜从没告诉过我。"

祁霜怒斥:"你好意思说呢,为了不让她报美院,不赞成她做刺绣,你说过多少伤孩子心的话。说说说,她敢跟你说吗?你有当妈的样子吗?都夸姜姜独立懂事,你还觉得光荣是吧?她是你女儿,不是你炫耀的物件,懂事的背后,她自

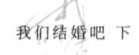

己受了多少苦,你知道吗?"

向简丹一直不赞成姜宛繁走刺绣这条路,母女俩虽然没有明火执仗地闹掰,但暗地里的较劲一点都不少,那些少女心事、青春期的迷惘,姜宛繁自然也不会向母亲吐露,奶奶是她唯一信任的女性盟友。

向简丹听完后,震惊极了,心起万丈浪,既心疼又无力,还有做母亲的自责和委屈。她忍不住把这些告诉了姜荣耀,现在回想起来,以姜荣耀的性格,当时的反应未免过于平静,最狠的一句话也不过是——

"是吗?那小子还挺欠揍的。"

向简丹没想到,他真的去把人揍了一顿。

"木棍打的,虽没出血,但不知是否造成内伤。身上软组织挫伤,送医时,受害者说胸疼,肺疼,上不来气。"民警跟姜宛繁沟通案件细节,"你爸爸先动手,他肯定有错。现在就看对方的态度,能和解最好,如果对方要起诉,也是他的权利。"

姜宛繁神色一僵,卓裕一直握着她的手,等她缓过这阵情绪,才说:"去看看爸爸。"

姜荣耀待在一个小房间里,里面还有三四个流里流气的年轻人。姜荣耀蹲在地上,像是一下苍老了好多岁,肩膀凹陷,闷闷不乐。

姜宛繁低着头,不想让他看见泪光。卓裕向前一步,道:"爸。"

姜荣耀抬起头,乐呵呵地摆了摆手:"没事,我好着呢。下次再见到那小子,我揍不死他。"

车停在医院急诊门外,秋夜风凉,像冰啤酒挨着手臂,一会儿化作冷冷的水汽,凉感持续许久。姜宛繁坐在副驾上,目无一物地盯着虚浮的某一点。

卓裕解开安全带,越过中控台覆上她的手背:"我陪你。"

两人进去医院,迎面就碰见晏修诚。他抬着手,另一只手压着棉签,深色外套和裤子,甚至看不出脏乱。姜宛繁抿紧唇,生生克制着心中乱撞的火团,她刚要开口,卓裕先一步把她拦在身后,对晏修诚说:"能不能好好谈一谈?"

晏修诚很平静,自顾自地笑了一下:"这是裕总对我最客气的一次。"

卓裕说:"我帮你安排转院,做全身体检,有任何问题,我们全权负责。赔偿金任你开,别的要求你也尽管提。"

晏修诚弯了弯唇,慢条斯理地将棉签放下,说:"裕总上次打人的时候,不是这么说的。既然这么有诚意,干脆旧账新账一块儿算?"

姜宛繁怒不可遏:"你别太过分。"

晏修诚的目光掠过卓裕,定在姜宛繁身上,眼神浓烈、阴郁,还有复杂纠结的狠戾。姜宛繁当仁不让,无惧于他无声的压迫,坦坦荡荡,背脊挺直,不卑不亢。

这样的目光,和大学时一模一样,明亮、坚定、不染尘埃。晏修诚不由得紧握双拳,指甲掐进掌心,这么多年过去,她的心性与自信不减分毫,轻而易举地照出他内心的脏污角落。

他羡慕的,得不到的,越来越遥不可及。

晏修诚冷声道:"姜宛繁,你是不是永远学不会服软?"

"对别人会,但对你不会。"她说。

晏修诚径直往前走去,擦肩而过时顿住脚步,撂话道:"那就请伯父等着收律师函。"

姜宛繁站在原地,像一根失去养分的朽木,愣愣地盯着他的背影消失的方向,医院走廊的白炽灯耀眼刺目,照得她的眼睛一阵疼痛。

姜宛繁缓缓闭上眼,卓裕无声地牵起她的手,说:"没事,我在。"

两人又回了趟派出所,办了一些手续后,把向简丹一起接回家。向简丹情绪绷不住,离开的时候一直看派出所的方向,哭着说:"老姜在里面怎么待得惯?"

姜宛繁扭头看向车窗外,长吐一口气,车窗蒙上一层白雾。

到了家,好不容易把岳母哄好去睡觉,卓裕走到客厅透气,这一轮事下来,他也累得够呛,抬手狠狠掐了把眉心。他知道,这件事不好善后。晏修诚被打,打得应该不严重,刚在医院,卓裕留意过,他没有明显外伤。但毕竟是姜荣耀动的手,往小了说,是私人恩怨,往大了讲,是寻衅滋事,故意伤害。而眼下,晏修诚显然不会放过他们。

身后传来动静,卓裕回过头,姜宛繁赤脚站在地板上,头发散开,脸上没什么血色,眼里满布倦色,闷声说:"要不,我……"

"不行。"卓裕太了解她,知道她要做什么。

刚认识的时候,卓怡晓就说过,姜宛繁是很耀眼的人,站在那儿不说话,漂亮的外表,温和的眼神,自然而然地迸发出的力量,很能感染人。她自信,坦荡,在自己的梦想世界里游刃有余,哪怕受过伤害,也努力走了出来。

卓裕爱她的张弛有度,爱她的激滟风情,爱她的不蔓不枝,也羡慕她能一往无前地坚守自己的热爱。对她,卓裕不仅有死心塌地的爱意,更有惺惺相惜的仰慕。

让姜宛繁低头,去跟任何人服软,卓裕舍不得。

"乖,先休息,会有办法的。"卓裕走过去,轻轻拥她入怀。

紧绷的弦松动两分,姜宛繁枕在他的肩头,沉沉闭眼。短暂释然后,他衣兜里的手机不停振动,是新消息提醒。

卓裕皱起眉,姜宛繁问:"怎么了?"

"是林延。"卓裕知道这人不招她待见,一语带过,"兆林新出的系列销量不错,搁这儿跟我来事。"

"哥,苏芝项目厚积薄发,春系销量一般,但这一次的秋季服装订单量激增。虽然你走了,但我还是想告诉你这个好消息。"

是真心分享还是别有用心,不得而知。

兆林的事卓裕一直很少提,知道她不喜欢。姜宛繁对这个项目倒是有印象,林延私下糊弄过她几次,想借着这由头,让她入职兆林。她极为不屑,花大价钱请来晏修诚,眼光差,眼界低,这不是应该的吗?跟没见过世面的孩童似的。

林延不断给卓裕发微信,是这一季的款式样板。姜宛繁无意间瞄了一眼又收回目光。过了两秒,她忽然出声:"等等,手机给我看看。"

卓裕不明所以地递过去:"怎么了?"

这个系列的设计思路是民族与现代结合,运用了不少民族元素。姜宛繁翻阅这些照片,最后停在第三张上——长款连衣裙,旗袍改良样式,融入了苗族风情元素,领口增添细节,别出心裁地用了银质盘扣。整条裙装最点睛的,是自胸口延展，并入裙摆开衩的花枝图案。

姜宛繁放大图片，审视细节，再缩小，复盘全貌。重复这个动作三四次，她的手微抖，无力垂落，手机没拿稳，从手心滑落地面，"嘭"的一声闷响，让卓裕更加担心。

姜宛繁深吸一口气，说："你陪我再去一趟吧。"

深夜零点，秋霜更重，凉意入骨，与白天微热的气温大相径庭，像假好人的面具被撕裂，露出阴冷的本真面目。

车里，卓裕的电话第三次被晏修诚挂断，他眯着眼，抿紧唇："我们直接上去。"

姜宛繁淡声道："他会下来的。"

说完，她拿过卓裕的手机，找到晏修诚的微信，发送一张照片。

两分钟后，晏修诚回了电话，姜宛繁按下接通，面无表情道："下楼。"

起风了，两片枯叶悠悠荡荡地落在挡风玻璃上，停留两秒，又被风卷走。卓裕坐在驾驶位，慢条斯理地抽着烟，目光定在几米外的梧桐树下。

姜宛繁背影纤细，风衣外套垂至脚踝。晏修诚站在她对面，冷傲依旧，只是眼神里有了隐忍的闪躲。

姜宛繁克制住强烈的鄙夷，尽量维持该有的冷静："晏修诚，我现在还能站在这儿，跟你心平气和地对话，你心里就该有本账。"

晏修诚绷着脸，不言语。

"张九花你认识吧。"姜宛繁用的不是疑问语气，而是陈述，"或者你觉得根本没有必要记住这个名字，反正她的绣品，最终会出现在你设计的服饰上，冠以你的姓名，让你名声斐然，前途无量。你找到一条唾手可得的成功捷径，并且认为理所当然。"

晏修诚气息明显不匀，脸色幽暗阴沉："你说是就是？"

"我说的，你不认。没关系，我可以把绣品和晏老师的作品发到网上，让所有人来评一评。"姜宛繁冷笑道，"我能来找你，你就该知道，我不是吓唬你。"

死静十余秒，晏修诚让步道："你的条件。"

姜宛繁面无表情道："我爸这事，你不要再追究。"

晏修诚蓦地一笑:"姜宛繁,你不仅永不服软,还盲目自信。你自以为是的证据,不过是一名乡村妇人的手工消遣,对,是我买的,但我们签订了交易协议,白纸黑字,合法合规。你想指控我剽窃他人创意?我告诉你,我就是直接用都没关系,因为协议上已经写明,一并购买了商业使用权。"晏修诚轻飘飘地看她一眼,"我下楼来见你之前,已经跟律师通了电话,说了不追究伯父的民事责任。我早料到你会对我说什么,我成全你而已。"

卓裕看着晏修诚离开,经过他的车时,晏修诚停顿半秒,隔着玻璃,两人交锋的目光互不相让。

仪表台上的手机振动,卓裕接得很快:"妈?"

听完电话那头的话,卓裕皱了皱眉,下意识地望向姜宛繁。姜宛繁仍站在那儿,姿势不曾变过。

"好,我知道了。"卓裕说,"我派人过去接你们,先回酒店休息。"

他下车走近姜宛繁,直至站在她身后,她都不曾察觉。卓裕伸手,轻轻将她揽入怀中,姜宛繁的眼泪早已湿遍脸颊,她埋在卓裕的颈窝,泪流成线,却没有一丁点声音。夜似乎都被染深一寸,姜宛繁哽咽着问:"我是不是很可笑?"

卓裕只将她抱得更紧,问:"看见月亮了吗?"

姜宛繁抬头,天际迷蒙里,不见月亮的形状,只有一团不规则的光辉。

卓裕的声音温柔而深沉,自上而下,拂开秋露寒霜,圈出一个恒温岛。

"明月也许会被乌云暂时遮住,但不会被驱赶替代。乾坤朗朗,月亮高悬夜空,永远光明坦荡。"

♡ 第3章

夫妻同心

周正等在酒店大厅,对卓裕扬了扬手。

"人接回来了,在房间休息。派出所那边说是自愿和解,不会留下案底。"

"谢了。"卓裕拍拍他的肩膀,"早点回去休息。"

姜宛繁先坐电梯上去,套间的门没关严,敞开一半,向简丹的责怨声从里边传出来:"你怎么这么沉不住气?自己多大年龄搞不清楚是吗?对方真要还手,你受得住?"

姜荣耀低着头,沉着脸,一声不吭。

向简丹来回踱步,越想越后怕,越想越委屈:"你做任何事都不跟我商量,你们父女俩都是一个德行,我又做错了什么?妈也把我一顿骂。"

语调渐渐变成啜泣,向简丹捂嘴低声哭泣。

姜宛繁轻轻推开门:"爸,妈。"

向简丹扭头看了女儿一眼,哭得更大声了,她是真心疼,哭得语不成调:"怪我,都怪我。我不应该拦着你做你喜欢的事,我真是,跟自己女儿较什么劲?姜

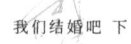

姜，妈妈对不起你。"

姜宛繁扯出一个笑容："好了好了，我这不是好好长大，过得挺好嘛。"

向简丹摇头："不是这么个理，不是的。"

母女之间，因为不同的选择而心生嫌隙，暗暗较劲，哪里还有交心可言？遇到事的时候，她宁愿和奶奶倾诉，也不愿意在妈妈面前示弱。可这哪里是示弱，她当时该有多害怕啊。

向简丹愤愤不已："我真是瞎了眼！当初竟还觉得姓晏的一表人才很不错！真是狼心狗肺的东西！"

一直沉默的姜荣耀冷不丁道："现在知道女婿有多好了吧？"

向简丹没忍住，又哭又笑。

"当初还对他挑三拣四。"姜荣耀凉飕飕道。

"真该送你进去多关几天。"向简丹叉着腰，急得脑门直冒汗，"你、你一派胡言！"

姜宛繁放心了，有了这气氛，两人的心态都恢复了。

卓裕走进来，说："我让酒店做了些粥，爸，您先垫垫肚子。"

姜荣耀"哎"了一声："给你添麻烦了。"

"这话我不爱听。"卓裕笑了笑，"一家人，从来不是我的麻烦。"

这话暖心，瞧姜宛繁那得意的小表情，仿佛在炫耀，看，我的眼光就是好！

姜荣耀为女儿的事伤心一遭，这会儿却也格外安心。他叹了口气，说："那王八蛋这么欺负我闺女，别说什么都过去了，就是五年，十年，一百年，我做了鬼，这事也过不去！我恨自己没多踹上两脚！"

卓裕问："他没还手？"

"还手了。"姜荣耀也挺纳闷，"不过吧，我感觉他也不是真的想还手，推了我两下就放弃抵抗了。"

"他是故意的。"姜宛繁冷声道。

故意躺平挨打，这样就拿捏了证据，想告姜荣耀一告一个准。

安顿好一切，到家已是凌晨两点半，姜宛繁去洗澡，卓裕时不时地看时间，

第3章 夫妻同心

浴室里淅淅沥沥的水声持续了二十分钟。

卓裕皱着眉敲门:"姜姜?"

没回应。

他的心一紧,拧了几下拧不开,抬脚就要踹门时,"咔嗒"一声轻响,锁开了。卓裕推开门,就看到姜宛繁坐在浴缸边沿,神色怔然。

"怎么了?"卓裕担心,走到她身边蹲下,将她的两只手包裹于掌心。

姜宛繁摇头道:"我没事,就是有点难受。"

卓裕不需要问,他懂——年少时倾心相助过的人,怎么会变成这般模样?

"他嫉妒你。"卓裕一语中的,"你身上有的,都是他没有的,并且永远不会得到。晏修诚这个人,极度自负,也极其自卑。他在这条路上已经偏了航,就再也回不了头。没有回头路的人,往往不择手段,心也狠。"卓裕没有附和她的情绪进行火上浇油,而像一捧冰,循序渐进地替她降温,引导她恢复理智,"你有两个选择,要么,惹不起躲得起,不跟他交际。要么,迎难而上,别怕他,他再惹你,也用不着跟他客气。"

姜宛繁软声道:"可我打不过他。"

卓裕笑着蹭了蹭她的脸:"我帮你打,忘了老公是做什么的了?"

"运动员。"姜宛繁乖乖地回答,"体格很好,打架很厉害的。"

卓裕挑眉道:"体格很好吗?"

姜宛繁眼含水雾:"也没太好吧,卓老板还得努力。"

姜宛繁送父母回霖雀时,三人商量好,在奶奶面前,闭口不谈这一段风波。

到霖雀后,姜宛繁还有一件重要的事情要做——这天下午,她提了两袋水果去了张九花家。

简陋砖房,盖瓦修修补补,新旧对比明显,远看像深浅不一的伤疤。张九花坐在小马扎上洗衣服,三个孩子在旁边玩闹。

"九婶。"姜宛繁叫人。

张九花愣了愣,连忙起身,站得笔直,动也不敢动,紧张道:"姜、姜姜啊。"

姜宛繁也不兜圈，自己搬出一张四角椅坐下，道："你也坐。"

张九花拘谨，脸晒得通红，皱纹满布眼角，唯有眼神是亮堂的。

姜宛繁说："我听奶奶说，有老板高价来收绣品。"

"对不起啊姜姜，我、我不是故意不放你那儿卖的。"妇人质朴，愧疚难当，一提此事，眼泪都要下来了。

姜宛繁平静道："你们能过上更好的生活，有更多的收入，我一样高兴。再者，你们的绣品在我那儿卖，我也没收过一分钱，全数交给了你们。"

"不不不，姜姜，我不是这个意思。"

"我知道。"姜宛繁切入重点，"婶，来收绣品的老板，是不是跟你签了协议？"

"对。"张九花进屋里把协议拿给她，"就是这个。"

姜宛繁大致看了一遍，付款、用途这种关键条约，制订得严谨，无可诟病。果然如晏修诚所说，明文规定了购买用途，有一项是"可商用"。

"签字的时候，您看完过吗？"姜宛繁皱眉道。

"太多了，我字也认不全。"张九花为难道。

姜宛繁心里冷哼一声，六七页的购买协议，严谨归严谨，也暗藏坏心。拿这样一份东西给一个深居山村、足不出户的农村妇女，并且用途条例洋洋洒洒写了两页纸，这是什么？这就是坏。

姜宛繁冷静克制地问："婶，如果他们拿你的绣品图，用在其他方面，并且不提是你创作的，你怎么想？"

"啊？"她的神色茫然，"还能用去哪里哦？唉，反正给了钱，用就用了吧。"

姜宛繁抿了抿唇，一时无言。

走之前，张九花又把人叫住："对了，姜姜。"

"嗯？"

"那个老板不止收了我的，还去了好多家收东西，给钱很大方的。"

姜宛繁回到自家小院，奶奶和隔壁邻居正在打字牌。

"姜姜回来啦？"邻居纷纷打招呼。

姜宛繁围过去，笑眯眯地观战一会儿，这才回去房间。十来分钟不到，祁霜敲门，端给她一杯茉莉花茶，说："这是今年的新茶叶，全是叶尖尖，我挑了好久呢。"

姜宛繁起身接过杯子，问："您不打牌了？"

"王老头小气吧啦的，把牌藏得死死的，真是没意思，再也不叫他打了。"奶奶连连抱怨，数着钱道，"才赢了三十二块五毛。"

姜宛繁笑了，忽然，她抬起头问："奶奶，您可不可以帮我一个忙？"

几天后，姜宛繁在店里，卓裕打来电话，说晚上一起吃饭，谢宥笛请客。姜宛繁惊奇道："他从广州回来啦？"

"回了。"卓裕言简意赅，"还带了个人。"

姜宛繁不疑有他，在去餐厅的路上，还跟卓裕八卦："你有没有觉得，小书的性格和谢宥笛挺合拍的。"

"然后拍一部搞笑男和搞笑女的日常吗？"

"哇！你懂的好多！"

卓裕平平无奇道："他俩没戏。"

被这么快否定，姜宛繁还有些不乐意，但到了餐厅，见到谢宥笛之后，她就知道原因了——近一个月不见，谢宥笛容光焕发，身边跟着一个女生。

他介绍道："这是陈瑶。"

这一顿饭，谢宥笛简直是绝世好男友的真实写照，对姑娘照顾得细致周到，说话轻言细语。卓裕倒没有太大热情，该吃吃该喝喝。

回去的路上，姜宛繁轻松调侃："卓老板，你的绅士风度呢？"

卓裕的手搭着方向盘，有一下没一下地敲着，闻言轻嗤一声。

姜宛繁似乎明白了一些事，迟疑地问："谢宥笛有女朋友，你是不是吃醋了？"

卓裕解释道："陈瑶比他低一届，大学那会儿，谢宥笛追了她很久，各种哄着捧着。陈瑶吊着他，不给明确答复，但又接受他给的所有，吃饭看电影买礼物，她从来不拒绝谢宥笛。"

姜宛繁疑惑道："啊？"

"谢宥笛以为她愿意，一直把自己摆在她男朋友的位置上。没多久，他看到陈瑶和另一个男的在小树林里接吻。谢宥笛冲上去把那个男的揍了，陈瑶说，我又没答应你。后来，那男的扬言要报警，谢家给了一笔钱，才把这事压下来。"

卓裕不是没有绅士风度，而是纯粹不喜欢这个女生。

"两人好几年没联系，不知道这次怎么又联系上了。"卓裕轻哼道。

姜宛繁没参与过他们的往事，也不愿随便对一个女孩就抱有恶意，宽慰道："感情的事谁说得准，遇到你之前，我还准备单身一辈子呢。"

卓裕心情顿好，挑眉道："我还以为你不喜欢我。"

"刚开始是没感觉。"

"什么时候有感觉的？"

"你订了整套正装，我给你量尺寸的时候。"姜宛繁回忆道，"你身材真的很好，腰细，但又结实，没有一点赘肉。腰臀的线条很顺，穿西裤很好看，有型，但又不刻意。"

卓裕一阵无言，他是不是得感谢老卓，生来给了他一副好身材。

姜宛繁托奶奶办的事很快有了消息，祁霜的手机太老旧，拍照不清楚，于是特意找到小禹，把她要的东西拍得一清二楚发过来。

"这两个月，镇上卖出去的绣品都在这儿，一共二十四幅，都是一个老板买的。这些是购销协议，我帮你看过，都是一个模板。这是名单，金额，对应绣品编号。"

基本上都是以八百到一千五百元的价格成交的，钱不多，但对全靠手工劳动赚点生活费的农村妇人来讲，已经是一笔巨款了。

姜宛繁对小禹说："谢谢你。"

小禹超热情："我特别乐意为你跑腿！繁繁，你什么时候回霖雀？我又学了几个新动作，胸口碎大石也进行了改良，回来表演给你看！"

姜宛繁忍俊不禁："好，工作注意安全。"

祁霜戴着老花镜，盯考试似的仔细，问道："都发了没啊？有没有按顺序？字没打错吧？"

小禹道："放心奶奶！"

第3章 夫妻同心

兆林的秋季新品图鉴不难找，就在官网上摆着。姜宛繁登录后，一张一张看，不出所料，打版的八套样衣展示里，有三套的图案设计与奶奶集齐发过来的绣品形似。

服装不会一次性公布完，分批分阶段展示，这只是已经公布的，还没公开的一定更多。

次日大早，姜宛繁只身一人去了兆林。秘书公事公办，让她在会客区等。

林延在办公室煮咖啡，顺便研究刚到的雪茄。听秘书汇报完，他优哉道："就说我还没来，让她等着。"

阳光穿透云层，温温热热地洒下来，落地窗平整宽大，像一面效果自然的背景板，姜宛繁站在窗前，背影窈窕纤细，不用看脸，就能留住其他人的目光。

一个员工小声道："那个，好像是裕总的爱人。"

"啊，确定？"

"上次逛街，我偶遇他们两口子，她挽着裕总的手可好看了。"

卓裕离开小半年，但存在感没减，男女粉丝依然很多。姜宛繁没等来林延，倒是等来了很多"不经意"的围观者，进来送咖啡的，送果汁的，送甜品的。

终于，林延露面了："哟，嫂子，稀客啊，不好意思久等了。"

姜宛繁转过身，对他伸出的手视若无物，单刀直入地问："晏修诚做的这些事，你应该知道的。"她将打印好的绣品图及兆林的秋季新品图丢向桌面，"林总，谁都想走捷径，但也得有基本的底线。你是开公司的，不是一两天就散伙的生意。"

林延的目光垂落在那些纸页上，随即轻飘飘地抬起："嫂子是来找我兴师问罪的。"他的语气极为不屑，"你要说什么我都知道，你给我看的这些东西，说实话，一点用都没有。白纸黑字签了的协议，你上法院告我都不成立。"

姜宛繁道："那都是什么人你不清楚？拿这一叠厚厚的合同，你就是故意的。"

"逼谁了？强迫谁了？这签字难不成是仿的？"林延毫无忌惮之心，反倒苦口婆心地劝她，"嫂子，我哥是不是也挺喜欢你这热心的品质？董事会通过'苏芝'项目的时候，我哥还在高层的位置上坐着，也是投了赞成票，挂了职的。退一步讲，就算你弄出点风浪，难道他能不湿身？"林延笑得人畜无害，好心提醒，"于情于理，嫂子，你仔细掂量掂量？"

姜宛繁如被泼冷水，一时失语。

林延笑着走近，与她并肩，"好意"地伸手想揽她的肩头，姜宛繁快步往右躲开，压低声音斥责："你放尊重点！"

"我哪里不尊重你了？谁看到了？有摄像头吗？有录音吗？"林延努嘴摊手，"按你刚才的说辞，我是不是也可以告你诽谤？啊，别紧张嫂子，我开玩笑的，一家人，我怎么可能这么做？那也太不是东西了。"

姜宛繁后悔来这一趟了，她知道林延不着边际，却没料到竟是这般程度。

见她迈步要走，林延再次叫住她："你和晏修诚之间的事，我也知道得差不多。你俩同大学同专业，他现在的发展比你好太多。文化传承，文明遗珠，新生代继承人，不是我说，晏修诚给自己造势这一套玩得真是溜。他具备一切大众喜闻乐见和能接受的条件，穷困出生，改变命运，励志人生，长得也斯文英俊，那几样出圈的设计产品都卖得不错。"林延啧啧两声，真心实意地感叹，"哦，对了，还有一件事，晏修诚马上要参加一个什么世界传统文化比赛，你也是这个圈子的，应该知道吧？这比赛的规格地位可不一般，他肯定拿奖，正好镀镀金，对兆林的后续销量也有益处。"

林延明面上是好心相告，实则是蓄意嘲讽。

走出大厦时，姜宛繁被阳光刺得睁不开眼，她在原地站了一会儿，闭紧眼睛，刺痛感让她差点站不稳。

这些难听的话，晏修诚也说过很多，但姜宛繁并不在意，甚至觉得晏修诚可怜，缺什么，便想炫耀什么，从一无所有到功成名就，藏不住世人皆知的心。但现在，她深感恍然，一个毫不相干的外人，都能对彼此的人生评头论足，在他们眼里，晏修诚无疑是成功的，换个角度想，这也是晏修诚追求的，可凭什么呢？

姜宛繁睁开眼，眼眶微红，许久之后，才慢慢适应外面光线的强度。

回到简朒，卓裕正在前台问吕旅什么，看到她进来，吕旅先打招呼："哎，宛繁姐，你怎么没开车啊？"吕旅记得她是开车出去的。

姜宛繁径直走过来，二话不说拿起卓裕手里的矿泉水，仰头一口气喝完，瓶底重重磕在桌面上，闷声一响，如夏日雷雨的前奏。

吕旅惊呆了："师、师傅。"

姜宛繁目光澄明："下个月的订单和工作往前挪，空出半个月的时间留给我，自今天起，店里不再接急单。"

吕旅怔了："怎、怎么了？"

姜宛繁屈起手指，指节叩了叩桌面，语气平静且笃定："我要参加比赛，我要和晏修诚竞争，我不会让他拿第一名。"

姜宛繁主动给孟女士打电话，表达了她想参加比赛的意向。孟媛意外且惊喜："怎么突然决定参加了？"

姜宛繁笑着说："日子过得太顺了，想体验一下不同的经历。"

"这可不是实话哦，不过我还是非常高兴，高兴你能来参加！"

孟女士和先生余海澜是此次比赛刺绣类目的负责方，广纳有志之士，薪尽火传，这就是比赛最大的意义。

很快，姜宛繁收到邮件，报名表和资料详细得一应俱全。

卓裕进来时，电脑开着，文档没关，姜宛繁背对着他，坐在沙发上若有所思。卓裕走到她身后，双手搭扶肩膀，轻重适宜地帮她按摩放松。姜宛繁仰头，脑袋顶着他的腹部，紧绷的神经渐渐松软。

"我今天去找林延了。"她忽地出声，不想隐瞒。

卓裕手一顿，语气低沉："他欺负你了？"

"他警醒了我一些事情。"姜宛繁自顾自地一笑，"我应该谢谢他。"

"所以你决定参赛？"

姜宛繁叹气道："我不知道。"

卓裕绕过沙发，挨着她坐下，拉过她的手。姜宛繁的手指细，常年刺绣，并不是一双完美无瑕的手，指腹粗粝，到处是消不下去的茧，握着时，不是柔弱无骨，反倒有一种特别的存在感。

卓裕轻捏她的手，说："你喜欢做的事，都是遵从内心的决定。从你小时候起，你对刺绣感兴趣，大学选的专业、开了简胭，你做的每一次决定，赚的每一分钱，

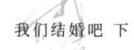

都是因为你自己喜欢。"

姜宛繁笑着问:"所以你不赞成我参赛?"

"你做什么我都站在你这边。"卓裕说,"只要是你真的喜欢。"

推心置腹的谈话最容易推动内心的坦白,卓裕的目光包容、冷静,像无声发光的灯塔,总能让迷路的人在困顿中辨识方向。

姜宛繁抿了抿唇,说:"我如果喜欢,早就没晏修诚什么事了。我就是不甘心,他凭什么过得那么好。我是不是心理挺阴暗的?"

卓裕说:"没有绝对的好坏。如果现在,'不甘心'这种情绪让你不快乐,那就坚定地去做能对抗这种情绪的决定。"

他全然理性,不一味地拱火,也不会怕麻烦而游说她放弃,他是引导、牵引、拨开迷雾,让她自己找到出口。

姜宛繁低头垂眸,忍过眼底的湿意。卓裕拍拍她的后脑勺,温柔地问:"晚上想吃日料还是粤菜?新开的一家店口碑不错,你陪我去尝一尝好不好?"

"好。"姜宛繁抬起头,"我陪你吃饭,你陪我回霖雀。"

那天闲聊的时候,周正问过卓裕:"在公司上班和创业当老板最大的区别是什么?"

卓裕的答案很实在:"时间自由了。"

在兆林的时候,裕总在人前何其风光,但还是受到诸多约束,出不完的差,躲不完的应酬。虽然这些年他仍保持着规律健身的习惯,但酒水浸润,肌肉总没有之前扎实。而现在,不管姜宛繁要去哪里,卓裕都能陪她说走就走。

祁霜正在镇中心的十字路口遛弯,同行的人指着马路,问:"祁奶奶,这是不是你家孙女婿的'宝石'啊?"老人家记不清"保时捷",只知道是很贵的车,索性简称"宝石"了。

祁霜定睛一看:"哎哟,怎么又回来啦?"她扭过头,正色道,"不许乱议论哦,没有破产,没有失业,没有吃老本,就是孝顺,回来看看爸妈和我。"

楼下,卓裕陪姜荣耀和向简丹话家常,他总能把两位长辈逗得眉开眼笑。

楼上,姜宛繁坐在床边,被窗外斜照进来的一缕光影吸引,目光定定,神思游离。敲门声轻响,姜宛繁回过神,看见祁霜站在门口,她起身道:"奶奶。"

"新茶叶喝完喽,今年雨水多,茶叶收得不好,看这天气啊,又会是个寒冬。趁现在你们多多回来也好,到冬天下雪结冰就少回来,路上不安全。"祁霜一边说,一边把书柜里放歪的相框扶正,那是姜宛繁十岁的照片,脸蛋抹得像猴屁股,可仍然是个美人胚子。

姜宛繁几度欲言又止:"奶奶,我……"

"你想做的事就去做,别管别人怎么看。"祁霜说,"再来一次,你高考填志愿的时候,我还是会帮你把丹丹骗出去,让你填你喜欢的学校。"

姜宛繁笑起来,笑得眼睛发酸。为了这事,向简丹对祁霜怨念颇深,虽然婆媳关系不算差,但为了这些磕磕绊绊,也谈不上多交心。姜宛繁明白,奶奶都是为了她。

姜宛繁坐回原处,伸出手:"奶奶,抱抱。"

祁霜蹒跚走近,将孙女揽在心口,干燥粗粝的掌心一下一下抚着她的后颈:"姜姜好像瘦了,这骨头都硌手了。"

次日,卓裕陪着姜宛繁挨家挨户地上门。

"这是兆林的产品图,这是你的绣品,你看看,是不是很像?"姜宛繁把来之前就打印好的图片摆出来,"这家公司就是把你们的东西当成自己的东西用来赚钱。婶婶,你觉得他们这样对吗?"

刘婶看了看,神色茫然:"啊,好像是我的。"

姜宛繁道:"他们这就是侵权,侵权的意思,就是拿了你的东西去用,没有经过你的同意。"

刘婶"哦"了一声,似懂非懂。手边摇窝里的小娃皮得很,总往外头爬,咿咿呀呀个不停。刘婶一边扶孩子,一边问:"那我要做什么啊?"

"维权,告他。"

"哦。"刘婶慢半拍地反应过来,神情顿时惊恐,"去法院吗?不不不,那我不去。他给了钱的,就算了吧。"

"婶……"

"姜姜，婶家忙不过来，怪麻烦的，谢谢你的好意啊。"

一上午走了三家，态度都一致，一听上法院、报警、律师这些词，她们都莫名紧张畏惧，说什么都不肯，想着多一事不如少一事。姜宛繁要是多劝两句，她们就急了，还会顶上两句："用了就用了吧，要是以后来买绣品都给这么多钱，我也愿意的。"

这话让人寒心，姜宛繁一阵无言，但她毕竟不是当事人，而且这件事很复杂，当事人不同意出面，姜宛繁也没有据理力争的理由。

吃完午饭，向简丹在厨房洗碗，卓裕端着餐盘进来。

"姜姜是不是心情不太好？我看她饭都没吃几口。"向简丹早就想问了。

卓裕权衡再三，姜荣耀才因晏修诚吃了暗亏，眼下不宜再提此人，便说："妈，您别担心，最近她有点累。"

向简丹擦拭干净手，眼巴巴地望着卓裕："姜姜从不在我面前示弱，她有难处的时候，你多担待。"

卓裕点头道："您放心。"

向简丹神色忧愁道："霖雀这两年才好了些，修了高速路，建了桑蚕基地，但人的眼界不会一下子跟上，尤其年龄大一点的，他们没读过书，甚至连镇子都没踏出去过，只要能养家糊口，多给点钱，就什么都不在意了，跟你们更说不到一块儿去。"

她没有明说，但心里门儿清，隐晦委婉地开导，其实是想让卓裕说给女儿听。

"哪怕你们的建议是对的，但人一旦听不进去，多说多错，反倒有了芥蒂。"向简丹叹了口气，"吃力不讨好，看开一点，别伤着自己。"

这趟回家，无疾而终。返程的路上，姜宛繁裹着卓裕的外套缩在副驾，闭眼睡大觉，像一条冬眠的蚕宝宝。比赛的事，还参加吗？卓裕想问却不敢问。

一觉睡到下高速，姜宛繁混混沌沌地醒来，被光线刺得又赶紧闭上眼，赖了一会儿才悠悠道："我想吃海底捞。"

开车到商场，在地库停好车，等电梯时，卓裕想起手机没拿。

姜宛繁说："我先去排号。"

第3章 夫妻同心

卓裕折返车里，拿好手机，刚准备往电梯那边去，忽然听见一道熟悉的声音。他扭过头，隔着几根石柱后，是两个女生，其中一个是陈瑶，谢宥笛的女朋友。

"这是崭新的，就拆了吊牌，我戴了不超过五分钟。"陈瑶话术老道，娴熟论价，"公价都得三万二，单独买想都别想，不配货三五样，真拿不下。"

对方还价："你急着出手，就别说这些有的没的，我能马上转钱，你要出就出。"

"这样，各退一步，加一千八。"

"最多加一千五。"

"行。"

陈瑶打开手机，迅速调出收款码，往面前一伸："微信支付宝都可以。"

滴——支付宝到账21500元，陈瑶连带礼盒一块儿递给对方。

对方啧啧道："这是男朋友送的吧？这么用心，你也舍得啊？"

陈瑶若无其事，冷漠道："他送了很多，下次还找你，你要大方一点，别老压我价。"

卓裕目光渐冷，在她发现之前，转身离开。

商场四楼餐厅区，他到地方后，姜宛繁正在讲电话："好，那你现在过来？正好一起吃火锅再逛。"

卓裕问："怎么了？"

"是谢宥笛。"姜宛繁握着手机，"他正好也在这边，待会儿过来找我们，他让我帮忙选礼物。"

"选礼物干吗？"

"当然是送给女朋友。"姜宛繁渐渐发现他的神色不太好，"怎么了？"

卓裕皱着的眉头松开："到号了，进去吧。"

十几分钟后，谢宥笛神清气爽地出现，吃饭是其次，主要是选礼物。"姜姜，辛苦你了啊，这顿我请。"

"举手之劳。"姜宛繁笑眯眯地问，"怎么没带女朋友一起呀？"

"她和朋友看画展去了。"

卓裕冷不丁问："她不是B市人，近十年没来过这儿，哪儿来的朋友？"

谢宥笛大度道:"我没问。"他的热情全在挑选礼物这件事上,"小姜,你说我是买包包还是买护肤品?之前送她的项链手镯,都没见她戴过。"

姜宛繁还没开口,卓裕冷声道:"谢宥笛,冤大头当上瘾了是吗?"

谢宥笛莫名其妙道:"你吃错药了今天?"

卓裕早就不想压事了,心里的火一茬一茬往上拱,他可以不针对任何旁人,唯独看不惯自欺欺人。"我不是对她有意见,我就问你,你长脑子了没有?以前那些事,你选择性失忆,当备胎有瘾是吗?"

谢宥笛骂了一句,笑意收敛,较上劲了便口不择言:"你吃枪子了啊,冲我突突个什么劲!我知道你不喜欢瑶瑶,但我喜欢啊,跟她谈恋爱的是我,我送她礼物又没花你一毛钱,你在这儿颐指气使个啥?"

卓裕把碗筷重重一放,"哐"的一声闷响:"我要不是把你当哥们儿,早就揍你了。"

谢宥笛猛地起身:"你算老几!"

他动作大,碰倒了饮料杯,一整杯砸在汤锅里,烧滚的火锅汤溅到卓裕的手臂上。"嘶——"卓裕脸泛痛色,旁边的客人频频回头。

姜宛繁顾不上担心,当务之急是赶紧拉架,她扯住谢宥笛的衣角:"都少说两句,我现在陪你去挑礼物,待会儿再换个地方吃,行吗?"

有了台阶下,谢宥笛的脸色缓了缓。

卓裕却板着脸,冷哼道:"三万多买的手链被人转手两万多卖了,支付宝收的款,你回去看看,看我这个不算老几的人说的是不是实话。"

谢宥笛愣了愣,嘴唇咬得紧紧的,目光空洞,却又犟着一股劲不肯服软。他身体绷得紧,像一座麻木的石雕,久久不言语。

卓裕不留情面,专挑他的伤口戳:"她把你当钱袋子,你自欺欺人装不知道,沉迷于自以为是的爱情,那是你乐意。我不过对你说几句实话,你就朝我泼火锅。谢小爷,其实你心里一清二楚,忠言逆耳,你拿我撒气,你是我挚友,我认。"

卓裕言尽于此,牵着姜宛繁的手离开。

姜宛繁忍不住回头,谢宥笛一个人坐在灯火通明里,背影却孤苦寂寥。

车里有急救箱,碘伏、烫伤膏都备着,姜宛繁细心帮他处理,衣袖卷上半截,烫着的地方通红,幸亏隔着衣服,不然得烫出水疱。

"你也是,就不能好好说吗?大庭广众,都不给人留面子。"姜宛繁拿着碘伏消毒,棉签细细轻轻地抹匀,"谢宥笛那么要面子的一个少爷,哪受得了当面打脸?"

"我打他,比他以后被人打要好。"卓裕枕着椅背,心里生气,手上的烫伤根本不算事。

姜宛繁努努嘴,说:"其实小书对他挺有好感的。"

卓裕侧过脸:"嗯?"

"她就喜欢这种搞笑男,问过我好几次谢宥笛的情况。那天他带来陈瑶后,我就跟小书说明白了。"

"大明星是不是觉得很没面子?"

"倒也没有,小书说她下次要见见他女朋友长什么样。"

卓裕嫌弃地又闭上眼睛:"别见了,丢人。跟大明星说,她稳赢。"

姜宛繁乐出了声。

之后两人都没说话,车里开了暖风循环,淡淡的海洋精油静心养神。短暂的安静后,姜宛繁感慨道:"感情真是个伪命题。"

卓裕维持着闭眼休憩的姿势,听到这话,伸手而来,一把将她的手握紧:"我们俩,是唯一的正确答案。"

晚上闹了这一出,卓裕耳朵里现在还嗡嗡响,也没了心情吃饭。姜宛繁笑道:"那回家吧,点外卖也行。"

夜景不错,江风吹得舒服,两人临时起意,又围着沿江大道兜了两圈,夜景抚平一天的躁动,心情也随之变得平稳。

车停入地库,乘电梯上楼,管家打来电话:"卓太太,您有外卖到了,现在方便送上来吗?"

卓裕在卧室换衣服,姜宛繁以为是他提前点好的,便应了。

不多久,门铃响起,姜宛繁打开门,却被眼前的人惊住了:"谢、谢宥笛?"

谢宥笛一脸颓败,提着六七只打包袋,站在门口一声不吭。

这时,卓裕走过来,默然无语地盯着他。姜宛繁自觉让出道,让他俩大眼瞪大眼。

卓裕冷哼一声,谢宥笛冲他叫喊:"别哼了,阴阳怪气我知道。不是没吃上火锅吗?我打包给你送来还不行吗?"

卓裕转开脸,不搭理他。

"你、你别得寸进尺,爱吃不吃!"谢宥笛火冒三丈,觉得丢面子,把东西放在地上后,转身要走。

可身后毫无动静,卓裕视若无睹,谢宥笛又把身体转回来,委屈地商量:"那我们吃烧烤可以吧?我现在就去给你买烧烤,给你烤七个腰子。"

卓裕高冷,扬了扬被烫红的手臂:"再被你烫一次吗?"

谢宥笛顿时嬉皮笑脸:"看医生了吗?涂药了吗?消毒了吗?没消毒的话,我给你舔舔,口水也可以消毒的。"

卓裕道:"门都没有。"

谢宥笛震惊道:"你创业失败了?穷到连门都没了?没钱跟我说啊!我有钱,还把不把我当哥们儿了?"

卓裕要关门,谢宥笛眼疾手快,一只脚先挤进来,一个推一个关,两人憋得脸都红了。

谢宥笛:"放我进来!"

卓裕:"我就不!"

谢宥笛眼珠一转,主动松劲,卓裕这边来不及收手,门板重重弹到谢宥笛的脸上。

"啊!"谢宥笛捂住脸蹲在地上叫疼。

卓裕皱眉道:"你有事没事?我看看。"

谢宥笛捂着脸在地上打滚,指间渗出血,一滴滴在地上画梅花。姜宛繁闻声赶来,吓得往后退一步。谢宥笛拿开手,鼻血还在流,委屈巴巴地说:"你老公好猛。"

卓裕道："蠢货，松手不告诉我一声。"

谢宥笛拿手背一抹鼻血，憨笑道："我烫了你，你砸了我鼻子，扯平和好，成吗？"

卓裕拿纸巾堵住他的鼻血，微眯着眼说："谢宥笛，你是不是故意的？"

谢宥笛撇了撇嘴，小声问："吃烧烤去，行吗？我请客。"

"你老公从小就这德行，超级难哄。高中和他一块儿打篮球，他嫌我挡住了他的脸，没能全方位地展示他的帅气，跟我冷战半个月。"谢宥笛鼻子里塞着纸团止血，"小姜你说，这么多年我容易吗我？"

卓裕开着车，方向盘都差点抠下来："又开染坊了是吗？"

谢宥笛说："我遭了这么大的罪，还不让我说话了？"

卓裕冷哼一声："该你说话的时候，你就是个闷嘴葫芦。"

一语双关，他指的什么事，大家都明白。

看谢宥笛扭开脸的动作，两人就知道他不想谈，气氛又陷入诡异的安静。

后座的姜宛繁轻咳了两声，试着岔开话题："去哪家吃烧烤？李民记还是张五记？"

谢宥笛冷不丁道："张五记的烤串是老鼠肉做的。"

卓裕一脚刹车，神色不耐烦，另一只手摸了摸胃，极度不适。

红绿灯处右转，车辆平稳起步，可就在这时，一辆晃着大灯的黑车速度极快地从十字路口右方闯了红灯直冲而来。卓裕反应已足够快，方向盘往左避让急刹车，车身猛烈摇晃，与那车的距离几乎相贴，凶险至极。

卓裕的车迫停，而那辆无牌黑车嚣张驶离，很快转弯不见。

谢宥笛骂了一声："故意的吧？"

卓裕转头问姜宛繁："有事没？"

姜宛繁惊魂未定，摇了摇头。

谢宥笛怒斥："简直有病，闯红灯，压线，对着我们直接撞。"

卓裕眸色变深，拧开一瓶水喝了两口。谢宥笛看着他，欲言又止，神色也

101

逐渐复杂:"其实刚才,你应该往右边打方向盘。"

那车从右往左开,最容易撞上的,是副驾和右后座。卓裕坐在左边的驾驶位,他却把危险留给了自己。

"姜姜和你都在右边坐着,谁出事,你俩也不能出事。"他说。

后座的姜宛繁抬起头,看着卓裕的侧脸,惊涛骇浪后依然心有余悸。

察觉到注视的目光,卓裕回头问:"吓着了?"

姜宛繁扯了个笑,声音有点哑:"以后在车里挂个平安符吧。"

"师傅,这个确定不上架吗?"店里每月盘点的日子,吕旅把库存货品都拿出来整理。姜宛繁在数耗材,金线用量增加,天气凉爽后,也是定制旺季。

"折扇绢布还有玉制类的都往高层的架子上放,丝绒和木制摆设以及坎肩披风挂在前边。"

盘金花鸟的条屏重,姜宛繁过去搭了把手。换好位置后,吕旅问:"师傅,上回你说控制接单量,还作数吗?毕竟开的价格都不低,有钱白不赚呢。"

姜宛繁没吱声,心里也有了动摇。

吕旅察言观色,眼珠机灵一转,道:"那我先不拒绝啦。"

外厅,小徒弟进来叫人:"师傅,有人找。"

"没见宛繁姐在忙吗?你给客人介绍就是了,这么好的锻炼机会。"吕旅道。

小徒弟直呼冤枉:"他指名只找宛繁姐呢。"

姜宛繁回头问:"什么人?"

"挺年轻一个男的,很有派头。"

姜宛繁撩开珠帘,那人正在观摩摆件,手里拿着一柄玉骨扇把玩。

"手柄是沉玉做的,触手生温,秋季用也不会有太刺骨的冷意,姑姑喜欢泡温泉,冬日拿着正好,解解热气,又彰显品位。"

林延看向她,笑着夸赞:"嫂子说话真是让人舒坦,这专业劲,不想买的都忍不住多看两眼。"

姜宛繁八风不动,笑意含蓄:"开门迎客,哪有不做生意的道理?表弟难得光顾一次,想必也不会让我失望。"

林延三件套西装上身,背头梳得一丝不苟,确实有公子气派。他笑道:"如果嫂子的态度一直如此,那就省了不少事。就是嘛,在商言商,不都是想多赚几个钱?"

姜宛繁踱步往前,离他近了些:"表弟进步很大啊,也会话里有话了。"

"太直接了,怕你说我是来砸场子的。"林延不疾不徐道,"毕竟在嫂子这里,我们全家也吃过不少次亏了,总得长点教训。"

姜宛繁笑意淡去,表情已开始不耐烦。

林延挑挑眉,也走近一步,说:"希望嫂子也能长点教训,就当是开胃小菜提提醒。咱们好好开公司、开店,祝福彼此财源广进,闲事少管,万一哪天被不长眼睛的人啊车啊撞到,真的犯不上。"

姜宛繁猛地看向他:"昨晚是你做的。"

林延暗自高兴,终于见她神色失控一回。他假惺惺地装作不知她在说什么:"昨晚我一直在芙蓉会馆应酬,早上才回家。我可什么都没做,嫂子莫要冤枉我。"

林延如打了胜仗的斗鸡,扬长而去。姜宛繁站在原地还没缓过神,微信提示音不停响。她咽了咽口水,拿手机时,指尖都在颤抖。

奶奶:"那个老板又来镇上收绣品了。"

奶奶:"开的价好高,还想要长期收。"

奶奶:"大家很高兴。"

祁霜打字不利索,还有几个错别字,但姜宛繁看明白了。

马路上偶尔传来的鸣笛声钻入耳膜,无限循环,像尖锐的电钻声。姜宛繁下意识地捂了捂耳朵,声浪似乎会传染,她下意识地闭上眼睛,忍过这一秒的酸胀。再睁开眼,适应这一瞬的明亮,姜宛繁长呼一口气,转身走进内厅,语气毋庸置疑且坚定:"吕旅,电脑给我。"

填报名表,附上电子版资料以及报名用的三张作品图,姜宛繁完成得一气呵成。报名邮件发送成功后,电脑页面留在那儿没有变化。姜宛繁静坐半分钟,然后拿出手机,对着电脑拍了一张照片。

不多久，滑雪俱乐部里的姜弋最先刷到，喊着："我姐发朋友圈了！"

卓裕闻声从场边走来，步履焦急："怎么了？"

"她报名参加比赛了！"姜弋之所以这么激动，是因为姜宛繁从不在意这些功名利禄，"她要想走这条道，现在早点去大城市，说不定还能当个网红明星！"

卓裕拿过手机，姜宛繁两分钟前发的朋友圈，没有配文字，就分享了一张报名成功的照片。

卓裕笑了，她终于做出了决定。

姜宛繁的手机像永动机，不停有电话、信息进来。最先反应的是大学同学群，姜宛繁瞄了一眼——

同学A："咱们学校真是人才多，报名参赛的就有好几个。"

同学B："最有实力的还是晏和班花。"

同学C："发起投票，赌五毛钱谁会赢。"

姜宛繁把群消息屏蔽了。

一些老顾客友好关心，在那条朋友圈下点赞评论加油，开玩笑说以后不要涨价。姜荣耀也发来消息："我宝贝女儿！全村的希望！"

姜宛繁乐不可支："我就报个名，不一定能到第二轮。"

姜荣耀笃定道："但凡你做出的决定，那一定是勇往直前，不会后退的。"

姜宛繁捧着手机，眼底涌出湿意，了解她的人里，爸爸永远占一席之地。

四点多，姜宛繁想早点回家，安顿好店里的事后，她拿着车钥匙去停车位，刚解锁车，听到有人叫她的名字。

姜宛繁循声看去，白车停在她的车旁边，晏修诚从车里走下来。

他来找她，真是一点都不意外，所以姜宛繁很淡然，目光浅扫他的脸，与他的目光相接时，也没有过多的抵御和较劲，甚至给人一种"我知道你会来"的自信与不在意。

那道自信洒脱的光环，又围绕于她的周身，与大学时一模一样。晏修诚双手搁在风衣衣兜中，不自知地攥紧。

"你报名了。"他说。

"这么关心我？"姜宛繁展颜一笑，"那我必不能让你失望。"

晏修诚压低语气道："你就认为你一定能赢？"

"我只说我报了个名，没说我一定赢。既然你这么想我赢，那我是不是也该努力一下？"姜宛繁完全顺着他的话，没有刻意咄咄逼人，无辜又无谓。

晏修诚成了先沉不住气的人："姜宛繁，人该有敬畏之心。"

"嗯，我帮你补充后半句——别太自以为是。"姜宛繁说，"就像现在的你，特意跑来告诫我不能赢，别太想当然。请问，这些又关你什么事？还是我参赛让你忌惮，让你害怕，让你没了把握？"

晏修诚脸色刹变，在衣兜里握住的拳都隆出形状。

姜宛繁莞尔一笑："那我的决定就是正确的。晏修诚，赛场见。"

说完，她关上车门，绝尘而去。

姜宛繁心情好，跟着电台音乐一起哼唱，等红灯时，她在闺密群里发语音："晚上喝酒，老地方，同意的请举手。"

盛梨书的新戏杀青，昨天就回来了，抽空拍了几组宣传照后，在家休息一周。向袊大开眼界，就没见过给自己放假的女明星。

很快，盛梨书回了消息："上什么酒吧啊？瞧瞧我们在哪儿。"

向袊发来两张照片，姜宛繁定睛一看，怎么是她家？

向袊："你老公接我们过来的，他说他就知道你要去酒吧，反正都是喝，干脆在家里喝。"

姜宛繁问："我老公呢？"

"他在厨房做饭吧？"

"他做的饭你们敢吃吗？等我回来。"

姜宛繁到了家，才惊觉这不是幻境——盛梨书坐在沙发上打游戏，向袊刷短视频，卓裕系着围裙在厨房，还是粉色的。一瞬间，姜宛繁仿佛快进到了三十年后，不成器的儿女大了，生活不能自理，老父亲以最后的倔强在厨房为他们做饭。

向袊朝她勾勾手，意味深长地说悄悄话："你老公占有欲好强，而且心眼挺多，

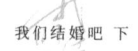

不想让你去酒吧,也不直接跟你说,把我俩弄过来,这样你就去不成了。喏,你看,酒都买回来了。"向衿指了指餐厅岛台,红酒果酒一应俱全。

姜宛繁忍着笑,拍了拍她的手:"先吃水果。"

厨房里,卓裕忙归忙,但也不是真的在自己做饭。他点了外卖火锅,东西多,在那儿摆盘呢。

姜宛繁倚着门,调侃道:"卓老板又改行当厨师了?"

卓裕回头看她一眼,额上已急出薄薄的汗:"正好,来帮帮忙,这些我该怎么摆?"

"不用分开,蔬菜放一起,拿个大点的餐盘,你把牛肉和黄喉摆一起,哦对了,下面先铺一层冰块。"

卓裕听话照做,表情仔细严谨,腰间围着粉色草莓围裙,这反差感让他又呈现出另一种迷人的气质。姜宛繁的视线从他的脸一路往下,收紧的腰腹,长腿撑着身高,手白却不阴柔,而是恰到好处的精壮。

姜宛繁忍不住问:"有没有人找你进娱乐圈?"

卓裕专心摆盘,头也没抬地回答:"还真有。大一下学期,我和谢宥笛去看美术展,一个男的自称是经纪人,还塞了谢宥笛一张名片。"

"只给谢宥笛,没给你?"

"给我了,我没要。"卓裕淡定道,"谢宥笛自信心爆棚,非要我陪他去试镜,说娱乐圈混不下去了,他再回家继承家业。"

姜宛繁好奇道:"你们去了?"

"去了,还试到了最后一轮,实景表演考核。我们进去后,导演就说把衣服裤子脱了吧,那部片名我到现在还记得,《富婆的奢靡生活》。"卓裕的语气四平八稳,"从此以后,谢宥笛的娱乐圈梦彻底破碎。"

姜宛繁哈哈大笑,卓裕终于侧过头,目光温柔地看向她,问:"开心吗?终于笑了。"

姜宛繁的笑意变柔变软,像铺了一层碎钻般亮堂:"你没看我朋友圈吗?"

"看了。"卓裕老实道。

"那么多人给我点赞,你怎么不点呀?"

"我身体力行地帮你攒局,把你的好姐妹叫到家里,还在这儿甘愿当厨师,待会儿自觉上岗胜任服务生。这不比点赞强?"卓裕挑挑眉,邀功似的。

姜宛繁走过去,从背后环住他的腰,低声道:"晚上给你奖励。"

盛梨书进来倒水,走到门口猛地闭上眼退了出去:"哎呀,哎呀呀对不起,你们继续。"

姜宛繁没松手,仍搂着他晃了晃:"要不要叫谢宥笛过来?"

卓裕哼了一声:"这是我们的婚房,不想给他和女明星当马戏团。"

"喏,水给你。"姜宛繁从厨房出来,绕到沙发后将水杯递给盛梨书。

盛梨书今天不施粉黛,一件白色宽松卫衣,黑色阔腿裤,在家里连鸭舌帽都懒得戴,丢到了一旁。她懒洋洋地问:"谢宥笛怎么没来啊?"

姜宛繁睨她一眼,说:"忙着谈恋爱。"

盛梨书长吐一口气:"他女朋友是哪儿人啊?漂亮吗?怎么看上他的?想必眼光不太好。"

向衿抬起头,使劲拱了拱鼻子:"怎么一股醋味?"

盛梨书刚要反驳,就听厨房里的卓裕自言自语道:"糟糕!醋放多了!"

姜宛繁忍着笑,告诉她:"没你漂亮,没你好,你是最好的大漂亮。"

盛梨书一下子高兴起来,嘟囔着撒娇:"我晚上要吃两碗饭。"

饭后,卓裕自觉收拾好残局,把提前冰好的酒倒出来,最后体贴地点上两个香薰蜡烛,自己便回了书房,不打扰三人的谈话会。

向衿带来一张黑胶唱片,纯音乐回旋,暖风送香,慢品红酒,三五知己闲聊,再没有比这更放松的时刻。

卓裕用他的方式,纾解她的情绪,不干涉她的决定,不左右她的对错。他了解自己的妻子,能将决定大张旗鼓地公开,绝不是因为真实的欢喜,她的内心一定充满动荡,有过进退维谷的自我斡旋,有过权衡利弊的仓皇煎熬。现在这样最好,让她在相对平和的环境里,和靠谱亲密的友人一起,调整自己的情绪。

房间隔音效果很好,过了一会儿,似乎没了音乐声,卓裕细听,好像有节奏鼓点和她们时不时的惊呼及欢悦的笑声。这是在看搞笑视频,还是在追最新的综艺?

零点,姐妹局散场。卓裕将人送下楼,再回来时,姜宛繁在洗澡。

她的手机就在岛台上放着,正面朝上,直播界面一直运行,所以手机没有熄屏。即使她关小了音量,但骤然响起的电子音乐仍吓了卓裕一跳。

他看向屏幕,直播间里,一个黑衣酷哥在卖力跳舞,墨镜遮住眼睛,更过分的是,衣摆下还掉出一根狐狸尾巴。特效五彩斑斓,闪电、火光随着他扭腰的动作一起闪耀。

直播间在线人数五万多。

"扭起来!好帅好帅!"

"摸一下狐狸尾巴!"

"吹口哨!要看口哨舞!"

弹幕疯狂刷礼物,而对话框里,是姜宛繁打了字还没来得及发出的话——

"呜呜呜,宝贝对不起,没钱了!我老公还没有发工资!"

所以她们三个就是看了一晚上这个?刚在书房,他还夸什么来着?靠谱的朋友,知心闺密,帮助她平和情绪?结果最后升华成这种情绪了?

卓裕差点站不稳。

姜宛繁洗完澡出来,裹着一身新鲜的热气,头发昨天洗过,但晚上吃了火锅沾了味,她又不嫌麻烦地洗了一遍。

"你在干吗?"姜宛繁看到卓裕坐在岛台边一动不动,等她走近,才发现他竟然在看直播。

卓裕拿着手机,面无表情地说:"他体力不行,一支舞没跳完就去喝水,喝水喝半天。"

"不是体力不行,就是拖延时间,让大家刷礼物。不信你刷个'保时捷',他立马跳起来。"

卓裕冷不丁地一笑:"姜老师,你好懂。"

姜宛繁将头发捋至耳后,穿着纯色睡衣,像一枝雨后的白玉兰。大概是喝了酒的缘故,她懒得分辨他说的是不是反话,反倒交流起心得体会来:"他长得好帅哦,鼻子尤其赞,但我估计他眼睛不好看,因为一直戴着墨镜,所以只能做直播间里的氛围帅哥。"

卓裕问:"那你还给他刷礼物?"

"是小书拿我手机刷的,她的没绑银行卡。"

这个理由似乎行得通,但卓裕的脸色依旧不太好:"但你也看得挺来劲。"

"能不来劲吗?"姜宛繁惊呼,"我从没见哪个男人这么放得开,裤子都快跳破了,我还发评论好心提醒他下回穿一条质量好一点的裤子,结果被系统禁言十分钟。"

卓裕忍不住在她的侧腰掐了一把:"你要气死我啊。"

姜宛繁吃痛,跟豆腐做的一般,眼睛说红就红。卓裕顿时紧张地问:"伤着了?"他也没使太大力啊。

姜宛繁可怜巴巴地望着他:"你吹吹才会好。"

搁这儿跟他撒娇呢,卓裕剑眉轻挑:"吹哪儿?嗯?"

姜宛繁掌心向上,伸向他:"把你的工资卡吹过来,姜老师要给帅哥刷'大游艇'。"

直播间的音乐动感激情,男主播越跳越卖力,衬衫扣子也不知什么时候扯开了两粒。卓裕关了直播,不屑一顾道:"别看了,他没我帅。"

姜宛繁"扑哧"乐出了声:"这也能成为借口?"

"是借口还是事实,你试试不就知道了。"卓裕圈着她的腰,将人捞过来按坐在腿上,仍不死心地要一个答案,"我是不是比那个男主播好?"

姜宛繁笑了,男人该死的胜负心。

等卓裕洗完澡出来,姜宛繁正盘腿坐在床上玩《俄罗斯方块》,头也不抬地问他:"谢宥笛和他女朋友怎么样了?"

卓裕站在镜子前抹须后水,语气平平道:"不知道。"

"你没发现小书挺不开心的吗?"一打岔,游戏就输了,姜宛繁"哎呀"一声,卓裕回过头问:"怎么了?"

"输了，不玩了。"姜宛繁放下手机，忧心道，"我觉得小书对谢宥笛还挺有感觉的，她很少有这么闷闷不乐的状态。"

"那也不是因为谢宥笛。"卓裕轻描淡写道，"是因为女人之间的胜负心。"

八字还没一撇的猜测，聊聊就罢，姜宛繁又问："你觉得谢宥笛听得进你的话吗？"

卓裕现在想起这事就来气，须后水瓶身没握稳，洒了几滴在桌面，他皱眉道："管他死活，让他作吧。"

像是征兆，这一晚卓裕没怎么睡好，心里像有石头压着，哪儿哪儿不得劲。早上时，他还跟姜宛繁念叨，说："眼皮一直跳。"

姜宛繁给他的左眼上贴了个小纸条，说："来，姜老师给你施个法。"

卓裕笑了，任她摆弄。

姜宛繁说："我们那儿都用这个土法子，很管用的。"

到了下午，左眼还真不跳了，卓裕刚想给姜宛繁发微信，一个电话掐着点打进来，火急火燎的铃声振得卓裕手一抖。

"怎么了？"

姜弋急急道："姐夫！你赶紧过来叶枫二路这边！宥笛哥出事了！"

谢宥笛被人打了。

卓裕赶到时，那伙人还没散，四五个壮汉围着他，谢宥笛已是满脸血。姜弋拼死拦在他身前，少年戾气逼人，那股狠劲很能震慑人。

卓裕把车停在路边，剧烈的轮胎摩擦声划破喧闹，下车后，他径直绕到后备厢拿出黑色手电筒。

壮汉挥着棒子，直接朝着姜弋的左胳膊而去，木棒已经落下一半，被一股力气挡住了，反弹到壮汉自己身上。他连连后退，还没来得及看清人，卓裕的手电筒已经砸在了他的后颈。

这个地方敏感，肌肉薄弱，痛感神经更丰富，但不至于真的伤着哪里。壮汉痛苦倒地，麻木眩晕感一阵阵如波浪。

卓裕单手提起谢宥笛,把他护在身后,姜弋抢起地上的砖头就往对方那边扔,狂吼:"来啊!"

卓裕呵斥道:"姜弋!"

少年胆量过人,无惧天高地厚,也不知轻重,卓裕怕他热血上头,真闹出人命来。姜弋被姐夫这一声唤回理智,喘着气往后退,帮他扶住谢宥笛。

卓裕软硬兼施,站在两人身前,沉声问:"哥们儿,有事能不能好商量?"

卓裕也不是个软柿子,方才那身手和魄力,真要对着干,他们也不见得能捡到多大的便宜,因此几人面面相觑,望向最壮实的那人。

卓裕明白了,这人是能说上话的。他微眯着眼,直指目标:"别人给你多少钱办事,我翻倍给你。不管结仇结怨,劳烦你带句话。"

壮汉拿钱办事,舔了舔唇,不耐烦道:"你这朋友,做什么不好,做小三,能不被打吗?"

谢宥笛先被姜弋送去医院,卓裕摆平事情后才赶来,幸而他只是外伤,但脑门上缠着纱布,脸颊擦伤,手背也挨了棍子,红紫肿胀得老高。姜弋正坐在急诊室另一个角落,小护士在给他后腰的伤口消毒。

"嘶!疼疼疼!"

谢宥笛回魂一般,扭头看向他,麻木地一个字一个字往外蹦:"谢谢了啊,弟弟。"

卓裕阴沉着脸,一动不动地站在他旁边。

谢宥笛抬起脑袋,眼皮肿得像丧尸片的特效:"你要吃人啊?我都这鬼样子了,你吃得下吗?"

卓裕盯了十几秒,没憋住,笑出了声:"你也太丑了。"

谢宥笛哭丧着脸:"丑要你说啊,我没眼睛吗?我自己不知道看啊,我……我这什么破眼神啊,真是没事给自己找事!你说怎么有这没心肝的女人,我对她还不够意思啊?我都不求什么了,她却连脸都不给我留!"

姜弋龇牙咧嘴地问护士:"小姐姐,有男朋友吗?没有的话考虑一下他呗。"

卓裕皱眉道:"胡说什么,凭什么让人家好姑娘来接盘,他自己造的孽,就

111

该自己受着。"

谢宥笛的内伤更重了。

不过,这事也是他倒霉,卓裕那天的话他听进心里了,去跟陈瑶摊牌,两人不欢而散。谢宥笛不是没脑子,做不到及时,但好歹也止了损,结果没两天,他就被人莫名其妙地堵在路上,大骂他是插足别人感情的第三者。

谢宥笛心里苦,但凡他有这本事,何至于单身到现在啊?

姜宛繁赶过来时,谢宥笛急忙捂住脸,埋怨卓裕:"你干吗告诉小姜,还嫌我不够丢人是吧?"

卓裕对姜弋抬了抬下巴:"那是我小舅子,他也受了伤,我能不告诉他姐?"

姜宛繁听完这件事,张着嘴半天没吱声,眼下见到谢宥笛的惨状,她沉默半响,扭头对卓裕语重心长道:"男人,还是要守男德。"

卓裕笑得无奈,急急自证:"我是男德班的班长。"

姜宛繁身边没人经历过这事,心情很沉重,这会儿才想起弟弟,走过去捏着少年的下巴左看右看,放了心,欣慰道:"可以啊少年,会见义勇为了。"

"姐,疼疼疼。"姜弋歪着嘴,不服气地纠正,"什么叫'会'啊,我不是第一次见义勇为了好吗?初一的时候,我在甘林,你忘啦?"

姜宛繁隐约有印象:"那次是什么事来着?"

"车祸啊!我第一个发现的,还帮忙报警了呢。"姜弋虽然看似不在意,但语气还是有两分委屈,"学校都记得我的好,给我颁了个好人好事奖状,你们都不记得了。"

姜宛繁抱歉道:"主要是你平日不孝子的形象太深入人心。"

一旁的卓裕忽然问:"车祸地是在哪儿?"

"甘林。"

"你怎么会去那儿?"

"学校组织的春游,我本来不想去的,但班主任找到老姜,没法子。"姜弋说,"误打误撞吧,拿到了我人生的第一张奖状。"

卓裕低头若有所思,最后笑了笑,没再说什么。

第3章 夫妻同心

戏剧般的一天结束,两人九点才到家,卓裕连外套都没脱,坐在沙发上闭目养神,抬手捏了捏眉心。

姜宛繁给他泡了一杯龙眼百合,说:"奶奶上回拿来的,养神静心。"

卓裕吹散热气,小口抿了抿。

姜宛繁挨着他坐下,担心地问:"谢宥笛家那边瞒得住吗?"

"必然瞒不住。"卓裕说,"谢家就他一个少爷,这事闹得难看。"

"哦。"

昏黄的光影薄薄洒下,将卓裕的侧脸勾出一圈轮廓,安静里,空气流速似乎都在变慢,姜宛繁与他对视时,不难发现他眼神中的疲倦。

她挽上他的手,说:"你好像不太开心。"

"没有不开心。"卓裕握住她的手,坦诚道,"我只是觉得自己很幸运,遇见这么好的你,你能跟我结婚,给我一个家。我一直以为是我遇到了平凡可贵的幸福,直到今天看着谢宥笛那么狼狈地被欺负,想到他无花无果近十年的感情歧路,我才反应过来。"

姜宛繁轻声问:"反应过来什么?"

卓裕目如海浪上漂浮的船只,起伏摇摆,最后停在她的注视里,宛如避风港。"这无关我的运气,而是你,你好心选择了我。如果没有你,我可能连谢宥笛都不如,至少他有念想,而我依然踽踽独行,生活得过且过。"

姜宛繁怔住,说不感动是假,她抓过卓裕的手,轻轻放在自己的胸口:"这么会说话啊,感受到我的心花怒放了没?"

卓裕看着她,眼神一点点放软,心里淌出蜜一般。无论喜怒哀乐,她都这般恣意明亮,真真切切地在他身旁。

有一次,谢宥笛问他,结婚到底有什么好?

怎会不好呢?没有大风大浪,没有生死跌宕,没有磅礴悱恻,有的是一日三餐,两人四季,新上映的电影不愁没人陪伴一起看,新开的餐厅也有能第一时间一起去品尝的人。有这个人在,一瞬间的眼神也能让他感受到滂沱爱意,能让他跟前半生挥手作别,奔赴一个更好的前程。

卓裕看着姜宛繁,她就是远大前程啊。

这样的目光太灼热,像要糅进灵魂里,姜宛繁忽然伸手抱住卓裕,埋头在他怀中。

姜宛繁没告诉他,在他刚才的眼神里,她能感受到痴迷的臣服与坦荡的爱,让她有一种无可替代的宿命感。姜宛繁心跳怦怦,双向选择的爱,最最珍贵。

谢宥笛这事动静不小,据说是他母亲出面,过程不得而知,但陈瑶是别想再靠近他身边了。姜宛繁委婉地告诉盛梨书,谢宥笛目前单身。

盛梨书正在录制节目,回消息是在半夜,说:"我这样的都单身,凭什么他不单?这才正常,我心理平衡了,哈哈哈!"

周三这天,店里来了个客人,姜宛繁很意外:"孟姨?"

孟媛作为此次比赛的赛委会副会长,来这儿既是谈公事,也是叙私交,她告诉姜宛繁:"第一轮筛选评比,你的作品是全票通过。这很不容易,一共就两个人。"

"另外一位是?"

"你应该认识,晏修诚。"孟媛说,"我看过你们的资料,竟是大学校友。美院人才济济,不负众望。"

姜宛繁的笑意淡了些。

"我来呢,也是跟你通通气。赛事越到后面,要求也会越来越严格,评选会综合考量,包括影响力、网络投票。当然,我肯定相信你的实力,但据我所知,几位热门选手,背后都是有公司或者个人品牌的支持。姜姜,我太希望你被更多的人看见,把美学瑰宝展现在更广阔的世界。如果你需要,我可以为你引荐一些企业和机构。如虎添翼,才能更上一层楼。"

孟媛真诚且直接,话已经说得很明白了。

"这好办啊!宛繁姐的老顾客这么多,肯定愿意帮忙的。"吕旅已经开始翻小本本了,"等一下,都不用找,宥笛哥的妈妈可是你的头号铁粉!"

小徒弟道:"她们有太太群,一呼百应。"

第3章 夫妻同心

"就是就是！"

不说旁人，单谢宥笛母亲一人，在B市的贵妇交际圈就稳坐头把交椅。谢家旗下的产业链，随便拎一家子公司出来都不寒碜。

"早几年就有品牌来找宛繁姐谈合作，那些总监现在逢年过节还会给店里寄礼物呢。"

姜宛繁笑意淡淡，始终没发言。

吕旅就像个广播站，这个消息很快人尽皆知。谢宥笛第一个表态："小姜，你只管往前冲，谢家最不差的就是钱，当你的大树，做你的钱袋子，拿奖之后给哥打个小小的广告就行。"

姜宛繁挺会损人："征婚广告吗？"

谢宥笛捂脸道："别提丢人的事了，行吗？"

卓裕在看俱乐部上个月的营收明细，听着两人讲电话，偶尔弯起唇。

"其实，谢宥笛是个不错的选择。"卓裕理智分析，"我了解了这次的比赛，规格高，奖项分量也重，在你们业内很有含金量，而且给出的平台也不错，能直接对接头部的国际奢侈品牌。孟女士说得很对，越到后面，方方面面的竞争会越激烈。"

姜宛繁"嗯"了一声："我知道。"

卓裕看向她的侧脸："你早有了选择？"

姜宛繁仍是淡然不惊的模样，忽地岔开话题问他："你觉得我是一个什么样的人？"

膝上的笔记本薄屏幽幽光亮，将两人的下颌衬出一道弧光，颜色淡雅，却让她的眼眸看起来熠熠如星。

卓裕下意识地回答："逆风执炬，从容坚定。"

姜宛繁展颜露笑，平定自信的光亮从未消失于眼眸。

"我现在正式向你发出邀请。"她朝卓裕伸出手，"卓老板，你愿意与我并肩作战，一路往前吗？"

卓裕倏地反应过来，姜宛繁心里从没有过选择，他是唯一答案。

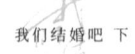

姜宛繁报上去的"盟友",是卓裕的滑雪俱乐部。孟媛忍不住打来电话,委婉地关心她是否遇到了困难,意思很明确,要是实在找不着后台,不用不好意思如此勉为其难。

卓裕"啧"了一声,感慨道:"后悔从兆林辞职了,在那儿我至少还是裕总,拿得出手。"

姜宛繁挑眉道:"那你回去当裕总呀。"

"当裕总就没老婆了,这笔买卖不划算。"卓裕算得明明白白。

姜宛繁戳了戳他的额头:"得了便宜还卖乖。"

比赛已经开始预热,网上已能查到一些信息,目前还在初选阶段,热度循序渐进地推进。本就是小众行业,大部分参赛者籍籍无名,没有半点水花,最惹眼的当属晏修诚,他属于有点人气的新生代网红——吕旅形容得非常精准。前年他便签了经纪公司,但真正声名鹊起,还是在去年新换的嘉悦传媒。公司抓住晏修诚的优质外形,营造了清雅君子的人设,加之晏修诚确实有作品拿得出手,再加上短视频的推波助澜,他的个人社交账号已经有了百万粉丝。他参赛的事也早已被所谓的路人在网上"不经意"地传开,最近发的一个短视频点赞数都有五六万。

吕旅一边翻看一边吐槽:"滤镜太厚了,这肯定用了长腿特效!好做作的衣品,呕呕呕!"

手机忽然被抽走,扭头一看,是姜宛繁。她直接退出APP,再抛还回去:"不喜欢你还看,什么心理?"

吕旅不敢怒也不敢言,偷偷瞄了姜宛繁好几眼,才忍不住说:"师傅,你没考虑过也找公司推推你吗?"

"这比赛是比人气,是比选美吗?"姜宛繁说,"偏离初衷的是他,不要随波逐流,做好自己的事就可以了。"

俱乐部里,一个报了体验课的小女孩因为惧怕,蹲在冰面上号啕大哭,换了几个教练哄都没用,女孩的妈妈额头冒汗,拿闺女束手无策。

卓裕谈完事,从二楼下来,他拿了一样东西径直走过去,隔着防护栏,将东西伸到小女孩面前,笑着问:"叔叔这儿每天都会评出一位冰雪小公主,叔叔观察了好久,觉得你最棒。"

小姑娘泪眼蒙眬地反问:"我都哭成这样了还棒呀?叔叔你说谎,鼻子会长长的。"

"没事,哭就哭吧。"卓裕一本正经道,"你长得太可爱太漂亮了,叔叔就是想把奖励给你。"

他手上拿的是一支小朱钗,不全是金属材质,钗头是布艺刺绣,吊了两串碎银珠子,很是精致特别。卓裕摇了摇朱钗,很绅士地问:"我可以帮你戴吗?"

小姑娘萌萌地伸过脑袋,卓裕动作轻柔,细心地抹平她乱飞的刘海,说:"好啦,小公主。"

都夸她是小公主了,那必然要有公主的气势,小姑娘不哭了,扶着护栏勇敢地站起来:"闪开闪开,小公主要学滑雪啦!"

教练对卓裕竖起拇指,孩子妈妈也表示感谢。

"我们教练会带着她,您可以在那边坐着休息,有果茶和咖啡。"卓裕一转身,看到姜宛繁笑盈盈地站在不远处。

"什么时候过来的?"卓裕惊喜地走过去,自然而然地揽住她的腰。

"有一会儿了。"姜宛繁称赞道,"卓老板有点东西啊。"

"借花献佛罢了。"那朱钗是姜宛繁用边角材料做的,既不浪费,也物有所值,给了他十来支哄孩子用。

"姐!"姜弋跑过来,"姐夫,你什么时候教我新动作?"

姜宛繁皱眉问:"你伤好了?"

"早好了,那天挨打的是宥笛哥,又不是我。"

谢宥笛若是听见,又得内伤了。

卓裕笑着指了指器材区,说:"拿板。"

姜弋雷霆之速,说什么都照做。姜宛繁感慨道:"老姜要是看到估计得气晕,我弟弟从没这么听过谁的话,被你治得服服帖帖。"

卓裕笑得眉目流光:"这是姐夫的魅力。"

出乎姜宛繁意料的是，姜弋的滑板技术已经很好了，一段平地热身后，他踩着板尾，跟着滑板一起飞旋，极快地完成了360度转体动作后稳稳落地。

这时，卓裕夹着滑雪板走进冰场，往右边一指，示意姜弋去高级滑道。没多久，两人站在最高点。

卓裕没换滑雪服，穿了一件黑色风衣，甚至连鞋都没换，还是平日那副装扮。姜宛繁隔得远，听不到他们在说什么，但看姜弋谦虚耐心乖顺的姿态，应该是在听卓裕讲解动作。

姜宛繁饶有兴致地倚着防护栏观看，这时周正走过来打招呼，顺手给她拿了一杯咖啡。"稀客，今天有空过来了？"

"那我以后常来。"姜宛繁笑着道谢。

周正朝高台方向努了努下巴："看过他滑雪没？"

"还真没。"姜宛繁自己都想笑。

"以前陪客户的时候，也会去滑雪场，可即便去了，老板也从不展示，顶多就是陪着应应景。"周正说，"有一次，公司一个单子没竞标成功，被他姑父责怪。他那天心情很差，一天没来公司。我是在滑雪馆找到的人，他包场了，一个人滑。我至今还忘不掉那个场面，他就像一个剑客，太有冲击力了。"说完，周正笑了笑，"你不用遗憾，喏，今天可以看到。"

高处，姜弋胆大心细，先滑到低点。卓裕负手站立，目光锐利，紧紧盯着他的动作。他没有多余的表情，应该是不满意。果然，姜弋再次回到高点，卓裕耐心讲解，再后来，姜弋让出位置，卓裕亲自示范，娴熟地踩住板尾，腰身微弓，核心收紧，目视前方，平静且无畏。

这边的动静引得周围的人纷纷侧目，刚才被他哄好的小女孩嫩声道："妈妈看！叔叔好帅！"

卓裕压板，重心前挪，人顺势而下，如离弦利剑。他掐准赛道位置，把身体再压低，后手压板，然后腾跃而起！半空回转一圈半后稳稳落地，整个人站直，轻松驾驭雪板缓冲之后，从容停住。

"哇哦！"惊呼阵阵，有人没来得及拍到完整视频，急得高喊，"再来一遍！"

"怎么样？"周正笑着问。

姜宛繁微微启唇，目光一动不动。

周正以为她是被卓裕的魅力所折服，也替老板骄傲，刚想开口，就听姜宛繁怔怔地问："他断过几根肋骨？"

周正："呃……"

高山滑雪本就是高危项目，在北京时，徐佐克也提过卓裕身上的伤病不少。休息间里，卓裕懒洋洋地张开双手，说："断过一根而已，真没留下后遗症。"

姜宛繁显然不信，逼他解开外套，撩起线衫，手指如仪器探头，一根一根临摹检测。她一脸严肃，动作也正经，从锁骨一路往下，在胸口停留的时间最久，指腹感触不够，又用掌心熨帖。

卓裕喉结滚动，低眉垂眸，沉默不语。

姜宛繁太过专注，终于，卓裕钳住她的手腕。

"嗯？"她抬头不解。

"还往下摸呢，再摸就出事了。"

姜宛繁关心则乱，竟挣开他的手，继续探查，最后漫不经心道："好了，把衣服穿上吧。"

卓裕笑着问："小姜医生有诊断吗？"

姜宛繁摇摇头："平时用着也挺好，不用查了。"

卓裕后知后觉，拉住欲走的人，困在桌沿与手臂之间。两人挨得太近，鼻尖蹭鼻尖，姜宛繁主动靠近道："咦，你换须后水了？"不似以往的青柚果香，是稍浓郁的海洋薄荷。

卓裕顺势低头，吻住她的唇。

休息室外，会员络绎，音乐声欢悦激昂，休息室内，干柴遇火，情意炽烈。

姜宛繁埋头在他的胸口，平缓心绪后，岔开话题道："这几天的时间都留给我吧。"

"嗯？"

"陪我去采风。"

姜宛繁做出决定的事，那一定是全力以赴，采风也是为后面的比赛做准备，第二轮比赛，便不再自由提交作品，而是按照赛委会给出的主题，限时完成。

城溥市郊的一处庄园，清幽淡雅，小桥流水，颇有韵味。

知道她要来，林乔生候在大门外，姜宛繁降下车窗，遥遥招手示意："老师！"

"这就是我的授业恩师。"姜宛繁扭头告诉卓裕，"我在这儿学了两年，左边那位是我的师兄严白，右边三个是老师的徒弟。出师后离开的人很多，只有严白一直留在庄园里。"

卓裕不由得打量那人，气质温文尔雅，站姿挺拔。

下了车，姜宛繁轻轻抱了抱林乔生："老师，好久不见。"

林乔生拍了拍她的肩："离得远，能理解，逢年过节的短信电话已经够了。这位是？"

姜宛繁笑着说："我丈夫。"

卓裕颔首道："林老师，久仰大名。"

林乔生将卓裕上下打量，点点头："别站着了，进去吧。"

说是庄园，但其实更像个观景园，很像苏州园林，布局规划细致妥当，装潢摆设用了心思，全是林乔生自己设计的。

"东学堂，西厢房，南面是工作间，是我那时候学绣工待得最多的地方。"姜宛繁对这里仍记忆深刻。

同行的严白温声说："老师也经常在学生面前提起你，夸你是最努力的一个。"

姜宛繁不好意思地挠了挠鼻尖："你知道的，我是一条咸鱼。"

"你如果是咸鱼，那咸鱼的价格一定水涨船高，成为国家保护物种了。"严白也笑了。

跟在后边的卓裕轻撩起眼，目光若有似无地扫过他。严白有所察觉，视线相交时，礼貌地点了点头。

庄园里的待客接物都由严白负责，把人带去安排好的房间时，卓裕皱了皱眉。

"咱们这儿男女都是分开住的，宛繁知道，一直如此。"严白含蓄解释，暗示夫妻也不例外。

姜宛繁无事人一般应声道谢，卓裕也只好接受分配。

等严白走后，卓裕冷不丁道："这小子追过你。"

"想多了。"姜宛繁矢口否认，卓裕的心情刚好一些，就听她道，"他只是很有礼貌地表过白。"

姜宛繁说自己也很无辜，从没有主动招惹谁，但异性缘自小到大都很好。学前班时，就有两个小男生为了跟她坐一起，比赛谁的哭声大。小学收到第一封情书，被她批改出错别字，退了回去。

卓裕沉默半晌，姜宛繁神态无辜："我也不知道为什么。"

这几日，姜宛繁的生活很单一，向林乔生请教，倾听他的意见，与他的学生共同完成布置的主题作业。卓裕也难得过上几天清心寡欲的"出家"生活，早睡晨起，身体像在充电。

在这里，他知道了什么是画绣，见识了价值百万的四爪九龙绣衣，经过熏陶，也大致能分辨湘绣与蜀绣。姜宛繁坐在绣架前，身后是圆形石拱门，门外木桥流水，意境唯美。她伏腰弯背，长发随意挽成松软的发髻，用一根铅笔固定。泛金的丝线于光影间飞针走线，平顺、齐整，栩栩如生。卓裕什么都不做，就坐在这儿，好似欣赏一幅写生。

他如垂涎的迷恋者，忍不住偷拍了一张照片，发给卓怡晓："嫂子美不美？"

妹妹很快回了信息："旁边那个男的是谁？长得好帅哦！"

卓裕无语地抬头看向严白，似有心灵感应，他也恰好看过来。不得不承认，相比晏修诚，他给人的舒适度要高太多。

卓裕无惧社交，再陌生的环境都能很快融入，没事的时候就凑到林乔生面前刷存在感，林乔生对他印象不错，问："你和宛繁怎么认识的？"

"我对她一见钟情，死皮赖脸地追，身家性命都豁出去了。"卓裕笑道，"林老师，我看严白师兄他们穿的衣服很好看。"

严白穿了一件青蓝色的褂子，有点像汉服改良款式，把他山水写意的温柔气质展露无遗。

林乔生说:"是我们自己做的,相当于校服。"

卓裕挑挑眉,问:"那您也让我试穿一会儿?"

林乔生哼了一声:"你不适合,你身上的铜臭味太重。"

卓裕:"受打击了啊,老师。"

林乔生笑了笑:"跟我来吧。"

旁边的房间里是两排衣架,展示着各类成衣,有纯粹的民族服饰,也有民族与现代相结合的一些正装、披肩、配饰。

林乔生似早有目标,精准地拿出一件递给他:"你试这个,顺便当当衣架子。"

墨绿带着丝光面料的休闲西服,颜色不算跳,但其实特别挑人。从背后的衣角斜上展开的图案是凤凰翅膀,金线大面积铺色,非常大胆耀眼。

卓裕爽快地换上,背脊挺直,自信英俊。

林乔生满意点头:"不错,这件衣服就送你了。"

卓裕诧异极了,却听林乔生说:"当然,你得帮个忙。"

卓裕明白了:"没有免费的服装。"

林乔生说:"去严白那边看看,我们这儿也弄了个直播,就是没什么人看。"

不同于大众的刻板印象,认为这一行的手艺人只会埋头苦干,林乔生其实思维十分活跃,在社交媒体上开了官方账号,每天都会直播一会儿。起先,严白还兴致高涨地讲解刺绣知识,后来实在没人看,热情被浇灭,他也只图完成任务,摆一张桌子,对着镜头绣枕头,绣够三小时就下播。

卓裕进来时,严白吓了一跳:"你、你穿成这样?"

"嗯,林老师让我来和你一起做直播。"

这对话,很诡异。

严白咳了一声,指了指旁边,说:"那儿有椅子,你随便坐吧。"

直播得入镜,卓裕没想太多,直愣愣地坐在设备前,镜头里骤然出现他的胸口,他也没有察觉,好奇地研究这套直播设备——林乔生花了大价钱,高清防抖。

严白最先发现情况,说:"哎,进来好多人。"

屏幕上零零散散漂浮着一些弹幕:

"这是干什么?"

"哇!胸肌!"

"说吧,刷几个'火箭'开始蹦迪?"

卓裕离镜头远了点,露了脸。严白震惊了,观看人数又多了些。

"好帅啊!"

"我的眼睛突然就瞪大了!"

"有没有人刷'大游艇'?该死的,好想看他跳舞!"

"你……你要不说点什么吧。"严白颇为紧张,直播半个月,他第一次见这种阵仗,总算能完成林乔生布置的考核指标了。

"我……我说什么?"卓裕也有点蒙。

弹幕:"哈哈哈哈!以为是高冷帅哥,没想到是个呆子。"

姜宛繁进来时,被里面的场面彻底镇住——镜头前,严白依旧在绣枕头,只是前边多了个支架,架子上夹着一张白纸,上面是马克笔手写的高数题。卓裕正在严谨讲解:"解题步骤听懂了吗?这么容易,竟然没人算出正确答案?那看什么直播,还不回去上数学课!"

他的墨绿金闪西装是深V设计,里面没有配内搭,穿成这样讲解高数题,证明不是呆子。

连续一小时直播讲解,卓裕的嗓子都快冒烟了,不顾还在上涨的观看人数,不耐烦地下了播。严白仿佛找到了完成指标的制胜法宝,真诚邀约:"晚上还有一场,你一定要来。"

客房里,姜宛繁双手环搭,要笑不笑地等着他。

"直播这种事真不是一般人能干的。"卓裕反手关上门,抹了抹额上的汗,"我原谅你给别的男主播刷礼物了。"

姜宛繁搂住他的腰,眼神克制不住地往他的胸口瞄,想到被那么多人看过,她心里忽然不爽,似嗔似怨:"卓老板,擦边了啊。"

卓裕闻言低头,将人搂得更紧,直逼向前,直至她的背抵靠门板,无辜地问:

"哦,是吗?"

这男人,摆明了就是故意的。

不用严白汇报,学生们都关注了直播号,林乔生已经知道卓裕下午的无心插柳柳成荫。卓裕原本死活不肯再直播,但林乔生说:"姜宛繁是我的学生,她叫我一声老师。你是她丈夫,怎么能不听老师的话?除非你不是她丈夫。"

卓裕被绕晕了,怎么能不是她丈夫呢,刀山火海也得去啊。

晚八点,卓裕上线,直播间观看人数涨了两千。

"你的西装呢?快把绿战袍穿上!"

"我一脚把牛踹开,自己耕完一百亩地!"

"目测腿长8848米……"

卓裕迅速出好线性代数题,被迫直播,表情很不耐烦:"算题!报答案。第一个答对的……"

弹幕狂飙:"哥哥我不会,惩罚我吧!"

"第一个报出正确答案的,送一把刺绣蒲扇。"卓裕一本正经地说,"答错的,送《五三天天练》和《黄冈密卷》。"

一个穿西装的帅哥,沉迷讲解高数题,身后还有一个文质彬彬,专注刺绣的严白。这种混搭二人转,让人十分上头,传统与现代相结合的意境十分自然。这一晚,林乔生的直播号涨粉三万,他直呼姜宛繁这个老公找得好,旺财,吉利。

这话似曾相识,卓裕无意中听到卓悯敏也这么说过,说她找高僧合算八字,卓裕年柱有财,命理极好,无论做什么事业,都能顺风顺水,四时如意。他不愿把人往坏里想,但每每卓悯敏或卖惨或打感情牌,用自以为无人知晓的方式对卓裕施压时,他很难不多想。

姜宛繁和林乔生谈论太专业的东西,卓裕听不太懂,阅览藏品时,许多晦涩生僻的字他甚至都不认识。姜宛繁捧着一只长方形木盒出来时,嘴角堆着笑,该是收获满满。

"有灵感了?"卓裕问。

"差不多吧,老师送了一盒他的珍藏宝贝,比赛的时候用得上。"姜宛繁说,"比赛那边打来电话，后天下午开会。明天没事，你想不想去附近转转？"

卓裕神色平静道："甘林好像离这儿不远。"

"对。那边有个瀑布峡谷小有名气，秋天去景色正好。"

姜宛繁从严白那儿借了一辆车，其实甘林和霖雀挨得很近，隔着一个山头。初高中时，姜宛繁时常来甘林，但时间太久，甘林变化很大。她还特意问严白要了一些游玩攻略，可到了甘林后，她发现卓裕似乎比她还熟悉这里。

"往右五百米，第二个红绿灯再左转，县道开个五公里就到峡谷了。"姜宛繁脑子飞速运转，忽然一顿，猛地看向卓裕，他依然认真开车，侧颜淡漠，眉宇平得像湖水。

姜宛繁猛地想起那日找到的《辰市日报》，而甘林，隶属辰市。

峡谷瀑布的高低落差并不大，雨季水流湍急，瀑布距程短，但一整面衔接下来，像流动的珠帘，很好看很壮观。卓裕找了个草坪停车，领着姜宛繁一直往前走。他虽沉默不语，但气场低压。

秋日草黄，落叶凋零，及膝深的野草渐渐枯萎，卓裕每走几步，都会有意识地将草拨到一边，空出一条小道方便姜宛繁通过。

穿过灌木草丛，是一片宽阔的场地。这里经过几次泥石流，乱石横生，依稀可辨马路的模样。前面是新修的石墩当护栏，再前进两米，临崖陡壁，数百米的深山被茂密的大树遮掩。

"这里以前也是一条进景区的小道，后来出了事，政府便把它封锁了。"卓裕站在护栏前，山风吹开他的发，露出饱满的前额，五官完全展露，眼底游荡的情绪沉闷。他注视着山底，目无一物。

姜宛繁站在后面，心悬不定，甚至害怕他会纵身而下。

"老卓在这里吊着的时候，他肯定酒醒了。"卓裕的目光垂落于摇曳的树尖，又送远至连绵的群山，"你说，他酒醒的那一瞬间，后悔吗？"

姜宛繁走过去，一根一根撑开他不自觉紧握的拳，然后扣紧手指，拽回他游离的魂魄。卓裕咽了咽口水，低着头，神色平缓。

"这些年我唯独不想来这里，我怕我恨他。"

事发现场带给他的冲击太大,卓钦典那么谨慎的一个人,酒驾算怎么回事?严于律人,宽以待己吗?他能说那么多大道理,有板有眼地谈人生,为什么偏偏在自己的事情上拎不清?

卓裕点燃一根烟,烟嘴朝下,用两块石头固定住,然后给自己也点了一根。

天高云阔,秋日阳光如熔金。卓裕按熄烟头,弯腰捡起一块石子,将地上的那段烟头盖住。

"就陪你到这儿了,走了。"

卓裕起身将走时,姜宛繁忽然说:"等一下。"

她跑回草丛边,很快折返,手中多了一束野花。她将野花放在方才盖烟的石头上,说:"希望您记得回家的路,偶尔来您孩子的梦里看看他。"

从甘林出发,两人顺便回了一趟霖雀。

姜荣耀和姜弋还在冷战,姜弋走了这么久,父子俩从没联系过。卓裕有心,录制了很多姜弋在俱乐部的视频。祁霜戴着老花镜,捧着卓裕的手机看得可起劲:"阿弋变勤快了啊。"

向简丹念叨:"扫把不好好拿着,当金箍棒呢。哦!这是在训练吗?"

"对,我教他滑雪,这是进阶的一个动作,叫八字刻滑,立刃小回转。"卓裕耐心解释。

"哪个是他啊?"祁霜微眯眼睛,手机拿近了些。

"妈,这个,这个穿蓝色滑雪服的。"向简丹开心道。

婆媳俩津津有味地讨论,姜宛繁笑着说:"爸,小弋现在滑雪滑得可好了,都可以当助教了。"

坐在沙发上板着脸的姜荣耀哼了一声:"好不好跟我没关系,爱教什么教什么去。"

向简丹可不惯着他这么冲的态度,阴阳怪气道:"那你别竖耳朵啊,偷听算怎么回事?"

"你你你!谁偷听了?是你们声音太大!"

卓裕在楼下陪着人,姜宛繁去楼上房间找充电器,不多久,祁霜走进来,问:

第 3 章 夫妻同心

"怎么下午就要走啊？"

姜宛繁放下手中的东西，迎上去扶着她慢慢坐在椅子上，说："明天比赛那边要开会呢。"

"哦，还顺利吗？"祁霜关心地问。

"还行吧，估计之后会比较忙，奶奶，我有空就回来看您，您要买什么，就跟我和卓裕说。"姜宛繁犹豫半晌，欲言又止。

祁霜始终耐心地等着，目光平静包容地看着她。姜宛繁渐渐定心，问："婶婶伯伯们，还需要我帮他们卖绣品吗？"

祁霜叹了口气："没听说了。"

"哦。"姜宛繁点点头，展颜一笑，"没事，恰好我最近也忙。"

这是亲孙女，祁霜看着她从小长大，哪能看不出她在强颜欢笑呢。人的善心与好意，其实是个特别虚浮的东西，当有更好的选择后，便无人记挂，如烟消散。

可能是上了年纪，祁霜越来越舍不得离别，这一次，姜宛繁和卓裕走的时候，奶奶左右手各牵一个，送到车边，老人家忽然就哭了，边掉泪边催着他俩上车，还不许他们问，自己背过身偷偷抹眼泪。

姜宛繁难受了一路，卓裕宽慰道："等比赛结束，咱们接奶奶来城里住，天天让她瞧见我俩。"

家里，向简丹看着老太太依旧沉闷，便主动陪她出去遛弯。

"您也别太难过，真舍不得，我和老姜明天就带您去姜姜那儿，您想去了，随时都行。"向简丹不擅长安慰人，说话直来直去。

祁霜叹气道："行了，我没事，我就是觉得小年轻都不容易。你看姜姜，一路磕磕碰碰地长大。孙女婿呢，家里情况那么复杂，一定没少煎熬，但两人的奔劲从来没颓废过，多好的孩子啊。"

向简丹深有感触地附和："两人有善缘，在一起合适，人都是互相的，所以变得越来越好。"

"这就对了。"祁霜斜睨一眼儿媳，"你就该这样说好话，多夸夸姜姜。总责怪她跟你不亲近，你个当妈的不夸她，怎么搞得好关系？"

向简丹挠挠头，笑得很憨。

到了二头桥，祁霜累了，便坐在石墩上休息。桥前边也坐了很多人，叽叽喳喳地闲聊。蓦地，两人听到一个再熟悉不过的名字。

"听说小姜去参加比赛了。"

"啊？祁奶奶不是说她从来不搞这些的吗？"

"能赚好多钱的，傻子才不参加吧。"

"是为了钱哦？我还为着绣品不给她的事惭愧呢。"

"有什么好惭愧的，钱给得多就卖。小姜说她不收我们钱，既然不收，怎么一听卖给了别人，还挨家挨户上门劝说咧？"

"你别这么说，姜姜不是这样的人。"

"不止我一个说，张老姐和于桂华都是这么讲的。她在大城市待了这么多年，有变化也很正常。"

"她都不收我们钱的。"

"现在网络可厉害了，作假很容易的，随便报个价格不就得了？"

"你们说什么呢？胡说！"祁霜跟跟跄跄地起身，怒火攻心，一着急，竟然滑倒在桥上，幸亏向简丹眼疾手快地把人扶住："妈！当心！"

"祁、祁奶奶……"议论的人登时露怯。

祁霜拄着拐杖的手直发抖："你、你们这些嚼舌根的缺心缺肺的东西，我老姜家的人如果私拿了你们一分钱，我老太婆就活不过明天！你们如今绣品能卖个好价钱了，尾巴翘上天了，真把自己当回事了，以为自己就是那博物馆里的老工匠，一个个的自命清高，小人得志。你们要丢人现眼我管不着，但别扯我孙女！"祁霜拐杖捶地，苍老的身躯不停颤抖，面容老矣，皱纹横生，但气势如虹，拼尽最后一口气也要维护姜宛繁，"我姜姜好心帮你们卖绣品，就是看你们没收入，看娃娃们可怜，想让他们有学费好好念书。你们倒是把东西一给，只管收钱，我姜姜要拍照，要收拾，她图什么？她不就图个互帮互助？咳！咳咳咳！"

老太太气上不来，向简丹一边安抚她的背，一边怒斥："不说别的，都是几十年的老邻居了，何必把话说得这么难听！我家缺你那几百块钱当皇帝吗？自己没眼界没见识,被人卖了还拍着大腿替人数钱!我呸!我把话放在这儿,以后镇上,谁要再说我女儿一个字试试!"

向简丹一脸愤慨,吃人似的眼神扫射二头桥。嚼舌根的妇人自知没趣,低着头,灰溜溜地如鸟兽散。

"云嫂,你站住。"向简丹叫住其中一个,皮笑肉不笑地说,"你丈夫五年前向我老姜借的钱,是不是也该还了?"

祁霜回来就病了,在二头桥滑的那一下虽然不重,但扭了腰,整夜睡不好,腰上打了封闭,只有趴着睡才舒坦些。向简丹没日没夜地照料,端茶喂饭按摩,嘴上念叨不停:"您什么岁数不知道啊,再生气也得顾着自己的身体,现在好了吧,在这儿遭罪。"

话虽责怨,但按摩的手法认真严谨,祁霜知道,她就是嘴硬心软。

"唉。"祁霜叹气道,"我心疼姜姜啊。我甚至想,也许你当初阻拦她学刺绣,是正确的,至少……至少她不会遭这白眼。"

向简丹嗤笑一声:"不学刺绣就遇不到了?哪行哪业都有这破事,您看卓裕,不也一样的嘛。我懊悔了,想开了,您倒好,还反思起来了,这都什么事啊?"

祁霜呵呵一笑:"哎哎哎,你按轻点。"

"医生说了,得重点才有效果。"

"哦,那这事咱们不跟姜姜说了哦,免得她担心。"

周四下午,"中华非物质文化遗产全球大赛"正式步入宣传新阶段。此次比赛共八个大项,二十四个小项,初赛筛选出了二百四十余名选手。其中,作为传统工艺项目的刺绣,受关注程度相对更高。

拍摄宣传照这日,闻讯而来的媒体都围着晏修诚采访,他面对镜头游刃有余,话术娴熟,知道什么样的状态更被大众喜欢。旁边的选手目露羡慕,采访结束后,还有鼓起勇气上前索要签名合影的,直到工作人员召集大家拍照,气氛才渐渐恢复如常。

最后的集体合影环节,负责人特意调整位置,让姜宛繁和晏修诚站在中心位——孟媛特意打过招呼,一片好心,想让姜宛繁多露脸。

碍于所有人都等着,姜宛繁不得不照做。队伍不停调整,上下左右不断挪动,拥挤时,姜宛繁和晏修诚时不时地碰上,两人面无表情,全程零交流。

摄影师纳闷道:"晏老师和小姜,你们两人要笑一笑呀!"

晏修诚闻言照做,笑得和煦如春风,悄声道:"你若不想跟我站在一起,不必勉强,我去说一声就是。"

姜宛繁勾了勾唇角,不落下风道:"不是我不想,而是你想跟我站在一起,用不着这么虚伪。"

晏修诚吃瘪,偏偏摄影师看着,笑容不能消失。

咔嚓——咔嚓——"OK!完美!"

几日后,比赛推广及宣传正式启动,文案照片一经发出,多家官媒联合转发,在弘扬民族传统文化,树立文化自信上,相关部门一向给予鼎力支持。同时,晏修诚的工作室也开始铺天盖地地买通稿,放出精心设计的写真、日常、工作花絮。不得不说,他的呼声是所有选手中最高的。

吕旅发愁道:"咱们不做点什么吗?"

小徒弟说:"要不也发照片吧!这些东西我们也有呀。"

吕旅摇头道:"可我们没有账号,也没有流量,发了也没什么水花。"

小徒弟说:"晏修诚还挺帅的,难怪是夺冠热门。"

"嘿!"吕旅敲了敲他的脑袋,"怎可长别人志气,灭自己威风呢!"

其实姜宛繁并不在意这些,但第二天,她接到谢宥笛的电话,问她:"你有空没?来一趟IMP负一楼。"

姜宛繁不明所以,开车过去时还堵了十分钟,从地库坐电梯上楼,出电梯门,已能看到十来米处的商场中央位置,人头攒动,国风纯音乐悠扬起伏。

姜宛繁走过去一看,怔住了——寸土寸金的黄金位置,人流量最好的地段,搭了一个T台,布置得相当精致豪横,装饰点缀的花都是新鲜的白玫瑰。

台上轮番走秀的人,不是专业模特,也不是年轻美女,一张张熟悉的面孔自信绽放笑容,她们身上的套装、旗袍、披肩,头上的发饰甚至朱钗,都是简胭做的，出自姜宛繁之手。

谢宥笛的妈妈身材丰腴，但她相当放得开，一边展示一边不遗余力地介绍："我这件美不美呀？"

观众："美！"

"看这个裙摆的开衩，很能展现女性美哟，都是简胭定制的，是个非常漂亮非常厉害的老板哟！"

谢宥笛的母亲，带着太太群的老顾客们，自发办了这场小型时装秀。谢太太稳坐B市太太圈第一把交椅，资源信手拈来，但真心最可贵。姜宛繁愣在原地，心如烈焰熔浆。

这时，谢太太极有激情地吆喝道："我们不仅女装做得好，男装也是有的哦，请大家给登场的模特一点掌声！"

掌声如潮，拭目以待。音乐应景变换，是悠扬笛声《鹧鸪飞》，台上走出来的，竟是卓裕和谢宥笛。

谢宥笛穿了一件秋冬睡袍，睡袍上是龙凤图案，这套定制姜宛繁花了两个月时间才完工。卓裕依旧是不配内搭的西装，深蓝色做底，银线密织，从衣角斜伸至肩头的，是一朵美轮美奂的暗夜玫瑰。

两个男人毫不露怯，也无惧脸面，放开手脚，自信展示。

谢太太发觉自己在主持上也颇有天赋，临场发挥，越发尽兴："大家不要只看模特，多多替简胭宣传哟！"

如织的人海里，雀跃的欢呼中，万事万物似被屏蔽。卓裕戴着墨镜，神色不明，但找到彼此，互相对视时，他嘴角微弯，分明是在笑。姜宛繁的周身好像亮起密织的灯盏，让她的梦想与生命璀璨发光。

卓裕从不询问，也不做空口承诺，在未知的领域里，两人依然勠力同心，既有缠绵温柔的夫妻之情，也有拔刀相助的风发意气——

我能与你共度岁月长，亦能陪你同量天地宽。

第4章

是来爱你的

　　这次纯属巧合,谢宥笛那天在家吃饭时提了一句姜宛繁报名参赛的事,谢夫人便热情攒局,自封啦啦队队长。谢宥笛的妈喜好新鲜事物,永远走在时尚前沿,恐怕比姜宛繁还了解那些参赛选手。谢夫人一看晏修诚这般大张旗鼓,不乐意了,当即办了这场小型T台秀。这事对别人来说或许很难,但对谢家而言轻而易举,场地随便用,因为商场就是自家的产业,而女模特有太太团,男模特便让谢宥笛和卓裕凑数。

　　当时卓裕还没来得及开口,也就停顿了两秒,谢夫人便夸张道:"你竟然还要犹豫?那可是你的老婆哎!你老婆的事你都要拒绝?小裕,你是不是不爱你老婆啦?"

　　卓裕心里痛苦:"阿姨,你都不给我说话的机会。"

　　谢夫人给他挑了几套衣服,说:"这些全是在姜姜那儿做的,好适合你们哦!"

　　真丝过膝长睡袍、深V西装、真丝衬衫。卓裕皱了皱眉,问谢宥笛:"你妈怎么给你做这种衣服?"

"这是我爸的。"

打扰了。

谢宥笛说:"你也不用太感动,我妈早就想搭台子走秀了,顺便过一把主持人的瘾。你知道她很有冒险精神的,上周还去三亚跳伞,加了两千五,选了个最帅的教练陪跳。"

姜宛繁自己可能都没注意,其实她在B市的贵妇太太圈很吃得开,不卑不亢和不搞事的性格,深受长辈的疼惜。其实不用刻意展示,也无须靠获得什么奖来镀金,这些年日积月累、一针一线绣出来的睡袍、披肩、嫁衣、西服,甚至是鱼水之欢的肚兜,都是最好的证明。姜宛繁一直觉得,人活于世,先生存,如能再做一些自己热爱的事,已是幸运至极。既有幸运,那就牢牢抓住,别辜负。

这种应援方法起不到太大的效果,但来简胭参观的人倒是多了起来。简胭没有在网上注册各类账号,所以很多照片没有地方发,一些人便发到了自己的账号上。

盛梨书科普道:"这就是我们明星最喜欢的'路人粉',你知道路人缘有多重要吗?'谢柯基'这一招还挺高明的,他老妈也追星的吧?改天问问她喜欢哪个明星。"

姜宛繁屈着手指打字问:"干吗?你帮忙要签名吗?"

"他帮了你,我纡尊降贵也不是不可以。"

迟迟才上线的向衿抱怨道:"累死老娘了,这破公司能不能明天倒闭?"

姜宛繁和盛梨书都打了个"?",这破公司似乎就是她自己家的。

向衿忙里偷闲,不忘八卦,发来三段小视频:"震惊,你老公这么顶的吗?我同事那天在现场,说他本人更好看。"

盛梨书道:"哦哟,比强哥新签的男艺人帅多了,让你老公进娱乐圈吧。"

向衿兜头浇下一盆冷水:"已婚男进娱乐圈?出道即塌房吧,还是无人伤亡的那种。"

姜宛繁乐得笑了。

盛梨书:"你老公好好哦,为了你愿意做这些,太爷们了,点赞!"

向袗:"会滑雪,会做生意,会开俱乐部,会走秀,会赚钱,还爱老婆,100分!"

姜宛繁轻咳两声,十分自觉地给两人分别发了五毛钱红包。

第二轮比赛,赛委会布置了各类别的主题,参赛选手围绕主题自行发挥,于统一配备的绣布上进行创作,一周后提交作品,再统一评选。刺绣类的主题是山明水净。

吕旅和谢宥笛比姜宛繁本人还紧张,吕旅说:"师傅,要不店里放假一周?这样没人来打扰你。"

谢宥笛说:"传个话,我妈要把芸园的那套别墅给你用,说那边清静,环境好,有灵感。"

本来不紧张的卓裕也跟着紧张起来:"要不,你按他们说的做吧?"

姜宛繁不以为意,没事人一个,反倒苦口婆心地讲起大道理:"比赛最多一个月,但这店可是我吃饭的饭碗呀。赛事结束,我还是会回归正常生活。我尊重比赛,但也没必要把它当成全部,再说了,绣不绣得好,也不是换个地方就能决定的,我在哪儿都能绣好。"

姜宛繁很淡然,说这些时从容平和,很有魅力。这是成熟的思维,以及绝对的专业能力赋予她的自信。卓裕忽然笑起来,谁说女生需要保护?她们自成倚仗,灼灼闪耀。

"你还笑得出来呢,林老师的电话都打到我这儿来了。"姜宛繁挑了挑眉,"直播间少不了你,你都成台柱子了。"

提起这事卓裕就头疼,他离开庄园后,严白师兄再开直播,评论全在问卓老师哪儿去了。好不容易起来的人气,林乔生自然不想流失,三番五次地给卓裕打电话,卓裕哼了一声,她们哪是想看卓老师,单纯地想看"空心西装"罢了。

"你播一会儿吧。"姜宛繁游说,"老师以前对我很好的。"

卓裕"啧"了一声:"出卖老公去报恩啊?你当真心疼我。"

姜宛繁笑了笑:"直播而已,只能看,别人摸不着。"

那就播吧。

严白师兄利索地发来账号,礼貌道谢:"您辛苦了。"

卓裕不辛苦，心苦。他用姜宛繁闲置的一只旧手机上线，设备简陋，但不影响效果。

"老师来了！"

"老师今天别讲数学了，讲讲我们昨晚的故事。"

"我要看西装！"

"换地方了？这是哪儿？"

卓裕淡淡道："这是哪儿不重要，今天讲多元函数，你们能答对题才重要。"

"好！我好喜欢！"

"多元函数能吃吗？"

"老师，镜头看不清楚，您能调一下吗？"

"看不清+1。"

"好模糊，调整一下吧。"

卓裕走近支架，微微弯腰道："我这儿没问题，还是看不清吗？"

"看清了！哦！胸肌！"

"我撞死在老师的怀里了！"

卓裕无语极了，姜宛繁在旁边笑得要死，其实镜头根本没有模糊，那些人纯粹是骗他的。

卓裕一怒之下，出的题难上加难："没人答对，我就下播了！"

威胁，赤裸裸的威胁。

"被偏爱得有恃无恐。"

"喊，不就仗着我宠你吗？好了好了，给你刷礼物行了吧？"

"老师，这地方好漂亮，可以参观一下吗？"

"这道题的极值是6。"

卓裕稍感欣慰，还是有认真学习的人在的。他又连续出了几道，结果观众都答对了，卓裕的心情好了些，有求必应："给你们看看我直播的地方。"

简胭的装潢很出彩，姜宛繁把这里当梦乐园打造，幻彩琉璃摆件，古韵沉淀的器皿，处处都是涟漪风情。店里没开大灯，隐藏灯带晕出暖黄色调。

"这边是手工艺品,这边是成衣。"卓裕没拿稳定器,镜头有些晃。

"哇,好好看!"

"别乱晃,眼晕了。"

"看看左边第五件的紫色毛衣。"

卓裕单独拎出来,展示道:"这不是毛衣,是披肩,上边的图是自己设计和绣上去的。"

"上链接,我要买!"

"老师,把你自己也上一下链接。"

"买披肩,送老师。"

评论又开始不正经了,卓裕一键清屏,说:"带你们看一下是怎么绣的。"

他走进内厅,长长的木质工作台很有范儿,工作间杂而不乱,姜宛繁坐在旁边的绣架前,正在研究构图。

卓裕把屏幕调向她,她的手边就亮了一盏灯,长发垂落,搭了一缕在绣布上。姜宛繁还戴了一副无框的平光镜,低眉垂眸,不需要过多形容,这幅画面就是温柔本身。

"看这里。"卓裕轻声说。

姜宛繁下意识地抬头。

"姐姐好美!"

"我要疯了!"

"镜头拿稳点!别影响我们看美女!"

"你俩什么关系?"

卓裕轻描淡写地介绍:"这是我老婆。"

出乎预料的是,直播间人数不减反增。卓裕一看时间,还有四十分钟才能下线,他干脆就在这儿坐着,身后,姜宛繁专心构图,他继续有条不紊地讲多元函数经典例题。快下线时,大家纷纷询问简胭的店址,想来买东西,姜宛繁没让卓裕说,这账号是林乔生的,哪有给自己打广告的道理。

但他俩低估了热心网友的实力,看直播时截图两张,不难找到简胭的地址,

137

于是过来参观的人更多了，姜宛繁大方，店内的东西随意拍，用不着提防，只是当顾客鼓起勇气说希望与她合影时，她是万万没想到的。

吕旅高兴地喊道："我师傅可美了！你看看这原图直出，比某人的精修图自然多了！"

姜宛繁这一波热度来得猝不及防，一细想，又觉得是情理之中的刚刚好。

随着赛事宣传的推进，越来越多的人关注比赛，大众心中自然而然也有了比较与偏好。晏修诚依旧备受关注，但他原本就有粉丝基础，又有专业公司做推手，不足为奇。倒是姜宛繁，平流缓进，让人眼前一亮。她的微博个人账号迟迟才开通，涨粉不多，但是粉丝活跃度挺高。

微信上，盛梨书"拍了拍"她，颇有女王气势地问："美妞，要不要我给你转发一下呀？"

姜宛繁笑着打字："你怎么说？"

"当然是'这是我亲闺密！老铁们投票'！"

这是盛梨书能说出来的话，姜宛繁回复得很快："怕了怕了，谢谢大明星。"不过，以盛梨书的影响力，怕是会物极必反，没必要徒惹事端。

"这就是你和姓晏的区别，人家花钱买包装推广，我自个儿送上门你都不要。"盛梨书又提醒她，"对了，你帮我问了没有？"

姜宛繁："问什么？"

"'谢柯基'的妈妈喜欢哪个明星呀？我帮她要张签名。"

姜宛繁怕自己又忘了，立刻给谢宥笛发微信："你母亲有喜欢的明星吗？"

谢宥笛："有，盛梨书。"

这天，吕旅抱着整理好的布料进内厅时，恰好看见姜宛繁仰着头，正在滴眼药水。吕旅连忙放下东西，问："怎么了师傅？眼睛不舒服吗？"

姜宛繁刚好滴完眼药水，闭着眼睛缓了缓，说："没事，可能最近太累了，眼皮总跳。"

事实证明，不是累，而是玄乎的预兆。

第4章 是来爱你的

下午,网上就出现了诸如"郎才女貌""大学同学""美院双煞"这种比较正常的词条。姜宛繁和晏修诚都是热门参赛选手,这些事不难发现,姜宛繁也没想藏着,美院又不是只有他一个人能上。

可慢慢地,这些词条衍生出了另一些言论,"好般配""互动里的甜蜜细节""两人谈过恋爱"等等,其中一张动图更是无法忽略。那是拍摄宣传照当天,摄影师要两人站在中间位置,并且提醒姜宛繁再挨近一点的画面,但这个画面的意思被曲解成姜宛繁迫不及待地跑向晏修诚,故意挨蹭他的肩膀。

评论区说得信誓旦旦——

"他俩绝对是恋人关系,眼里的爱意只差没点火了。"

"同大学,同专业,同事业,碍于比赛不能公开。"

"小说名我都想好了,《最熟悉的陌生人》,哈哈哈!"

姜宛繁多看一个字都不舒服,鸡皮疙瘩出了一层又一层。吕旅宽慰她:"比赛的热度高,各种各样的讨论也挺多的。师傅你别看了,过两天就淡了。"

但用不着两天,晚上风向就变了,是晏修诚的粉丝不乐意了。

"有事没事啊这位姐姐,单方面自炒还OK吗?"

"营销与世无争的仙女人设,那就别捆绑炒作啊。"

"我就直接骂了,呸,不要脸!"

说真的,到这里,姜宛繁还能接受,但流言愈演愈烈,越来越离谱,最后甚至冒出各种曾经的同学爆料,说姜宛繁初中就早恋,高中脚踏四条船,大学倒追晏修诚,在一起后又水性杨花,实习期还和公司高层不清不楚,那个高层还有妻有女。

这些传言直接将姜宛繁的风评反转,就像盛梨书说的那样,公众人物的路人缘太重要了,喜欢你、追随你的人毕竟只是一部分,但你要面对的,是整个市场的检阅。

晚八点,姜宛繁接到两通电话。

第一通是盛梨书:"宝子,我觉得是有人故意搞事,就这点破事,竟然还能上热搜,铁定是有人买的。"

一旁的卓裕刚拿起手机，软件还没打开，第二通电话就来了，是赛委会的一个负责人，让姜宛繁过去开会。

姜宛繁蒙了那么一秒，直到卓裕握住她的手，说："别怕，我陪你去。"

从藏芷邸过去电视大楼要半小时，车停稳后，卓裕拿起风衣，绕到副驾牵着她下车。两人一路无言，他始终走在前面。

进电梯，到14层，会议室里已有五个人落座等待。姜宛繁知道其中的三位，分别是赛事宣传组长李明、统筹策划以及这次比赛的负责人之一，姓黄。

"坐吧。"李明客气道。

卓裕帮她拉开椅子，揽了揽她的肩。

"姜小姐，网上的评论你看了吗？希望你保持良好心态，不必太介意。"李明笑了笑，先礼后兵，"选手的私生活我们一般不做要求，也不过问，但这一波舆论导向不太好。"

姜宛繁抬眸，就这么看着他，说："李组长，您有话请直说。"

李明大约没料到她这么直接，没有辩解，也没有躲闪的纠结，似乎已经看穿一切，心如明镜，反倒将他们的内心照得一览无遗。

李明莫名顿了顿，黄姓负责人清了清嗓子，他年长，更能拿捏住场面，语气中也多了几分公事公办的冷清："我们举办这次比赛，旨在弘扬民族文化，把老祖宗的瑰宝展示给更多的年轻人看。你是比赛中的热门选手，理应做出更好的表率。"

"我们开会研究的结果还没定，秉着互相尊重的原则，所以先与你沟通。"李明补充道。

姜宛繁的神色、语气一直很平静："你们研究的结果有哪几种？"

她问得太直接，一室沉默。

姜宛繁点了点头，手指轻轻磕了磕桌面，说："第一，我主动退赛。第二，我自己解决所有负面声音。第三，赛委会对我个人发出取消参赛资格的声明。"

不用问"对吗"，他们凝滞的表情已经说明一切。

空气如泼了糨糊，黏稠沉闷，中央空调的送风声都变得小心翼翼，唯有姜宛繁澄澈清明的目光,像出鞘的剑,不卑不亢。

僵持之际,之前毫无存在感的卓裕,忽然笑出了声。

所有人都看向他,卓裕坐在会议桌最右边的位置,光影直直打下来,给他的轮廓镀了一层含蓄的金光,原本英俊的侧脸带了些棱角,眉眼松弛,虽然在笑,但目光不寒而栗,轻易将人掣肘。

"请问,另一个当事人呢?"卓裕扬着语调,吐字虽慢,状似不经心,却咄咄逼人,"既然搭了戏台子,一个人怎么唱得了戏,总得有个对手搭档吧?"

会议室更安静了。

卓裕微微挑眉,像个看戏的爷,调侃道:"你们不把晏老师叫来一块儿开会?这事跟他也脱不了干系,他的男主角位置,谁都不能跟他抢,又不是死人,总要给他说台词的机会,才能彰显你们的公平。"

黄姓负责人道:"对晏修诚,我们自然也会去了解情况。"

"既然还没了解,为什么深更半夜把我老婆叫过来?"卓裕陡然厉声道,"是兴师问罪,还是李代桃僵?"

黄姓负责人肩膀一抖,强树威严地问:"你什么态度?"

"你们对她什么态度,我对你们就什么态度。"卓裕收敛笑意,句句质问,"负面的舆论,凭什么让她一个人承担?事情闹到这一步,她说过什么,做错了什么?这么可笑的无稽之谈,你们连辨别调查都懒得做就直接给她扣帽子。另外一个男人呢?死了吗?!"

卓裕起身,双手掌心压向桌面,米色风衣本来温文尔雅,但这一刻,不妨碍他千钧压顶的气势。

"你们不过是找软柿子捏,如果这个软柿子是女生,那更是你们的狂欢。任何绯闻流言里,女生就活该是被歧视的那一方吗?哪怕是半点都没被证实的丑闻,都足够成为毁灭她的炸弹。"卓裕一字一字地质问道,"凭什么?我就问你们,凭什么?"

会议室如膨胀的气球,个个寒蝉仗马,生怕引爆。

卓裕牵着姜宛繁离开时,撂下最后一句话:"祝你们的妻子、女儿,一辈子不会碰到这种'不公平'。"

繁星璀璨,苍穹似厚重幕布,盖住城市楼宇。姜宛繁看着卓裕的背影,目光痴痴。

卓裕扯不动人,侧过头问:"怎么了?"

姜宛繁吸了吸鼻子,笑着说:"卓老板,你太帅了!"

卓裕挑挑眉,这是他第一次听她说这两个字。

"嗯,会骂人的姜老板也很帅。"

姜宛繁看着他,噘了噘嘴:"本来有点小委屈,但现在超级高兴。"

"怎么就高兴了?"

姜宛繁没回答,而是冲进他怀里,紧紧将人抱住,真心道:"谢谢你。"

卓裕低头调侃道:"这么客气啊?"

姜宛繁轻声道:"不止为我。"

卓裕自然懂这四个字的含义,正因为他懂,所以刚刚才敢那样说。

"女孩子不容易。"尤其是他的女孩。

卓裕亲了亲姜宛繁的额头,沉声说:"希望你不被世俗击败,永远有棱有角,以及……"

姜宛繁的眼睛已泛起泪光,抬头问:"以及什么?"

卓裕说:"在我身边时,活得像个明亮的小姑娘。"

这个世界,对女性的偏见太多,有时候,根本不需要证明她们做错了什么,只要别人说了,她们就错了,就是罪不可赦。才情、努力、吃过的苦、走过的路、流过的汗,都可以被选择性地一笔带过,这时候,连美貌都成为恶意揣度的谈资。

没有什么以美貌杀人,却多的是因美貌诛心。要毁掉一个女生,最简单的办法就是造谣,再扯上一些感情牵绊、想象中的过往,编织起来,那就是有声有色的堕落故事。男人多交几个女朋友,人们称之为风流。女人遇人不淑,就说她们愚蠢、不知廉耻。

"你在想什么?"见她半天不说话,卓裕问。

"我在想,希望世上少一点所谓旁观者清的圣人,多一些明晰理智的头脑吧。"姜宛繁叹气道。

卓裕笑看着她:"原本我很担心你难过。"

"我是难过呀。"姜宛繁眨眨眼,"都碰到这种事了,还能不难过啊?"

"不一样。"卓裕抬起手,将她腮边的碎发温柔地捋至耳后,"你现在顶多是有分寸的难过。"

姜宛繁又一眨眼,问:"那我真正难过是什么样的?"

卓裕想了想,说:"我出车祸瞒着你那次。你找来医院,就站在门边望着我,说你不要假人,你要一个活生生的灵魂。你当时的眼神我一辈子都忘不掉,全是心碎。"

姜宛繁"嗯"了一声。

回去的路上,两人对刚才的事只字不提,到了家,先后洗澡,姜宛繁身心放松地出来时,卓裕正坐在沙发上玩手机麻将,一条长腿屈着。

不用抬头,闻香识人,卓裕专注打麻将,淡声说:"看一下微信,周正给你发了律师电话。"

秦宇明,秦大律,卓裕的合作伙伴,在兆林时,帮他把关了不少项目合同。两人多年至交,如今也是他俱乐部的法律顾问。

"有什么事你跟他说,我跟他打好招呼了。"卓裕和牌,手机响起喜庆的音乐。

姜宛繁看着他许久,他好像一直懂她的所有,每每遇到困难,总是陪伴左右。

"卓裕。"她忍不住叫他。

"嗯?"

"谢谢你哦。"

卓裕垂手,手机搁在肚子上,笑道:"其实没有我,你也能度过任何坎坷,但我还是想陪你一起,让你心里有底。"

你累了,我便是你的有路可退。你往前冲,我就是你的如虎添翼。

姜宛繁没发任何声明,待秦律师那边收集证据、完成流程后,她直接把起诉书发了出去,对那些造谣的账号提起法律诉讼。

"姐姐好飒！"

"看清楚，这不是不痛不痒的律师函，是真的起诉书，不多久就能收到法院传票哦。"

"先观望。话说，晏修诚那边也一直没回应啊。"

"我们晏老师不争不抢，君子淡如水。"

"楼上，你忘了加狗头表情吧？"

如果说这只是反击的第一步，那么后面的事，就足以称为反转了——一个拥有百万粉丝，挺有名的文物修复兼科普博主发了一段长文，逐一反驳了那些关于姜宛繁大学期间的谣言，最后的发问直击灵魂："一个这么优秀上进的女孩，不过是参加了一场比赛，就要被如此抹黑，究竟动了谁的蛋糕？"

这之后，陆续有大学同学发声，斥责谣言诛心，风向也渐渐开始转变。

"不是，她戏怎么这么多？"

"楼上这是什么发言？我现在骂你水性杨花，你要敢回我，你就是戏多。"

"动了谁的蛋糕？"

"晏修诚要是真的和这么漂亮的女生谈过，早就立深情人设了。"

"肯定是没追上呗。"

至此，关于晏修诚的质疑也越来越多，中午十二点整，他终于发布声明——

"我与小姜是大学同窗，关系友好，相处和平，祝彼此的未来更好，比赛取得好成绩。"

"是我多想吗？这番发言有点意味深长。"

"你没想多。"

"没多想+1。"

这条声明下，最热门的一条评论就两个字："就这？"

卓裕看到时还挺不解，问："这一条怎么点赞这么多？"

姜宛繁瞄了一眼，说："这是小书的小号。"

卓裕震惊道："她还有空上网呢？"

"那是，斗地主、麻将、QQ超市玩得那叫一个溜。"姜宛繁如实评价，"'冲浪少女'。"

盛梨书的小号不算秘密,她的粉丝都知道,里面就是一些吃吃喝喝的日常,不露脸,纯粹分享好事、好心情,特别亲切。

这一出出不可控的后续,晏修诚是万万没想到的,风向不再偏袒于他,他也当不了不沾污泥的局外人,甚至有一些爆料,外人虽不明真假,但他清楚,当中所说未必是捏造。正应了卓裕的那句话,既然搭了戏台,怎能没有对戏的人?

后来,孟媛女士亲自过来,是又生气又心疼。

"这两天我与海澜去了苏州,这事他们处理得太草率。今天我们开会到凌晨两点,姜姜,希望你不要受影响,沉心静气走到最后。"

任何公平都是相对的,一点点私心与私交,就能使天秤倾斜。孟媛告诉她,那位黄姓负责人与晏修诚关系交好,利益往来不得而知,但联合一致倒是真的。

孟女士离开后,卓裕说:"没事,不参加也罢,你看你,熬得眼睛都红了。"

"想什么呢?"姜宛繁神色震惊,"我怎么可能不参加!"

第二轮的"山明水净"主题比赛,姜宛繁完成了一幅《归江南》。不同的是,她这次采用蚕丝绣法,绣布是蚕丝结成的薄片,这种质地像绒毯、柔和、厚重,恰好打出了海纳百川的底调。姜宛繁以针为笔,图案倒没有多复杂,细致绣出亭阁一貌,最后以马尾线梗绣,勾勒轮廓,闻一知十,栩栩如生。

这一幅《归江南》,评审时评委们意见最统一,给出了当之无愧的最高分。比赛结束后,大赛官博展示出优秀作品,特意将第一和第二并列展出。

这条微博的热度之所以最高,除了之前那场风波余力未消的影响,还因为被更权威的官方账号转发,受到了更多关注。

这两天,吕旅的心情特别好,没事就哼歌,哼得店里的老师傅捂着耳朵抱怨:"不要再哼了,换一首行吗?"

吕旅笑嘻嘻地说:"您心情不好吗?心情不好就打开评论看一看。"

姜宛繁和晏修诚的作品并列展示,评论区,大众的偏向十分直白——对!第一名的就是比第二名的好看!

姜宛繁不怎么上网，一天天绣得脖子都快断了，只想躺着不动。吕旅十分贴心，给她截图了各种评论，姜宛繁看见了，就回了一个字："哦。"

吕旅对卓裕说："这也太淡定了吧？"

结果，卓裕比姜宛繁还淡定："你师傅的水平一直稳定发挥，她自信，有底气。"

OK，果然是夫妻。

两轮淘汰后，最终十五人进入决赛。决赛将以网络直播的方式播出，选手自拟主题，在有限的时间内现场完成创作，更考验技艺。

孟嫒跟姜宛繁通了个气，告诉她："这才是重头戏，文创局、国博馆、文管局届时都会有相关负责人莅临，当嘉宾是一方面，主要是考察选拔。你年轻，技术好，好好发挥，前途无量，也算不辜负我对祁老师的承诺。"

这边相谈甚欢，卓裕安静地坐在不远处，一直打量姜宛繁。她礼貌，笑意温柔，但神色并没有太大起伏与波澜。

决赛定在十日后开始，除了两次配合宣传工作，姜宛繁对接踵而来的采访、邀约一概拒绝。纵然如此，仍有一些媒体孜孜不倦地守在简胭门口。

姜宛繁被堵得无奈，那天走出去，给每人发了一瓶椰奶，说："天气这么冷，回去办公吧。我没什么好采访的，就算回答问题，说太专业了你们也听不懂。比赛那天，你们直接看我绣吧。"

次日，姜宛繁拉着卓裕，打包行李回了霖雀。

向简丹见到人后，蹙眉半晌，问："脸色这么不好？"

姜宛繁敷衍道："我今天没化妆。"

"就是累的。"向简丹嘟囔道，"早知道比赛这么熬人，就别参加了。"

卓裕怕姜宛繁又跟向简丹置气，暗暗握紧她的手，说："妈妈是心疼你。"

姜宛繁朝他眨眨眼："你只能哄一个，哄我还是哄我妈？"

"先哄你。"卓裕笑了。

姜宛繁确实是累了，在高压状态下还不自知，做什么都一股干劲，不敢松懈，现在换了环境，身体先给出反应，疲软地要休息。刚吃过晚饭，还不到七点，她就去卧室睡了，人侧躺着，蜷得像一片卷心菜叶，黑发散在枕头上，像睡莲。姜宛繁呼吸平稳,眉间却不平整,卓裕端详许久,轻轻帮她披了披被子。

在家里,所有人都不提比赛的事,也不指手画脚。姜宛繁每天吃了睡,睡醒了就和卓裕去爬爬山,在山间的清溪里钓钓鱼,日子过得悠闲自在。

这一天,两人空手而归,反倒傻乐一路,进门的时候都没注意到有客人。

"阿姐。"

姜宛繁诧异道:"小水来啦。"

那个没了半截身子,在霖雀的特大暴雨灾害里,姜宛繁救过的男孩。

"你长高啦!"姜宛繁笑着给他拿零食。

小水不好意思地摸摸头,说:"三奶奶也来了。"

正说着,祁霜扶着一位老人走过来。

三奶奶没有名字,旧时被卖给地主家当童养媳,没两年家中没落,又被卖到另一家,因为一些不好的遭遇,切了子宫,孤身一人,无儿无女,十几年前一直靠拾荒为生,后来政府收置,有了低保,日子过得清贫,可好歹是有了容身之所。

姜宛繁连忙迎向前,扶着三奶奶的另一只手。

她们说的是家乡话,纯正地道,加之老人家吐字有些含糊不清,所以卓裕听不懂,但他看到姜宛繁的神色,有惊异,有怔然。

镇上的绣品几乎都卖给了出高价的老板,还签订了长期协议,自她劝说无果后,便不再过问这些事,不是她不想关心,而是近乡情怯,以及一点点的寒心。

三奶奶比画着,一遍遍地告诉她:"囡囡,你可不可以帮我卖绣品?"

小水也说:"姐姐,还有我的。"

祁霜告诉她:"三奶奶的手艺你晓得的,不比我差。她又喜欢绣大件,有时候一两年才能完工。那个老板就是看中了三奶奶绣的那条喜帐,出了很高的价格,但三奶奶没同意。"

姜宛繁低头问:"为什么啊?"

"她说她只信任你,不管别人怎么选,她就要给你。"

无关价格高低,而是一种托付。

送走客人,回到房间后,姜宛繁抱着卓裕哭了好久。卓裕什么都没问,一下一下轻抚她的背,像哄婴儿般耐心,等她顺过气了,才温声道:"你做的一切都是有意义的,是世上最珍贵的宝物。你别自我怀疑,做你认为正确的事。老天爷看着你,护着你,它也会保佑你的。"

姜宛繁红着眼睛说:"嗯,所以你出现了。"

全家人都能明显感觉到姜宛繁的情绪变好了,每天精神奕奕地翻资料,看绣图,来灵感的时候就随时拿笔画下来。

她跟祁霜聊天,又把三奶奶和小水叫来家里吃饭,有时候也会问问两位长辈的意见,意见相悖时,她会问小水:"你觉得哪一个好看?"

左手的磨盘太阳纹背扇,右手的盘瑶头帕。

小水摇头道:"都不好看。"

姜宛繁双手叉腰,气鼓鼓道:"就喜欢你的诚实和善良。"

小水还以为受到了夸奖,高兴地说:"不仅这两个不好看,前面几个也不太好看。"

卓裕忍着笑,将姜宛繁拨到身后,说:"还跟小孩计较呢。"

小水后知后觉,小声问卓裕:"哥哥,我是不是说错话了?"

"没错。"卓裕拍了拍他瘦弱的肩膀,"只不过对待女孩子要委婉,下次试试,好吗?"

小水现学现用,拄着拐杖,噔噔两下又去找姜宛繁,憨笑着说:"姐姐,你是不是要去参加比赛?"

姜宛繁灵感缺失,兴致缺缺地"嗯"了一声:"都被你否定了,我现在要睡觉。"

小水皮肤黑,衬得眼睛更亮,像雨后的葡萄。

姜宛繁瞄他一眼,问:"你有什么好意见?"

小水问:"姐姐,你知道木偶戏吧?"

卓裕看着这一大一小聊得不亦乐乎,就是又用的家乡话,他听不懂。

午饭后,小水礼貌地跟他说拜拜,十四五岁的男生,眉清目秀,卓裕不忍往下看那没了半截的身体,空荡荡的,每走一步就像摇晃的秋千,谁看了都得感叹一句命运不公。

第4章 是来爱你的

卓裕原本想开车送他,但一想到他或许已经习惯了,而自己的好心反倒会惹他多思,索性作罢,走去姜宛繁那儿。

"刚才聊什么了?笑得那么开心。"

"小水好有想法啊。"姜宛繁表情生动道,"被他启发,我知道决赛时要绣什么了。"

这边,小水回到家,残破的院子里,两个男的正在和他妈妈说着话。这两个人他知道,是来霖雀镇收绣品的,之前也卖给过他们几样小物件。这边经常有爱好者或者公司过来,不足为奇。

小水摇头道:"暂时没东西了,已经托人去卖了。"

穿绿衣服的男人遗憾道:"没留给我们啊?"

另一人试探道:"要不拿回来?我们可以给现金,现在就给。"

小水还是摇头:"不拿了,给了就是给了,不能反悔。"

"行吧。"绿衣男笑了,"小伙子讲信用,以后做大生意。"

小水默不作声,他都这样了,还大生意呢,就这小小的霖雀镇他都走不出去。

"哎对了,你们这儿是不是有一个叫姜宛繁的?"绿衣男忽然问。

小水抬起头问:"你怎么晓得?我叫她姐姐。"

"现在不是在举办一个比赛吗?可火了,业内的人几乎都关注着。这个姜宛繁可是热门选手,我记得她就是霖雀的。"绿衣男连连称赞,"她第二轮的作品太灵了,你没有看过吗?来,我给你看看啊,网上都发了。"

小水感到新奇,靠近他们,看得仔细。

另一人搭话道:"快决赛了吧?她应该很擅长绣山水,决赛肯定也是绣风景,这样胜率更大。"

小水正看得仔细,顺口接话道:"不是山水,她绣苗族群像。"

天气预报说晚上有雨,一场秋雨一场凉,寒潮将至,冬天也不远了。绿化带附近时不时地蹿出野猫,黑白灰凑齐了,尾巴摇晃,地上的影子也慢悠悠地附和，风吹过，树影摇曳，影子碎裂切割。猫儿一哄而散，只剩冰冷的夜风。

经纪人举着手机，笑意拉到眼角，步履匆匆地走进来，说："套上话了，姜宛繁决赛要绣人像。"

工学椅上，晏修诚抬起头，眸光深了深。

"我知道你不擅长绣人像，但既然已经知道了，你就有足够的时间准备。只要你比她先完成，我跟那边打好招呼，你的作品排第一个打分。"

晏修诚依旧不说话。

经纪人的语气变了，嘴角不屑地上扬，皮笑肉不笑道："意大利总部那边早就说过，除非拿第一名，不然设计方面的国际合作，你想都不要想。还有那件事，公司在营销号上砸了不少钱，结果是什么样，不用我再提醒了吧？这次再不赢，达不到当初对赌协议的条件，违约金也够你吃的了。"

晏修诚的手指紧紧蜷缩，关节用力到泛红，哪怕是笑，下颌骨也不自觉地颤抖："好，我知道了。"

晏修诚合作的经纪公司是个大杂烩，东家扯西家，当中关系复杂。他的工作室也不全然是他一人做主，去霖雀、菏余、向海这种并不广为人知的地方采选绣品，再包装一下外销给海外客户，中间差价赚得盆满钵满。

工作室这两年有意与国际奢品对接，如今国际上越发重视中国市场，销售额也增势凶猛。据了解，VISS明年会出一条国风产品线，融合刺绣、民族等元素，而刺绣，是他们意向最大的目标。

努力刷了一年存在感，VISS那边终于将晏修诚纳入考虑范围，但他们也明确指出很看重这一次的传统文化大赛，届时中国区总裁也会莅临现场，实则考察合作人选。

晏修诚没想过姜宛繁会参赛，毕竟曾是交过心的人，以他对她的了解，如果姜宛繁想进名利场，大学时便有很多次机会，不至于等到现在。

从知道她参赛的消息后，晏修诚每天都处于惴惴不安的状态，所以他先去林延那儿敲警钟，告诉他："姜宛繁知道了你们协议的事，她家在霖雀很有话语权，你这种摆明了钻空子的小聪明，她如果真的要闹，也够你喝一壶的了。"

林延大叫道:"等一等,什么叫'你们协议的事'?这不是你们工作室自己的事吗?"

晏修诚说:"我们是合作方,而协议范本是由兆林出具的,怎么不是你们?她真要计较,法律程序也是兆林去对接。你们成为一家人这么久,想必你对她也有几分了解。"

林延沉着脸,暗骂晏修诚心机,但也把他的话听进了心里。他原本以为那一晚的黑车足够吓唬住她,没想到姜宛繁越挫越勇,披荆斩棘,竟一路杀到了决赛。

而晏修诚背后的利益合作方,早就留意了她的行动,知道她回了霖雀,便让人跟着,直到去小水家一步一步套出了他的话。

待经纪人走后,晏修诚坐在椅子上,半小时后才起身走到工作间。工作台上,是他精心准备的花鸟图,风景山水才是他最擅长的。晏修诚一点一点抚摸底料,最后用力抓起,拿着剪刀一刀一刀划破。

晏修诚一声大吼,将所有东西扫落在地,杂乱的声音像崩坏的卡带音乐,再无宁静的夜。

15号比赛,姜宛繁和卓裕提前一天回去,走之前,她问了好多遍:"奶奶、爸、妈,你们真不去现场给我加油啊?"

"你还用加油?"姜荣耀自信道,"那是对你的侮辱。"

姜宛繁摸了摸手臂:"爸,鸡皮疙瘩起来了啊。"

都上车了,她还不死心地再问一遍:"真的不去吗?"

三位长辈动作统一,萌萌地摇头。

姜宛繁做了个心口插刀的动作,与几人拜拜。

到了家,卓裕想起一件事,问:"在霖雀时,我看到爸妈用两块小木头丢在地上,重复了好多次,那是在干吗?"

"打卦,我们那边的风俗。"姜宛繁说,"许了愿望后,就把桃木丢在地上,方向一致,那么愿望就会成真。"

卓裕听得若有所思。

"对了,我们那儿还有一个讲究。"

"什么?"

"比赛前要清心。"

按卓裕的推测,这大概率是姜宛繁在诓他,但冥冥之中,他宁愿相信这一点,只祈求老天爷让他的女孩运气好一点。

决赛前最后一次选手内部会议,宣发部会来事,特意把两个热门选手的位置安排在一起。晏修诚先到,若无其事地坐下。姜宛繁后到,工作人员把她带去座位,说:"你的在这里。"

晏修诚抬起头,冲她笑了一下,姜宛繁站在原地没动。

气氛尴尬起来,工作人员打圆场:"场地是小了点,但会议时间短,克服一下,委屈大家了。"

"知道委屈还这么安排?"姜宛繁转过头,笑意温和,语气不疾不徐,问出的话却跟刀子似的,谁也不惯着。

她掉头径直去了会议室最后一排,无畏别人怎么议论,媒体怎么报道。

瓦片碎成渣,也用不着缝缝补补装和气。姜宛繁的态度很明白,她和晏修诚,王不见王。

这副场景被外泄,是一些偷拍的小视频,一个紧跟热点的娱乐账号还赶工出一篇图文并茂的长帖,抠细节,最后合理推测,得出结论,说上回姜宛繁风评被害那次,可能是晏修诚做的。

"如果真是这样,这男人也太没品了吧?"

"这种吃女人红利,立君子人设的男人竟然还有粉丝?"

内部会议召开一小时后,网络投票通道正式开启,投票结果会以10%的比例折算进最终评审打分里。大部分人早早就开始拉票,他们不似晏修诚,粉丝基础摆在那儿。两小时后,晏修诚的人气瞬间飙升,已经拉大了距离。姜宛繁紧追其后,她都还没拉票,吕旅、向衿、谢宥笛妈妈等人已经开始疯狂转发。卓裕索性做了个二维码,让周正弄了个巨型广告横幅拉在俱乐部门口,只要给姜宛繁投票,老板亲自教滑雪。

第4章 是来爱你的

吕旅盯得最认真，不断刷新结果，惊讶道："怎么回事啊，晏修诚人气这么高的吗？"

才一天不到，他那边可以说是一骑绝尘，连姜宛繁都追得有点吃力。

姜宛繁看得透彻，说："他有公司，有工作室，多的是人帮，不是我们转发朋友圈就能比的。看淡点，尽力了就行。你也别老盯着了，伤眼睛。"

她的心态是真稳，跟水泥砌红砖一般。

结果，睡个觉醒来，微信就炸了，吕旅激动道："师傅！盛梨书竟然发微博了！你的票数反超了！太牛了吧！"

姜宛繁点开盛梨书的微博——

"各位，这是我老铁，支持一波呀！"她直接转发了姜宛繁的投票页面。

盛梨书的微信被源源不断的新信息压在很后面，姜宛繁找到她凌晨三点半发来的消息："今晚大夜戏，才得空，为你转了，加油，我的宝子！"

姜宛繁看笑了，笑着笑着，眼角泛了酸。

次日，大晴天，姜宛繁醒来时，挡光窗帘已经拉开，阳光透过薄纱悠悠荡荡地落脚于墙壁，像温柔的水波纹，乖巧等她起床。

身边空无一人，姜宛繁刚走出卧室，卓裕就回来了。

"你去跑步了？"姜宛繁看他一身运动装，惊诧道，"你几点跑的？"

"睡不着，四点多醒了，去江边跑了十公里。"卓裕一边回答一边脱衣服，晨光里看到如此赏心悦目的一幕，姜宛繁心情颇好。

卓裕睨她一眼，问："需不需要我脱完？"

姜宛繁皱眉道："我今天决赛，你还不肯放过我，禽兽不如。"

"有道理。"卓裕说，"晚上再说。"

"你不会是紧张才去跑步的吧？"姜宛繁忽然想到。

"嗯，紧张。"卓裕深呼吸一下，承认得坦荡，"比我自己参加比赛还紧张。"

姜宛繁帮他收拾换下的运动服，说："一般来说，紧张有两种原因，要么，不自信，缺少底气；要么，是觉得自己有赢的可能，但竞争对手也很强。"

"还有第三种。"卓裕看着她，"我紧张的，不是你输，而是无论输赢，你可

153

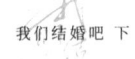

能都会不开心。"

姜宛繁愣了愣,在他的注目里低头笑了笑,再抬头时,她眼若灿星,心无旁骛:"不会的,我答应你。赢了,是报仇,是顺了那口气;输了,我也不妄自菲薄,继续开我的小店,赚点小钱,绣不动了就回霖雀继承家产。"

就这样,两人手牵手出门,在老地方吃早餐。卓裕去买单时,老板笑眯眯地挥了挥手:"我请客啦,小姜比赛加油哦!"

提前十五分钟到达电视大楼,吕旅他们已经等在那儿了,姜宛繁环视一圈,就是没见着姜弋。这是亲弟弟吗?捡来的吧。

刚准备进去,一辆沃尔沃XC90靠边停车,姜宛繁还想这车跟姜荣耀的是同款,于是多看了一眼。

先是驾驶座的车窗降下,姜弋伸出手狂摇:"姐!"

继而副驾、后座都探出手来,姜荣耀露出脸:"嘿嘿嘿!"

姜宛繁的心蹦到了嗓子眼:"爸?妈?"

车停稳后,看得更清楚了,姜宛繁倒吸一口气:"奶奶,您、您也来啦?"

祁霜今天特意围了一条红色的披肩,笑呵呵地说道:"姜姜你来,我有话要跟你说。"

姜宛繁趴去车窗边,祁霜道:"你看看,后面的车子里还有谁来了?"

姜宛繁转过头,神色一顿,是三奶奶和小水。先前信誓旦旦说不来的人,此刻整整齐齐地出现在眼前。姜荣耀说:"这是我们给你的惊喜。"

姜宛繁笑着说"幼稚",其实高兴得很。

工作组那边在催了,卓裕揽了揽她的肩,说:"进去吧。"

姜宛繁加快脚步,走到一半又回过头,一家人站在晨光里,周身像镶了一层温柔的光圈,每个人遥遥注目,望向她的眼神包容宽广,让姜宛繁觉得,哪怕前路是未知之境,她依旧能走得大胆、一往无前。

八点半,决赛正式开启,网络直播同步进行。

比赛现场设在电视大楼顶层最大的演播厅,座无虚席,媒体区也是长枪短炮,人数众多。主持人按流程进行文化讲解、规则播报，选手统一登场，再分别做自我介绍。许多人盛装出席，或是原创设计，或是民族服饰，群生像非常吸睛。

晏修诚一登台，长袍青衫，温文雅俊，欢呼声不小，掌声不断。唯有第五排，卓裕和姜荣耀他们面无表情，格格不入。

待姜宛繁上台，姜弋站起来，一顿疯狂呐喊："哇哦！鼓掌！"这架势瞬间带动气氛，全场笑着掌声如雷。

开场流程结束，正式进入比赛阶段。赛委会故意安排姜宛繁和晏修诚两个热度最高的选手的工作台并列一排，同时，网络直播的讨论也热火朝天。

"姜姜好美啊！晏修诚爱而不得太正常了！"

"他俩零交流，不和实锤！"

"看不懂，但就是莫名觉得好厉害。"

这时，该揭晓各自的主题了，主持人先问的晏修诚："晏老师这次带来的是什么作品？"

晏修诚回答之前，有意瞥了一眼姜宛繁，想到她即将会有的反应，莫名的快感替代所有情绪，哪怕是他不擅长的领域。

晏修诚回答道："人像。"

旁人或许不了解，但业内的这些评委都清楚，晏修诚一贯擅长山水，人像并不是他拿手的，甚至从工艺的角度看，他的技术还有所欠缺，众人实在不明白，他为何会在这么重要的比赛上如此我行我素。

主持人又走到姜宛繁面前，问："姜老师你呢？"

姜宛繁眼神淡定，嘴角带笑，答道："风景。"

晏修诚身体一僵，缓缓转过头，不可置信地看着她。姜宛繁察觉到他的注目，礼貌回视，笑如涟漪。

一个选了自己最不擅长的，一个选了对方最擅长的，不同的是，在姜宛繁这儿，人像与风景，都是她所最自信的。

人人都求扬长避短，但晏修诚偏要扬短避长。他面色如阴云，一向淡然不慌的眼神里也有了明显的波涛。主持人的声音被拉得遥远，音乐鼓点如重锤，彻底将他的心绪搅乱。

"晏老师？晏老师？"主持人连连提醒三遍，晏修诚才缓慢回神，"比赛开始了，您可以回到工作台开始您的创作。"

晏修诚刚定下心，又蓦地看见姜宛繁朝他一笑，那笑意浅淡，还有一丝挑衅。他心头一凉，忽然反应过来，套话得来的消息，根本就是那个男孩故意透露的。

都以为小孩不说谎，也最好骗，所以他们深信不疑，没想到，他才是那个冤大头。姜宛繁肯定知道这一切，她埋下陷阱，就等着他往里跳。

在这种关键时刻，让他知晓真相，对一个人的心理状态是极大的打击。晏修诚蒙了，穿针时，手都在抖。

两人挨得近，旁边的姜宛繁飞针走线，沉着冷静。绣布是天地，她凝心静气，于天地间徜徉邀游。摄影师都忍不住给了她几次特写，绣布上，群山浅廓，日影树荫，咬碎了的阳光栩栩如生。她先勾勒出雪原云海，继而填充内容，山脚下，苗寨角楼，瀑布清溪，人影攒动。

姜宛繁的这幅绣图，勾勒出了苗寨四季。比赛时间有限，她仅以勾边为主，去繁从简，纵然如此，分明的四季依然清晰可辨。她把画面重心放在寨子的群像上，背竹篓的妇人，篓子里的奶娃娃，坐在溪边闲聊的，挑着水桶走山路的，还有坐在家门口穿着苗服刺绣的老嬷。

人绣得小，所以显得精致，也节约时间。形似，神韵更灵，整个绣品看起来繁简得当，苗寨的景、物、人融合，浓妆淡抹总相宜。

当姜宛繁将作品拿起来时，光影变幻，上头暗藏的玄机也一并展现。原来，勾勒群山轮廓，用的是金银线，角度改变时，流光溢彩，整幅绣品仿佛活了过来，山雪同色，天地同辉。

现场的掌声与直播的弹幕一样热烈。

十点半，赛事结束，姜宛繁有条不紊地收拾工具，镜头给到她时，她甚至连头都没抬，不像刚参加完一场比赛，而像日常的工作而已。而晏修诚，整个人都不在状态，此刻连强颜欢笑都懒得再装。

半小时后，宣布结果，姜宛繁的第一名当之无愧，意料之中。令人哗然的是，晏修诚竟然连奖都没拿到。

所有选手站成一排，摄像头扫过每一个人的表情，晏修诚极力绷着，神色僵硬。姜宛繁依旧是淡然不争的神色，像一面宁静的湖水，唯有眉眼满是被风吹活的涟漪。

主持人道："恭喜获奖选手，那我们先来听听第一名，你有什么想说的？"

姜宛繁接过话筒："我的家乡是霖雀，一个很小很没有存在感的小城镇，那儿没有什么工业项目，拉不到投资，年轻人还能出去闯一闯，年长的，大多靠绣东西换点钱贴补家用。以前，我妈不赞成我学刺绣，觉得这是没前途的活，但我想说，人的成长，就是一路磕碰，一路逆风，一路自证。能有这样一场高规格的比赛，我能站在这里，就是一种好结果——我们被重视，我的努力没有浪费。"

现场响起雷鸣般的掌声，姜宛繁忽然转过头，轻声问主持人："我可以请两个人上台吗？"

台下的导演比了个手势，应允了。

观众席的姜弋眼明手快，马上照办，不多时，他扶着三奶奶和小水来到台边，姜宛繁快步迎向前搭了把手。

众人一阵惊愕，不知这身着苗族服饰的一老一少是怎么回事。

小水很紧张，拄着拐杖走得慢。三奶奶抓着姜宛繁的手，虽也紧张不适，但还是鼓起勇气走到了舞台中央。

姜宛繁说："容我介绍一下，这是小水，这是三奶奶。我们都是霖雀人。这就是我说的，以一技之长傍身，大半辈子拿着针和布，什么都会绣，一块小帕子卖二十块，稍大点的围巾、披肩卖八十块。就这些小东西，日熬夜熬，十天半月能绣出个三五样。没人来收的时候，就统一卖给中间商，那就更便宜了。不是想贱卖，而是要吃饭，要买药，要生存。"

说完，姜宛繁示意小水拿出东西，他带的袋子里，装着三奶奶的绣品，水中游鱼，稻田丰收，金灿灿的秋天，半遮面的古代美人。

观众惊呼连连，绣得太美了，弹幕也在疯狂刷屏！

"这么好看怎么只卖二十？我不允许！"

"上链接！竞拍！我出一千！"

"呜呜呜，那个小男孩腿没了，好可怜。"

姜宛繁的眼里渐渐有了光，笑着让大家再次看她刚拿了奖的苗寨图："角楼下绣花的奶奶，油灯旁穿线的年轻男生，就在这儿了。他们是霖雀的每一个人，是这个行业里不为人知的千千万万人。民族瑰宝要传承，可是有'传'才有'承'，得奖是其次，我希望大家能看到更多的手艺人，能更好地了解这个行业，发现不一样的美。"

现场掌声如雷鸣般响彻，姜弋疯狂叫好，祁霜在底下偷偷抹眼泪。

台上的小水愣愣地站着，眼底也有微闪的光，他下意识地鼓掌，三奶奶也是，有样学样，嘴里一直念叨着什么。

姜宛繁露出参加比赛以来最舒心惬意的笑容，真挚道："一场比赛改变不了太多，他们仍会回归正常的生活，靠刺绣卖钱，过日子。这么多人看着，机会难得，那我就多呼吁，欢迎大家来我的家乡霖雀游玩，也欢迎各位老板们来这儿考察。"她俏皮地眨了眨眼，"下次收购绣品时，涨一点点价好不好？"

台下，善意的笑声此起彼伏，嘉宾席的各界人士纷纷回应："好！"

姜宛繁左右手分别牵住小水和三奶奶，三人鞠躬谢礼，掌声连绵不绝，像汹涌的浪奔腾不息。

姜宛繁松开他们的手，自己往后退一步，把两人送到聚光灯与媒体前。

世间的连接、际遇各有不同，命运悲苦从来都是群生群像，千人千面，但这一刻，姜宛繁愿意相信，人性的善、对美的认知总能共情共通。

姜宛繁转身下台，背影笃定。

她以一己之力，串起人间微小的萤火，让他们也有闪闪发光的机会，这就是最好的结果。

赛事结束后，新闻发布会召开，姜宛繁委托赛委会公布了一则消息——

"我本人在此次比赛中所获得的五十万奖金，将悉数捐赠给相关机构，用以扶持传统文化发展。"

有酒欢今夕，鸣琴广陵客，愿星火生生不息。

第4章 是来爱你的

根据姜弋事后描述，向简丹当时哭得上气不接下气，姜荣耀也在悄悄抹泪，还不忘气一气老伴："当初你还不让闺女学刺绣呢，看，她就是这么优秀！这眼界，这胸怀，这气魄，不学刺绣还没有呢！"

向简丹难得没有反驳，边哭边说："好好好，你赢了可以了吧？"

为了这个比赛，这么多人劳心劳力，卓裕包场请吃夜宵，是答谢也是真高兴。小水像发现了新大陆，第一次知道烧烤还能这么好吃，一个人狼吞虎咽，满嘴的辣椒油。

卓裕笑着给他递纸巾，拿起一串黄喉说："尝尝这个。"

"好吃！"小水眼睛都辣红了，辣得直吸气。

卓裕笑了笑，等他缓过劲了，问："姐姐和你是不是商量好了什么事情？"

"你是指那个没拿名次的男的吗？"小水说，"我没和姐姐商量，我们是默契。"

"小子，还挺会用词。"卓裕一挑眉，"说说看？"

"从九花婶她们不再把绣品放在姐姐那儿卖之后，我就知道那些来收购的老板不安好心，但是被姐姐帮助过的人，更没有心，好几个人嫉妒姐姐，在背后说姐姐坏话。"小水道，"有两个男人来问我，故意跟我套近乎，聊到姐姐参加比赛的事，问我她可能会绣什么。"

卓裕了然道："于是你故意放出假消息。"

小水点点头，笑出八颗白牙："他们真的上当了。"

吕旅和谢宥笛那边嗨得很，和姜弋赛着喝酒，向衿在录视频发给还在拍戏的盛梨书："帅的那个是弟弟，不帅的那个才是你家'短腿柯基'。"

卓裕环视一周，没见着姜宛繁，问了向衿，向衿告诉他："在车里休息呢，估计是累着了。你带她回家吧，这儿有谢宥笛在呢。"

卓裕在车里找到人时，她真的睡着了，副驾椅背放平，身上盖着卓裕放在后座的外套，长发挡住一半脸，发丝随着呼吸微微起伏。

姜宛繁一醒来，就瞧见卓裕靠着车门的背影。她皱眉降下车窗，哑着声问："你怎么不叫我啊？"

卓裕收起刚准备抽的烟："怕吵醒你。"

159

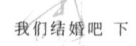

"外头这么冷,不挨冻啊?"

卓裕坐进驾驶位,寒气跟着钻进来,姜宛繁肩膀一哆嗦,把他的外套抱得更紧。

"衣服有什么好抱的?"卓裕一把抽走衣服丢去后座,然后伸手越过中控台,轻轻拥住她,"抱我。"

姜宛繁嘴角上翘,"嗯"了一声:"你比衣服暖和。"

待她抱了一会儿,卓裕才轻声问:"晏修诚的人来找小水的事,为什么不告诉我?"

"那孩子跟你说了啊?"姜宛繁"啧"了一声,"嘴上没个把门的。以我对晏修诚的了解,他一定会想方设法地来套话,我不过是顺水推舟。他很擅长静物风景的创作,但人像一般。他不想我赢,就一定会先发制人,那我就气气他,让他输得心服口服。"

卓裕看了她一会儿,忽然问:"老婆,你开心吗?"

姜宛繁不想骗他,说:"一般般。"

卓裕能这么问,肯定是看出了什么,他说:"如果你不开心,后边的事就不理会了。"

姜宛繁又伸手要抱抱,卓裕抱住她,将人软软地拥在怀里,心都化了。

"我没事,就是有点累。"姜宛繁埋头在他颈间嗅了嗅,"你进去吧,我俩总要有一个在场,我在车里再睡一会儿。"

卓裕进去打了个招呼,很快又出来了,姜宛繁没多说,窝在座位上蜷得像只猫,到家上楼时,还撒娇要他抱。

进了家门,卓裕洗个澡的工夫,姜宛繁已经彻底熟睡。卓裕刷了一会儿手机,被有才的网友们的评论逗乐了,姜宛繁翻了个身,他才回过神。

卓裕倾身过去,单手支着脑袋看她:"他们都叫你女神哎。"

姜宛繁的呼吸均匀,轻浅。

"有什么了不起?"卓裕自言自语,跟无名网友较上劲了,"他们的女神叫我老公。"

第4章 是来爱你的

深秋夜寒露结霜,雨雾蒙蒙,似给世界披上一件泛锈的外套。冷气呼入鼻,在肺腑之间巡游。打在窗户上的霓虹光影像个懒汉,敷衍绕过。室内的光更显突兀刺目,把每一个人的脸都照得苍白无血色。

"这到底是怎么回事?没夺冠就算了,连个奖都没有拿?我们前期投入那么大,在你身上费了多少心思,全打水漂了!"经纪人围着晏修诚来回转,颐指气使,愤怒发泄。

晏修诚如木雕,坐得直,毫无生气。

"你输也就罢了,还输得这么离谱,全给别人做嫁衣了!"经纪人只差没说晦气,顿了一下,放平语调,阴阳怪气道,"你如果状态不好,早说啊,逞什么强呢?这次不参加,以后有的是机会。"

晏修诚闭上眼睛,垂在腿侧的手暗暗握紧成拳。

见他连讨好认错的话都不肯说,经纪人也懒得装了,拉下脸,冷声道:"网上已经有人曝出你给兆林'苏芝'系列设计手稿的事了。"

晏修诚抬起头,目光幽深:"白纸黑字签的合同,能有什么问题?"

经纪人冷哼一声:"如果是本人提出来的呢?这事不光明,你心里清楚得很。再来一场风波,舆论就能毁灭你,你再想翻身,想都不要想!"

比赛结束后,姜宛繁热度不减反增,她在现场刺绣的一些动图、发言视频,转载量上万,可见身体力行,永远比花言巧语更能打动人心。

回霖雀前,向简丹拉着姜宛繁说了半宿话,聊生活,聊爱人,聊过去两人之间的嫌隙与倔强。

向简丹叹了口气,说:"说白了,母女间哪有什么恩与怨,我不能要求你报恩,因为你是我女儿,我们的身体与血脉,就是一体的,更谈不上怨与恨,于法律,于纲常伦理,你永远是我不可分割的亲人。"

姜宛繁笑道:"比我爸还亲?"

"那不一样,他是老伴,所谓'伴',人字分两半,本就是两个人结合在一起,要走要换,那还不是分分钟的事?"向简丹低下头,抚了抚姜宛繁的头发,"但你是我生的,我们血脉共通,说句不好听的,要献血给我,你还是第一合适的人选呢。"

姜宛繁轻轻"嗯"了一声:"我如果病了,肯定不要您献血。您年纪大了,身体扛不住。"

"胡说什么?"向简丹不客气地弹了一下她的脑门,"童言无忌。"

"我还童言呢?"姜宛繁抬起头,眼睛弯着。

"你八十岁了,在我这儿也是小朋友。"向简丹正经道。

最后,向简丹跟她说了一件事:"你奶奶把九花婶她们狠狠骂了一顿,说她们见利忘义,拎不清。有几个听进去了,听说是想咨询律师。"

姜宛繁闭上眼睛,困倦慵懒得像只睡不够的猫:"随便吧。"

由此可见,网上的爆料不是空穴来风,能如此精准地指出兆林的"苏芝"系列服饰与晏修诚的设计手稿有问题,那一定是有原因的。

向衿告诉她:"我一个传媒公司的朋友说兆林花了钱删帖,做贼心虚吧,在这种事情上出纰漏,对一家服装公司的打击不小啊。"

万事皆有因果,当林延找上卓裕时,也就并不意外了。

林延借口在意大利出差时给姜宛繁带了限量版的胸针,卓裕垂头看了一眼,这个品牌不便宜,但是——

"她不喜欢白金,你拿回去送女朋友。"

林延谄媚笑道:"大哥,你好久没回家里吃饭了。"

卓裕没回答,只看着他。

林延绷不住了,脸色一垮,急急道出本意:"大哥,你可不可以去跟嫂子说说情?别再追着'苏芝'的事不放了。"

卓裕皱眉道:"别什么都跟她扯上关系,她跟你们没有任何关系。"

"她是没关系,但她能说上话,那些人都听她的。"

卓裕嗤笑道:"别把她说得这么神,她一个绣店小老板,左右不了多大的事。你们自己谋求捷径,当初就该想到有什么后果,不成功便成仁,这个道理以前姑父经常说。"

第4章 是来爱你的

林延咽了咽口水，往日风流潇洒的纨绔气质早被摧毁得没了形，自卓裕走后，公司大大小小的破事让他焦头烂额。

"那是晏修诚自作主张！"

"你难道不知情？"卓裕微微眯着眼，语气低冷，"现在当甩手掌柜，是不是晚了？"

"'苏芝'这条线卖得不好，我压力有多大你知道吗？我、我也是没办法！"林延压抑憋屈，忍不住提高了声音。

"你冲我发什么脾气？"卓裕的声音又降了一分，咬着烟，薄薄的烟雾自薄唇弥漫而出，遮着他的神色更添锐利。

林延再也端不起脸面，抖着声音哀求："大哥，现在兆林经不起一点风浪，要是再出这种负面消息，真的就完了。现在市场不好做，回款也慢，前期投入又那么大，也就'苏芝'这一条线稍微有点起色。我求你了，跟嫂子求求情行吗？"

卓裕很不喜欢听他提及姜宛繁，耐心告罄，说："我再说一遍，你这些破事，别赖在她头上。自己的选择，自己承担一切。我还有事，你自便吧。"

他起身要走，将烟盒和打火机捏在手心。

"大哥！"林延猛地站起来，掌心压实桌面，"当初创立兆林，你父亲也有股份，你忍心看他的心血完蛋吗？你真的能够袖手旁观吗？你仍然叫我妈一声姑姑，这个关系永远不会改变！"

卓裕抽完最后一口烟，以指腹捻熄烟蒂，浓烟在肺腑打了个转，神经跟着一跳一跳。他侧过头，说："别用道德绑架我，很欠抽。"

晚上，姜弋来家里吃火锅，花椒放多了，呛得姜宛繁狂流泪，姜弋给她换了个清汤锅，姜宛繁捂着鼻子指挥："藕片多放点，酥肉好了吗？你帮我看一看。"

姜弋扭头告状："姐夫，你把我姐养得这么娇气。"

"娇气吗？"卓裕认真端详，"谢谢夸奖啊。"

吃完饭，收拾碗筷时，姜弋瞄了瞄书房，小声说："我觉得姐夫心情不太好，都没吃几口。"他顿了一下，声音又压小一些，"姐，今天他表弟来俱乐部，两人

163

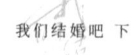

聊了好久。你说,是不是为了那些绣品的事?"

姜宛繁想了想,平静道:"他无论有任何情绪都正常,林延来找他,说理,站不住脚。说情,无非是用亲情做牵绊。"

姜弋愤愤道:"有意思吗?回回都这样!"

"确实没意思。"姜宛繁自顾自地笑了一下,"再没意思,可有一点改变不了,他们有血缘,是切割不开的亲人。如果只是就事论事,那就简单多了,但世上牵绊本就太多,'情'这个字最难说清。"

姜弋听得一愣一愣的,盯着她许久后,说:"姐姐,你最近的心情是不是也不好?"

"有吗?"姜宛繁眨了眨眼。

"这么一看,好像又没有。"姜弋闷闷道。

第二天休假,姜宛繁让弟弟晚上就睡在这儿,拿了一套新衣服给他,说:"你姐夫买的。"

姜弋震惊道:"他这么爱我的吗?"

姜宛繁扫他一眼:"不是爱你,是爱屋及乌。去洗澡吧,动作轻点,他在书房,别打扰。"

姜弋洗完澡出来,头发湿漉漉地往下滴水,卓裕选衣服的眼光不错,白T恤很有质感,衬得少年像蓬勃的松柏。

姜宛繁正蹲在地上收拾东西,姜弋赶忙上前说:"我来搬。"

沉甸甸的首饰盒,里面全是卓裕的手表,衣柜最下边都是饰品,姜宛繁把它们拿出来重新收纳,散落一地的小物件中,旧报纸格外惹眼。

姜弋随意一瞥,忽然"咦"了一声:"辰市啊?"

是那份卓裕一直收着的《辰市日报》。

姜弋回忆道:"我那年的好人好事,就是在辰市来着。"

姜宛繁忙着整理领带,"嗯"了一声。

"这么敷衍。"姜弋不乐意了。

姜宛繁弯了弯唇,不敷衍地关心道:"知道,就是你发现车祸,并且第一时间报警的那次，对不对？"

姜弋一脸"这还差不多"的满足，边说边拿起报纸翻看："那天我都不想去的，老师找上门，老姜拿扫帚把我赶出去的。哎！好亲切的地方啊。"

姜宛繁能理解，毕竟是不学无术的小少年人生中第一次受表彰。

姐弟俩有一搭没一搭地聊着天，姜宛繁问："你发现车祸的地方是哪儿？"

"不记得叫什么名字了，反正离参观的地方没多远。我嫌无聊，偷溜过去的，那边有溪，有很多树，跟一片森林似的。"姜弋盘腿坐在地上，研究起卓裕的手表，随便拿起一块都让他惊讶，"这牌子好贵，基础款都二十多万吧。"

姜弋话说了一半，姜宛繁勾起了好奇心，催道："继续说。"

"哦。"姜弋摩挲着表盘，现在想起来仍是记忆深刻，"那辆车还挺惨的，本来可以获救的。"

姜宛繁侧过头："嗯？为什么？"

"车里有两个人，一个司机，副驾还有一个女的。那车子撞得也很邪门，要是弯道开快了，来不及刹车，要么是方向盘忽然变了，直接往悬崖边冲，卡在了两棵树之间，车头撞变了形，司机手上全是血，副驾那个女的身体也卡得动不了，我过去的时候，她昏死在座位上，满脸血，看不清长啥样子。"

姜弋拿手比画着当时的情形，两棵树是支撑点，车头车尾翘起，车头下落得多一点。

姜宛繁慢慢放下领带，问："你发现之后就报警了？"

"那时候我没手机，本来司机要把他的手机抛给我的，但他试了几次，他一动，车子就向前晃。"姜弋说，"我也不能挨太近，附近全是落石，司机怕连累我，一直让我离远点，拜托我去找人。其实吧，只要能维持住车子的平衡，就有机会的。我走之前，还听见司机跟那个女的说醒醒，别睡，马上就有人来救了。后来等我叫来人，还有个七八米就能到那边，结果就听见一声巨响。"姜弋至今想起，依然觉得可惜，"就差那么一会会儿了，哪怕多坚持一分钟都有希望的。"

姜宛繁下意识地问："一个都没救着？"

"救了一个。"姜弋说，"我们过去的时候，就见副驾那个女的趴在山崖边，浑身都是血,听一个大爷讲,估计是腿断了。再后来我就不知道了,一周后,当地警察叔叔找到学校,问了一些情况后,就夸我做了好人好事。"姜弋摸摸头,笑得很憨。

姜宛繁脑子有点蒙,脱口而出:"那两个人,年龄是不是四十多?"

"那个女的我看不清楚,她当时流了好多血,脸都被糊住了。但那个男的像个生意人,四十多岁的样子。"姜弋奇怪地伸出手晃了晃,"姐,你发什么呆呢?"

姜宛繁的脑子里忽然有一种认知,刀光剑影,想说又不敢说,如被糨糊黏住的木头。

姜弋有点被吓着了,刚想去喊卓裕,一回头,发现他不知什么时候来的,就站在半掩的卧室门口。

"姐夫。"姜弋愣愣地叫人。

"那个地方,是不是在甘林峡谷瀑布附近?"卓裕问。

"你怎么知道?!"姜弋更震惊了。

冬夜不费吹灰之力捻熄太阳,寒风野蛮漂移,在落地窗上拍打出奇形怪状的影子。卓裕缓缓转头看向外面,雪霁寒轻,天已黑透。

姜弋从没见过这样的卓裕,气压极低,脸色阴沉,像一株攀上高楼却忽然没了生命的植物,茂密的树叶瞬间枯萎。

他什么都没问,只拿起车钥匙和外套,说:"跟我去一趟。"

姜弋不明所以,也不敢发问,在姜宛繁的眼神暗示下,听话照做。

卡宴驶上高速,往福金方向时,姜弋终于反应过来,这是去辰市的路。

一路狂飙两百多公里,卓裕的车速始终在限速警戒线上,姜弋默默拉紧安全带,偷瞄一眼卓裕又飞快挪开。

下高速,走国道,又行进一段山路后,卓裕将车横在草地上——这边原是草地,如今天寒凋零,只剩光秃秃的灰泥尘土。

卓裕是来求证的,可到了地方,只看姜弋无须他问,自觉地与他步调一致,往同一个方向走去时,答案已显山露水。

当年出事的地方,半人高的防护石柱岿然不动,似是隔离出"生"与"死"

的边界。不等卓裕问，姜弋小声说："姐夫，那场车祸，就是在这里。"

比夜更静默的，是人身上无望的情绪。卓裕跨上石柱，背对姜弋，站得笔直。

姜弋的心一下跳至嗓子眼："姐夫！"

卓裕单手插兜，穿山寒风把他的黑色大衣吹得饱满，他像一只随时会飞走的风筝，背影挺拔却萧条。姜弋忽然害怕起来，觉得任何言语都留不住他，下意识道："你要是跳下去了，我姐就改嫁了啊。"

想到姜宛繁，卓裕回过头，眼神如这茫茫霜露，声音依旧平静："把你那天看到的，听到的，全部告诉我。"

2015年深秋，兆林成立之初，举步维艰，卓悯敏几度想放弃，都被卓钦典坚持了下来。他四处跑市场，依托旧友广撒网，也有人不解地问："老卓，实在不行，还是回深圳卖海鲜吧，不比这来钱快？"

卓钦典乐观得很，说："我以后卖不动了，难不成让儿子来啊？他以后要学金融的，总得给他铺铺路。"

彼时的卓钦典，认为卓裕肯定会顺遂他的意愿，这也是一个父亲最直接、最简朴的愿望。

林久徐出身商贾世家，虽家中没落，但卓钦典认为这个妹夫尚算务实，所以当他找上门，商量合伙成立兆林时，卓钦典没有犹豫。

但后来他才发现，这个妹夫也就只剩务实这一点能看了。林久徐中庸、怯懦，遇到问题时犹豫不决，甚至想索性放弃，还时不时地说些丧气话："实体难做，服装业也不似从前了，竞争这么大，很难赚到钱的。"

这才哪儿到哪儿，一天天在这儿愁眉苦脸，气得卓钦典有苦难言。

妹夫不靠谱，卓钦典干脆自谋出路，他拜托五湖四海的旧友，甭管面子不面子的，有过节的，就笑脸求和，只要肯帮他留意引荐，事成之后，拿提成返点以作感谢。

十一月，兆林终于签订第一笔订单，五百套环卫工人的雨衣和反光背心。这种特殊服饰的面料，兆林没有，还得去外地采选，一应算下来，盈利最多只够

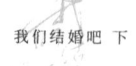

出入平衡。

林久徐不愿意,大约也是受久了大舅哥的强势,这一回便对着干,顶了几句嘴。

两人闹得很僵,卓悯敏只能出来打圆场,说:"行了,都少说两句。哥,我陪你去一趟吧。"

卓钦典板着脸,说:"你别用这种勉强的语气,记住,不是陪我,公司你们才是占大头的。"

林久徐:"那你还管这么多?"

"老林!"卓悯敏低斥一声,丈夫这话说得过了,不经脑子。

卓钦典冷哼一声:"我要不是为了卓裕,我管个屁啊我。"

次日,卓钦典开车,目的地明确,明市是面料基地,他们考察了一天,筛选出几家,再逐一对比,最后选出最合适的那家。

卓悯敏心里挺不耐烦的:"哥,就这么五百套,量又不大。"只差没明说何必这么上纲上线,随便选选不就行了?

卓钦典当即甩了脸:"说的什么话!你这第一单生意做不好,以后谁还找你?赚的不是钱,是面子,是口碑,是名号!"

卓悯敏讪讪闭嘴。

但这一次,并没有谈成。卓钦典精挑细选出的那一家老板不同意,说手上单子太多,要供给大客户,接不了他们的。卓钦典不放弃,软磨硬泡,最后还是没成,只得两手空空,打道回府。

路上,卓悯敏很不高兴,卓钦典是钢铁直脾气,见不得她甩脸子。两人起先是为了一点小事争论起来,后来又扯到生意上,卓悯敏责怪道:"就不该浪费时间的,五百套衣服,随便选选不就行了?难不成还想赚个大别墅出来?"

卓钦典道:"你少搁这儿跟我阴阳怪气。"

"我说错了吗?"

一路向南,恰经辰市地界,彼时未通高速,要走302国道、405省道,再转县道,路边风景绝美,地标显示距离甘林峡谷瀑布5km。

第4章 是来爱你的

卓钦典义正词严道:"我看你是跟久徐生活久了,近墨者黑!好的不学,懒惰和怕吃苦的坏毛病全学会了!以前我还觉得他务实,现在才发现,他是懦弱!不思进取!"

"非得像你这样较劲才叫上进?"卓悯敏讥讽道,"那怎么没见你带面料回去?"

卓钦典气得胸口一阵一阵地疼:"你这是强词夺理,分不清黑白是非。"

"我只不过是实话实说。"卓悯敏烦了,倦了,脱口而出,"这公司解散算了,折腾个什么劲?"

这句话就像一根刺,从天灵盖往下,劈头扎进心脏。卓钦典血液倒灌,胸口先是一片麻木,气管像被掐断一半似的喘不上来气,继而眼珠胀痛,眼前一片混沌模糊。

卓钦典用尽最后的理智,说:"悯敏,拿、拿药,在包、包里。"

但是晚了,只听卓悯敏一声尖叫:"啊!"

卓钦典意识涣散,双手蜷曲,滑落方向盘,天旋地转,车身失控。卓悯敏松开安全带,下意识地去扶方向盘,奈何惯性太猛烈,这一推搡,事态反而更加严重。

轮胎猛烈打滑,摩擦地面发出剧烈刺耳的声响。卓钦典用尽最后一丝力气,死死踩下刹车,整个人往方向盘上趴压,试图稳住车身。

砰的一声,车身撞向树干,直冲而下,挡风玻璃碎裂飞溅,车头挤压变形,巨大的推力砸向身体。

尘嚣弥漫,安静了。

卓钦典清醒时,觉得自己的胸腔腹腔沉甸甸的,像膨胀到极致的气球。副驾的卓悯敏歪着头,腿被卡在窄小的空间里,滴滴答答流着血。

"悯敏,悯敏。"卓钦典颤着声音叫她。

卓悯敏的意识还算清醒,一脸的血,麻木得分不清哪里在疼。卓钦典环视四周,前边是山崖万丈,他稍一动弹,车身就明显摇晃。

这时,卓悯敏完全清醒过来,恐惧让她失控尖叫。

169

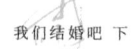

"冷静,冷静点。"卓钦典克制地劝她,有把握道,"咱们别动,只要车子保持平衡,一定能获救。"

卓悯敏惨白着一张脸,神色呆滞,浑似游魂,慢慢歪下头,昏死过去。

后来,一个小男生出现,再后来,他跑去搬救兵。

离生门只差一步,只差一步了。卓钦典浑身疼得不行,但仍然奋力把卓悯敏叫醒,说:"别怕,别慌,他已经去叫人了,会没事的,别动,悯敏你别动,大哥在这儿。"

车身在山崖边随风摇晃,卓钦典连呼吸都不敢太用力,只要再多坚持一分钟,一分钟。

"啊!"卓悯敏忽然一声吼叫,她受不了绝望的折磨,竟拼尽全身力气解开安全带,反手推开车门,抽出卡得死死的左脚,顾不上撕心裂肺的疼痛,连滚带爬地跳了出去。

卓钦典猛地回头,眼神绝望,车身失去平衡,车头下坠,秒速跌落山崖,巨大的一声闷响,惊鸟飞起,成为最后的葬曲。

"我叫人来的时候,已经晚了。其实我离开的时候,车身稳定得很好,那天风不大,也没有外力撞击,虽然那时我年纪小,但我肯定,只要再坚持一会儿,他们都可以获救的。"姜弋措辞谨慎,实话实说。

卓裕面如死湖,此情此景,像一幅静态的、压抑的图画。他似与山风夜露融为一体,好像下一秒就要随风远逝。

姜弋咽了咽口水,又想起一件事:"对了姐夫,那个人,不,你父亲,丢给过我一样东西,我记得是个铭牌挂件。"

卓裕像被从冷水里打捞上岸的人,终于回过魂,哑声问:"在哪儿?"

"放老家了,我没丢,要不我们现在回霖雀?"

找东西是其次,主要是卓裕刚才的状态让姜弋心里太没底了。

辰市到霖雀,四十分钟高速,姜弋开车,到家已是凌晨两点。两人把车停在院子外,姜弋有钥匙,开了门,轻手轻脚地进了屋。

卓裕的手机开着手电筒,不让他开灯,怕吵醒熟睡的长辈。

第4章 是来爱你的

进了姜弋房间,卓裕关上门,背抵着门板,一动不动。

"这是我人生第一次获奖,所有东西我都没丢。"姜弋从柜子最底层拿出一只四方形的铁盒,时间太久,盒盖已有锈迹。他打开后,在一堆小玩意儿里寻找。

"找到了。"姜弋抬起手,一枚银白相间的铭牌静静捏在手指间。当时没细看,如今再一看,姜弋的情绪也复杂起来。

那铭牌上雕刻的图案,是一个滑雪动作。

"姐夫。"姜弋小声叫他。

卓裕抬起头,目光沉静:"这是我大三的时候,在国际大学生滑雪锦标赛上拿下的第一枚奖牌。"

当时,父子关系很一般,卓钦典倔强,为了他学滑雪的事耿耿于怀。卓裕有时很恍惚,觉得他俩的身份应该倒过来,他是爹,得哄着老卓。

老卓当时很不屑一顾:"你别给我,什么破牌牌,给我,我就扔了。"

卓裕跟他抬上杠了,隔着车窗,把牌子往车里一丢:"随便你。"

他真的以为老卓把它丢了。

"那天很危险,他不让我靠近车,我去叫人之前,他把我叫住,把这个丢给了我。"姜弋还记得细节,"他说谢谢我,让我拿着。"

是谢谢,也是冥冥之中的一种预感。

卓裕低下头,忽地笑起来。老卓永远是严谨的,凡事不讲绝对,习惯性地做两手准备。他人生中的两次意外,一是卓裕的离经叛道,二是这一次车祸。他的 Plan B,是意外之外的退路,可惜这一次,再无退路。

卓裕问:"这个可以给我吗?"

"可以,可以!"姜弋的手都有点抖,忐忑地问,"姐夫,你还好吧?"

卓裕若有似无地点了下头:"给你姐报个平安。"

"早报了!"姜弋小声说,"我姐可担心你了。"

天渐亮,小镇上的鸡鸣狗叫是最准时的闹钟,气温比城市低,雾蒙蒙里,远处的群山轮廓隐约可见,像一幅水墨画。

向简丹起得最早,搞卫生时,以为自己记忆混乱了。

"咦,小弋房间的门怎么开了?"

平日明明是关紧的,再到院子里一看,空空如也,也没人回来过啊。

最近一段时间,兆林办公室的气氛极其低压。人事部的主管迟迟不敢进林延的办公室,一大早就听到他在不断打电话,语气激烈,时不时地掺杂一句脏话。

一个小时前,卓悯敏过来了一趟,大门紧闭,隐约能听见她的呵斥声。

离开时,卓悯敏的脸色极其难看,公司现在内忧外患,这一年,员工离职率大幅上升,几个核心管理层也相继请辞,如今又冒出"苏芝"项目设计手稿的风言风语,虽然没有大范围传播发酵,但一些销售渠道已经注意到此事,对下一季的订单数量存疑观望。

银行信贷压力大,资金链一旦断裂意味着什么,卓悯敏太清楚了。林延就是个不堪扶持的,实在不是做生意的料,丈夫林久徐中庸,遇难就退却,人际关系网脆弱狭窄,一遇上事,根本不能救之于水火。

卓悯敏拖着残腿,坐在宾利车里,思绪很乱,心情烦闷。她蓦地想起卓钦典的评价,林久徐看似沉稳务实,实则懦弱无能,如今一语成谶,时间自然佐证了答案。

她刚到家,阿姨迎上前,忧心忡忡地告诉她:"刚才阿裕来过。"

卓悯敏下意识地往屋里看。

"已经走了。"阿姨说,"他就放了一样东西,一句话都没说。"

"什么东西?"

阿姨拿过来,递给她:"一块牌子,看起来很旧了。"

卓悯敏看清后,瞬间不得动弹,整个人像被丢进冰水里,从头到脚被封印了一般。等她慢慢回血,身体一颤一颤,双腿软如面条,没了支撑的力气。

她多年经营搭建的城池堡垒,掉砖落瓦,横梁坍塌,她不想,却不得不面对事实,手里的筹码、底牌,成了一堆沾血的废纸。

黑沉的夜色被冬风染指后,冷得有棱有角。卓裕开车回藏芷邸时,雨横风狂,肆虐着光秃秃的树枝,盯着看久了,好像连自己的神魂都被带走了一般。

第4章 是来爱你的

卓裕头重脚轻地回到家,姜宛繁坐在客厅的沙发上,大约是冷,腿上盖着一层松软的羊绒毯。

"回、回来了?"乍一见人,千言万语压抑在四目相接里,姜宛繁什么都不敢问,好在卓裕的状态看起来还算正常,姜弋发给她的报平安信息里也没有提及他有过失控。

卓裕"嗯"了一声,弯腰换鞋。

他没什么不一样,除了靠近时,大衣上沾染的夜深露重,寒气未退,无孔不入地钻进姜宛繁的鼻尖。

卓裕挨着她坐下,眼珠的颜色是雾霭浅灰,明明一个字都没说,当中的情绪却有千钧之力。姜宛繁缓缓握住他垂在腿侧的手,像电源接通,灯泡一下一下开始闪烁,卓裕在这可靠的、摸得着的、无限包容的温暖里,红了眼眶。

这不是姜宛繁第一次看到男人哭,小时候姜弋被老姜打,打得他眼泪狂飙,高中时,低年级的男生向她表白未果,当着她的面落泪,可这些都远不及卓裕带给她的震撼——无声的,饱满的,愤懑的,后悔的,委屈的所有情绪,都在他的眼眸里。他的眼底是红的,世界也跟着变成绝望的血色。

姜宛繁心疼地把他抱住,卓裕倒在她的怀里,终于歇斯底里,大声痛哭,这么多年的背负、自省、茫然,顷刻间瓦解。岁月如沁凉的水淌过心头,卓裕的声音哑得不成调:"我想他了。"

可偏偏这些年,故人不肯入梦,一次也没有。

"爸爸在天有灵,他一直在保佑你。"姜宛繁抚摸着他的后脑勺,低头温柔道,"所以你遇到了我。卓裕,我不是来治愈你的,我是来爱你的。"

第5章

人间多团圆

今年的冬天来得晚,但气势汹汹,平日春节前后才会降临的初雪,在圣诞节前便礼貌造访。

姜宛繁不喜欢过洋节,大概是因为从事的工作,骨子里就觉得中华传统才是最好的。

一周时间可以做很多事,卓裕带她去了新开的火锅店,味道评价一般般,吃得不开心,卓裕直接带她去吃了第二家。

姜宛繁接受了赛委会安排的一些采访,到第二场时,她已略感不耐烦。

向简丹给她打电话,说起几日前的怪事,姜弋的卧室门为何会突然打开,明明家里没来别的人啊。卓裕正枕着姜宛繁的大腿,边听边笑,笑着笑着,神色又淡了。

姜宛繁低头捏了捏他高挺的鼻梁,知道他是想老卓了。

盛梨书的新戏杀青,接了一个在B市录制的综艺,接下来一个月都会留在这儿,她兴致勃勃地安排好了姐妹派对,并且热情地推荐了几个新发现的男主播。

姜宛繁有种不祥的预感，问："你又给他们刷了多少礼物？"

盛梨书说："今天不多，不到两万吧。"

姜宛繁当即游说卓裕："你白天开俱乐部，晚上去直播吧。"

卓裕头疼，害怕女明星教坏自己的老婆。

当然，夫妻俩在这段时间各自做了一件很重要的事。

一周后，兆林收到律所文书，卓裕全权委托秦宇明律师事务所，对兆林的资产划分、股份所有权正式提出诉求。

公司成立之初，卓钦典出资25%的注册资金，占比不大，份额不多。之后，卓裕一直在公司工作，所以未曾明晰职权，即使离职后，出于那点虽稀薄，但舍弃不掉的血肉亲情，他也没再追究。

这份文书做得规范，引经据典，有法可依，按兆林如今的市值和规模，所获资产已然不菲，但它也格外冷情，一个标点符号都没有留余地。

林久徐和林延慌乱无头绪，哀求卓悯敏去找卓裕说情。卓悯敏摇头，一字不发，衰败的神色仿佛将人拖老了十岁。

林延不得其解，只能自己去，可卓裕连面都没露，最后来见他的，是秦宇明律师。

秦律师说得很直接："你如果不同意这份诉求书，卓先生就会向法院正式提出诉讼。"

林延蒙了几秒，隐约感到大势已去，连日来的郁闷苦楚都化作狰狞，他死死抠着桌角，冷笑道："他难道不知道，如今的兆林资产负债率到了70%？资金链断裂，订单上不来，内部人心不稳，外面还有各种'地雷'，以后的公关费用他想过没有？大不了我给他就是，他也别想脱离干系！"

秦律师有着良好的职业素养，面对再狠辣的话也波澜不惊，告诉他："你无须担心，你能想到的，我们事务所也会为客户做好应对。根据客户自己的诉求，股权协议签订后，他会对外转卖。"

林延问："他以为还会有谁接盘？"

"一元竞拍，林总您说，会不会有人接盘？"

第5章 人间多团圆

林延刹那心梗，他忽然反应过来，卓裕并不是真的要股权，他是为了毁灭。餐厅音乐声悠扬，每一次小提琴的升调，都像在心尖划出血口。林延不顾形象，颤着手拿出手机，电子音提示："对不起，您拨打的号码暂时无法接通。"

卓裕把他全部的联系方式都拉黑了。

今年的圣诞节恰逢周末，卓裕知道姜宛繁不喜欢过洋节，索性攒了个户外局，把熟人朋友都叫来了。卓怡晓围着谢宥笛，这妹妹好耐性，半小时了，谢宥笛没钓上一条鱼，但只要路亚一动，卓怡晓就疯狂鼓掌："宥笛哥，这条肯定是金枪鱼！"

谢宥笛汗颜："淡水里长金枪鱼啊？"

卓怡晓是妥妥的捧场王："宥笛哥你这帅气的钓姿，鱼在水里都看呆了，忘了咬鱼饵了。"

谢宥笛喜笑颜开："好好好，待会儿笛哥给你买包。"

站在旁边丢石子的姜弋震惊道："你说话不打草稿的吗？"

"真心话怎么需要打草稿呢？脱口而出，控制不住而已。"

这妹妹，有点潜质啊。

水库另一边，卓裕和周正坐在小马扎上，岔开长腿，手持鱼竿，优哉极了。遮阳伞下，姜宛繁和向衿、盛梨书嗑瓜子闲聊，盛梨书再次表扬："你老公的衣品蛮好的，还穿防晒衣，挺注重保养啊。"

姜宛繁趴在桌面上，半边脸陷进手臂内，心不在焉地"嗯"了一声。

向衿问："你怎么回事啊？最近都蔫蔫的。"

比赛夺冠后，姜宛繁被接踵而来的采访邀约、代言意向、综艺节目邀请惊呆了，拒绝也需要精力，她都想闭店谢客几日。

"参加呗，有钱白不赚。"盛梨书说，"要不我让小强哥拨一个商务给你，让他来帮你处理。"

"没事，别麻烦你经纪人了。"姜宛繁想得开，"就这么一段时间，热度过了就好了。"

"你真是人淡如菊。"盛梨书说，"不适合混娱乐圈，在这个圈子里，得要有

177

点欲望。"

向衿调侃道："那你呢？"

"我有啊。"盛梨书说，"我的梦想就是演御姐！"

出道七年，始终如一，奈何外表实在不符合，没一个导演赏识。

最安静的是姜宛繁，趴在那儿都快睡着了，眼皮一耷一耷的。

"你怎么这么累啊？"向衿给她拧开一瓶果汁递过去。

姜宛繁坐直身体，小口小口地抿着，状似无意地提了句："我们三个是不是没拍过闺密照？最近找个时间去拍一次吧。"

"都怪小书，她老没空。"向衿说，"我先选选，看哪家口碑好。"

姜宛繁"嗯"了一声："尽快吧。"

盛梨书狐疑道："你跟卓裕还没拍婚纱照吧，你不急这事？"

姜宛繁笑道："他能天天看着我，还不够啊？"

"'谢柯基'跟我提过一次，说你老公有点介意。"

"我俩都忙呢。"

"喊，借口。"

清风吹山岗，冬日的太阳懒懒地拖慢时间，不似盛夏翠绿高饱和的色彩，一季一景，微黄的草，澄蓝的天，还有披了一层白霜外衣的水面，像是风雪赶路人的中途驿站。

姜宛繁挪回视线，说："你跟谢宥笛多说说，他是卓裕最好的兄弟，以后遇到难事坎坷的时候，让他多劝着点人，卓裕能听进他的话。"

盛梨书："物种有别好吗？我一个仙女，跟一只柯基说不到一块儿去。"

向衿却皱了皱眉："宝贝，你是不是遇到什么事了？"

姜宛繁伸了伸懒腰，优哉道："累了，想回家继承家业了。"

水库边的三个男人，一小时了还没钓着一条鱼。卓怡晓都累了，实在找不出捧场的话，于是跟着姜弋学打水漂，岸边的石子都快被他俩扔完了，卓怡晓又坐在小马扎上刷手机，边刷边念："男人初老的标志，就是喜欢上钓鱼，开始迈向四十岁中年男性的圈子，与此同时，还伴随着对任何事情都提不起兴趣……"

第5章 人间多团圆

谢宥笛在那边奋力甩竿，卓裕轻咳两声，默默地把鱼竿插在岸边。

"哥，你不钓了？"

"钓。"卓裕说，"愿者上钩。"

捧场王又开始鼓掌："哇！好厉害的钓法！"

卓裕这天去银行取了一袋现金拎回俱乐部，指挥姜弋包红包，两千一个，再配两袋米和坚果作为年货，连保洁阿姨都有，该有的业绩分红和年终奖金也一分钱不少。

姜弋边做事边抱怨："这么多，少包一点呗。"

卓裕笑道："小子，心疼钱了？"

"心疼我姐。"姜弋提醒道，"你是有家室的人。"

卓裕笑意更深："放心，老婆本留着的。"安静片刻，他又问，"你姐最近有没有跟你说过什么话？"

姜弋茫然道："什么话？"

卓裕掐熄烟，说："没事。"

也不知是不是他多想，总觉得姜宛繁最近有点闷。

敲门声响起，周正站在门口说："老板，有人找你。"

来人有三位，其中一个卓裕认识，成立俱乐部报备资料的时候见过，是B市文体局的一个副局。

"陈局。"卓裕伸手相握。

没有过多寒暄客气，对方带来了一个好消息："明年不是要在北京举办冬奥会吗？现在已经开始筹备各种宣传物料，其中有个主题宣传片，从社会各行各业展示运动精神，省里关注到你，你恰好又开了滑雪俱乐部，关联性和互动感都符合要求。"

听到这个消息的人都高兴地自发鼓起掌来，然而再大的事，卓裕的情绪也是张弛有度，他问："怎么会选我？"

"上次传统文化比赛，你不是第一名获奖者的赞助方吗？你知道的，国家这几年越来越重视文化自信,也鼎力支持'走出去'战略。这次的赛事宣传,就是最好的机会,而且我们留意过,你的俱乐部的滑雪服很有特色。"

卓裕的俱乐部把滑雪服按性别分成成人、儿童四类,每一类都有不同的刺绣图案,材质会反光,滑雪时的速度一快,手臂、腿侧的图案会拖出光影。

这个创意是姜宛繁提出的,花纹图案也是她自己设计的。梅花傲骨铮铮,玉竹虚心有节,淡菊无畏寒霜,迎春花则是一年之计在于春,寓意希望无限。

姜宛繁是个将感性与理性结合得非常漂亮的手艺人,她把自身感知的美感,立意于广阔天地,既浪漫,也潇洒。

陈副局高兴道:"这也是B市的骄傲。下周24号,你准备一下,等通知去往拍摄地。"

卓裕在外面,情绪管理能力很强,无论好坏,不管大小事,在他脸上都看不出什么太明显的波澜。下午时,姜弋还萌萌地问:"姐夫,你中五百万,是不是也这么淡定?"

卓裕反问:"五百万很多吗?这有什么值得高兴的?"

但回到家,就是另一番景象了。

姜宛繁坐在沙发上,差点拿纸团把耳朵塞住,抗议道:"能不能换首歌?"

卓裕循环的是一首英文歌 *Have It All*,曲调欢快,歌词向上,很符合他此刻的心境。其实卓裕唱歌很好听,大学时经常出国参加比赛,口语发音偏美式,唱起英文歌很有范儿,但唱太多遍,姜宛繁还是头疼。

卓裕绕到她身后,指腹按住她的太阳穴:"哪儿疼?"

"哪里都疼。"

"哦。"卓裕的手按了几下就开始乱动。

姜宛繁捉住他的手腕笑骂:"你这什么技师啊?我要投诉了啊。"

"这位顾客。"他埋头于她的颈窝,低声诱引,"不投诉,好吗?"

这段时间太忙,亲昵时刻少之又少。卓裕格外有耐心,把人放平,吻落眉心,化成游鱼一路往下,锁骨是她敏感的地方,便多赖一会儿。

"你别这么紧张。"他拿下她咬在齿间的手,一根一根捋开手指,牵住握紧。

姜宛繁只觉得心脏被绞紧:"卓裕。"

"不是卓裕。"他抬起头,乌黑的发与眼眸颜色相呼应,"是老公。"

平时也不是没这么叫过,但这种情境,姜宛繁实在叫不出口。卓裕较上劲似的,轻轻掐了掐她的腰:"叫啊。"

姜宛繁瞪眼望着天花板装死,卓裕也不纠缠,把人规规矩矩地放下,还贴心地盖上毯子,然后挤过来跟她一块儿躺着,单手支着头,自上而下地看着她,语气散漫,却很走心地聊起天来。

"你比赛那段时间,我也下载了微博。系统会自动推送好友,告诉我好友感兴趣什么,评论过什么,看过什么。"

姜宛繁"嗯"了一声:"这个功能挺讨厌的,关掉就是了。"

卓裕自顾自地继续道:"然后系统推了'一碗姜茶'的点赞。"

这个ID是姜宛繁的,她忽然想起自己换了手机,忘了重新设置。

"我点赞什么了?"姜宛繁不由得紧张。

"一个帖子的评论。"卓裕慢条斯理地复述,"讲运动员的。"

姜宛繁不想谈论这些,在他怀里找了个舒服的位置蜷着,闭着的眼睛睫毛浓密,光影在眼睑下透出一片淡淡的青。卓裕顺着她的背轻抚,最后定在腰侧,问:"老婆,你最近是不是不开心?"

姜宛繁像一只餍足的猫:"没有。"

卓裕忽然加重手劲,指腹抬起她的下巴,逼迫她睁开眼。四目对望,他认真审视。

姜宛繁撇撇嘴:"比赛太内耗了,我现在还没缓过神。"

卓裕显然不满意,仍这么看着她。

姜宛繁慢慢垂下眼,轻声开口:"你还记得去年,来简朐的一对年轻夫妻吗?妻子生了很重的病,放心不下丈夫,亲自帮他给以后的伴侣定制嫁衣的那个。"

卓裕的印象很深:"我记得。"

姜宛繁告诉他:"那个丈夫新婚了,妻子是他的大学同学,两人在葬礼上重新建立联系,三个月后就领证了。"

卓裕倏地无言,姜宛繁觉得白昼刺眼,又下意识地把眼睛闭上。

她做的工作是量身定制,体验的却是一段又一段不同的人生。消耗的不是体力,而是心。

"吕旅当时加了那位丈夫的微信,他的朋友圈一片祥和喜气,婚礼那天,新娘穿的就是定制的那套嫁衣。"姜宛繁苦笑,"该欣慰吗?逝去的前妻愿望成真?可我觉得太残忍了,有点后悔,这就是为他人做嫁衣吧。"

卓裕握住她的手,说:"开门迎客,什么样的人都会碰到,因缘际遇也不是你能左右的,做好自己的事,它只是你的工作。"

姜宛繁的语气变得幽远:"可能人这一辈子,没有什么是绝对的。许诺时,总喜欢说天荒地老,至死不渝,可这天和地还分四季、分地域呢,连自己都弄不清的东西,怎么能成为誓言呢?"

"姜姜。"卓裕皱起眉,忍不住捧起她的脸,逼迫她看向自己。

姜宛繁的皮肤很软,投来的目光也温柔,如一秒变天,重归花好月圆,她轻俏一笑,说:"你很强的。"

卓裕心软于她故意的勾引,哑声问:"哪里强?"

"哪里都强。"姜宛繁说,"不管遇到什么事,都能跨过去。"

卓裕捉住她的手腕,猝不及防地定于头顶,忽然说:"老婆,我们要个孩子吧。"

姜宛繁身体一僵,他伏了伏身,声音微微发抖:"我戒烟了,也几个月没沾酒了,每天在俱乐部跟着练滑雪,你摸摸这儿,还有这儿,是不是很结实?上个月我自己去做了体检,哪儿哪儿都是好的。"

姜宛繁被他逗笑了,卓裕的语气太乖了:"老婆,你不希望我当爸爸吗?"

"犯规了啊。"姜宛繁笑道,"怎么还耍上无赖了?"

卓裕这会儿虽然没有太多表现,但因为姜宛繁不同意此事,他确实有点生气,澡都没洗,翻个身背对着她睡着了。

姜宛繁拿手指戳了戳他的背,没反应。她也翻过身,与他背对背,眼神空无一物地盯着某个虚浮的点。

手机调成静音放在枕头下,过了一小时,姜宛繁才拿出手机,按亮屏幕,微信上的几条消息都是医助发的,姜宛繁回复完,再挨个儿把消息删除。

之后的几天,卓裕要对接冬奥会宣传视频拍摄的事,成天待在俱乐部,虽然人看着忙,但连姜弋都察觉出不对劲了。

"姐,你俩吵架了?"姜弋悄悄给姜宛繁发短信,"姐夫好娇气,估计又得等你来哄了。"

突然,一道声音从耳畔降落:"你总背后说他坏话,是不是不太好?"

姜弋往后猛跨一大步,惊愕道:"姐,你什么时候来的?"

"你刚才鬼鬼祟祟的时候。"姜宛繁问,"你姐夫呢?"

"喏,在那边教女会员。"

一听这话,姜宛繁想笑,这小子,不搞点事出来真不罢休。她走去训练场一看,确实是女会员,四岁左右的小姑娘,穿着粉白相间的滑雪服,像一个软糯桃粉包。卓裕教她单板滑雪,虽然年纪小,但滑得有模有样。

姜弋大声道:"老板,这位顾客找你办卡!"

卓裕回过头,看见姜宛繁站在护栏外笑。

他让旁边的助教来带练,收了雪板朝这边走来。

姜弋欠揍地说:"她要上私教课,包年,打折吗,姐夫?"

卓裕说:"她不打折,终生免费。"

姜宛繁把带来的保温杯递给他,说:"煲汤给你喝。"

卓裕淡淡应了一声。

"姐夫,你好像不喜欢,别浪费,我喝。"

卓裕用力打掉姜弋伸过来的手,然后把保温杯往怀里护了护:"想吃让你姐单独做,这一份是我的。"

姜弋很有自知之明:"我还是饿死吧。"

卓裕带她去休息室,进去后也不说话,光坐在那儿喝汤了。姜宛繁背抵着桌沿,轻飘飘地问了句:"你在跟我冷战?"

卓裕秒速回答:"没有。"

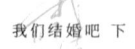

姜宛繁最不喜欢冷战这种方式,他跟刻在骨子里似的不敢,形成了本能反应。

两人对视几秒,他默默低下头,自个儿先笑了起来,自己分分钟被她拿捏,还有什么好负隅顽抗的。

"过来。"卓裕服软,伸出手。姜宛繁很给面子地牵住他的手,他一用力,人就坐在了腿上。

休息室是整面的落地窗,姜宛繁紧张道:"看得到!"

"看不到,玻璃是单面的。"卓裕圈紧她的腰,头埋在她的颈间,闷声说,"老婆,你真瘦了。"

姜宛繁轻呸一声:"怪谁?"

"怪我。"卓裕自觉认错,"没把你养好。"

他的自愧是真的,姜宛繁有点不忍心,指腹挠了挠他的后脑勺,说:"没有,前阵子比赛累的。"顿了顿,她主动提起之前的事,"那件事,我不是不愿意。"

"是我冲动了。"卓裕打断道,"该一起商量的,这不是我一个人的事。"

姜宛繁垂眼望着他,慢悠悠地说:"你一个人也生不出啊。"

姜宛繁能主动来,就是给他台阶下。

等卓裕喝完汤,姜宛繁从休息室出来,迎面差点撞上姜弋,她皱眉吓了一跳:"会不会走路啊?"

姜弋很无辜:"姐,你自己撞上来的好吗?"

姜宛繁瞪他一眼。

"OK,OK,我的错。"姜弋举手投降,女孩子说什么都是对的,他端详了一会儿,又问,"你们聊什么这么久啊?"

"要你管。"

"OK,OK,我的错。"

姜宛繁忍俊不禁,如今的姜弋,和几个月前简直天壤之别。叛逆到狗都嫌的少年,现在勤劳好学,会察言观色,也懂进退。他的思维方式开始转变,不再认为读书无用。卓裕手把手地教他,耐心引导,把他扳回到一条正确的道路上来。

姜弋忽然慌了,她姐怎么眼睛突然有点红?他忐忑不安道:"我是不是又说错话了?"

姜宛繁别过头,拭了拭眼角,稳住情绪后才道:"坐一会儿吧。"

两人就坐在场地边的休息椅上,姜宛繁看了一会儿滑雪的人,问:"一直这么多人吗?"

"这还算少的,到了周五,还得预约时间段呢。"姜弋说,"姐夫让我去考证,考下来了让我当助教,我每天晚上都看书,就是看得有点慢。"

"没关系,多点时间准备,能过的。"姜宛繁欣慰道,"说起来,卓裕还得感谢你,帮他省了一套房子。"她把卓裕和姜荣耀打赌的事告诉了姜弋,"爸原本不愿意的,卓裕说如果他带不好你,就再买一套大平层写我的名字。"

姜弋愣了愣,缓缓低下头。

姜宛繁知道他心里在想什么,宽慰道:"人嘛,都有走错路的时候,能够迷途知返,就很好了。他能帮你一时,但以后的路,终究要你自己掌舵。在这个俱乐部里,你能找到自己想要什么,而外面有更广阔的天地,也会有更多的不尽如人意,这是必然的。"

姜弋懵懂地点了点头:"我知道的,姐姐。"

姜宛繁笑了笑:"实在不想祝你披荆斩棘,那样太累,只希望你健康平安,能够充实地过好自己的日子。还有爸爸,老姜是爱你的,他一把年纪辛苦大半辈子的人了,难不成你还要他跟你先低头认错?"

姜弋吸了吸鼻子,声音比之前更哑:"我明白的。"

姜宛繁拍了拍他的手背,少年的皮肤自带凉意,手指瘦长,指节分明,那股野蛮生长的劲从指缝间满溢而出。

"爸妈和奶奶年纪大了,你是年轻人,多忍让,多照顾,多回去看看他们。"说这句话的时候,姜宛繁声音悠远,像天外之音。

姜弋皱眉道:"姐……"

"没事了。"姜宛繁笑道,"去忙吧。"

去实景地拍摄的前两天,拍摄组来了一趟滑雪俱乐部进行素材取样。这个

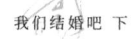

宣传片共八分多钟，分为六个板块——民众、热情、科研、环保、天地，最后一个是雪山之巅，内容递进升华，以微知著，是宣传，亦是行业发展的描绘，当中最具点睛之效的便是"雪山之巅"。导演组本想召集专业运动员来拍摄，后来开会讨论，与另一版宣传片的设定有所重合，倒不如以普通人的视角来展现。

卓裕的恩师徐佐克在这个行业有一定话语权，听闻消息后，当即推荐了卓裕。

曾经的天才选手，中途陨落，最终又回归，即使不再是以运动员的身份，或许不完美，可有起有伏，才是真实的人生。

组委会两次联系卓裕，征得他的同意后，确定了拍摄内容，因此原定24日的拍摄又提前到22日，卓裕带着姜宛繁一起抵达延庆海坨山雪场。

导演姓张，说来也巧，见面时，他对姜宛繁说："我夫人很喜欢你，看了上次的比赛，简直是你的粉丝。"

张导的夫人从事的是服装设计，行业相交，所以对姜宛繁印象深刻。

"正好给我签几个名，我拿回家借花献佛。"张导和气，喜开玩笑。

姜宛繁笑着说："谢谢您和嫂子，给了我一个练字的机会。"

张导想了想，灵感迸发，连忙叫来组务："我突然有个构思，能不能把传统文化和运动美学串联起来？"他指了指姜宛繁，又指了指卓裕，"我记得这次拍摄所用的滑雪服上的图案，是你爱人设计的。"

"对，是她设计绣上去的。"

当初提到设计滑雪服，姜宛繁似早有准备，拿出几个样板给他看。这不是临时起意，而是很久之前，她只要有灵感，就会画下来，没想到冥冥之中注定，真有派上用场的一天。

张导兴奋地一拍大腿："行！先拍她！"

艺术工作者的思维总是天马行空如万花筒，其实拍摄内容很简单，组务联系了市区一家装潢古典的刺绣店，无须过多布景，姜宛繁坐在工作台前，拣线穿针，手指细长移动，光影布局里，像一支栩栩如生的画笔。

这只是占时很少的一帧镜头，导演设想着与最后"雪山之巅"的画面串接，静与动，文与武，最后再给滑雪服上的图案来一个特写，呼应剧情。

第5章 人间多团圆

姜宛繁的镜头虽然不多,但也拍摄了一整天,晚上十点才收工。卓裕忙完事,八点过来陪在现场,回酒店的路上,姜宛繁额头抵着车窗玻璃,摇摇晃晃地睡着了。卓裕动作轻柔地拨过她的脑袋,让她靠在自己肩上,减速带颠簸,她惊醒,眼下一片淡淡乌青,卓裕皱了皱眉。

姜宛繁连话都没力气说,回酒店就躺在床上,用被子把自己裹成一条蚕宝宝。她蜷缩着,约莫是北方太干燥,她的皮肤微微泛红,卸了妆,鼻尖冒出一颗小小的痘。

卓裕轻轻撩开她脸侧的碎发,关掉最后一盏灯,抱她入怀。

第二天清晨,姜宛繁似从梦中猛然惊醒,直愣愣地坐起来,眼前短暂晕眩。卓裕被她这动静吓了一跳:"我吵醒你了?"

姜宛繁平复了一下心跳,下意识地甩了甩脑袋:"你怎么没叫我?"

卓裕不忍心,走过去摸了摸她的头:"你最近太累了,在酒店休息,这两天拍完,休个长假,我带你去瑞士度假。"

"你今天拍摄,我想去看。"姜宛繁露出笑脸,晨光是天然的氛围灯,她笑起来像冒尖的荷叶,梨涡很浅,镶嵌在嘴角,是荷叶上的露珠。

卓裕没松口,姜宛繁往他胸口一蹭,捂着的声音有些闷:"我都没见过你滑雪的样子。"

"怎么没见过,在俱乐部里不是天天滑?"卓裕忍不住笑了。

"不一样的。"姜宛繁说,"我想看过去的你,更好的你,而不是从别人口中听说的你。"她语速很慢,一个字一个字地说,"我陪你去北京的时候,徐佐克老师说的那些关于你的过往,我有点羡慕他。"

她的语气太温柔,还有一丝委屈,让人根本无法拒绝。卓裕笑道:"想看不早说,单独滑给你看不就行了?"

"不行。"姜宛繁闷声道,"怕你摔断肋骨。"

卓裕一愣,随即乐出了声:"这次就不怕了?"

"也怕,但就算出事,也算为国捐躯,光荣。"她一本正经地说。

卓裕哭笑不得,揉了揉她的头发:"放心,不会让你当寡妇的,你老公还是

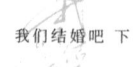

挺厉害的。"

他说这话时,一点都不狂妄,眼里有一种轻松的坚毅,从容又自信。

海坨山雪场是国内为数不多的适合高山滑雪的场地,北京下了三天雪,天时地利,白雪皑皑。到了地方,雪还在下,气象局说半小时后的雪量会更大。

知道卓裕和徐佐克的缘分,这一次导演组特意把徐佐克也请到了现场。卓裕已换好滑雪服,悉心听徐佐克提点。

"从东面山段下,120米处是你的第一个弯道,记得你的重心要比正常标准再压低一点,因为接下来是第一个旗门,重心放前不放后。"徐佐克严谨道,"这是拍摄,不是比赛,不必追求速度,你很多年没上赛场了,要服气,不许逞能。"

卓裕知道,老师这是担心他的安全。

雪量增大,山区气温骤降,拍摄组那边通知开始准备。卓裕跑到姜宛繁身边,她穿着黑色长羽绒服,脖子上是厚厚的围巾,只露出一双眼睛在外面。

卓裕笑了:"跟只兔子一样。"

姜宛繁的眼睛有点红,在白雪的衬托下,像两片桃花花瓣。她哑声问:"要去了吗?"

"马上。"卓裕转身走了两步又猛地回来,一把将她抱在怀里,"等我回来。"

卓裕上了缆车,轿厢缓缓上移,隔着玻璃门,他一身红白滑雪服,雪板立在腿间,像一株自由生长的翠柏。

姜宛繁站在原地,笑着对他挥挥手。轿厢里的卓裕忽然微微屈膝,调整到她能完全看见的高度,双手弯向头顶,比了一颗心。

笑声与起哄声阵阵,与这艳阳白雪交相呼应。

几分钟后,卓裕出现在东面山顶,那抹红仿佛淬了光,伴随着呼啸山野的风声,滚滚红尘,快意江湖。

姜宛繁在雪色里微眯双眼,心脏似要膨胀而出。

广播里响起音乐,鼓点与电音穿插,如电流在五官巡游。她的眼眶酸胀,眼底涌现潮意,难以形容这一刻的复杂情绪。

雪山之巅,雪原之上,卓裕站在那儿。雪落满山,风裹旗杆,万生万物都在振翅呐喊。

音乐渐入副歌部分,一段密集鼓点演变,轰的一声,如惊雷投掷。卓裕压低重心,双手扶膝,身体稍倾,便如天上瀑布,奔至人间。雪板铲起落雪,绽开成雪扇,在他脚下如腾云。

卓裕屏息,如游鱼回归深海,不止身体,灵魂的力量也在汹涌外现。垂直落差的山脊,像是他的年少绮梦,卓裕近乎蹲在雪板上,左手后伸,压住板尾,目光坚毅,于落差边沿腾空起跳。这个高度,让所有围观者发出惊叹,只见他凌空翻转,完成度极高的一个大回转后稳稳落地,遇石便蜿蜒躲避,枯枝挡路,他腾跃而过,攀于山顶,而后无畏途中荆棘,亦能勇敢跨越。

漫天风雪里,山雪同色,卓裕身着一抹红,似神笔,勾勒出赤焰流动的风景。未知之境又怎样?青山遮不住,那就借东风去闯、去冒险,总能开辟一条新航线。

卓裕这套动作完成得实在漂亮,扑面而来的震撼被镜头记录,导演激动不已,一遍喊过。卓裕压板降速,原地一个飒爽回旋,堪堪停住。

他抬头,凝望空山,目问白雪,这一程,逆行山川四季,空手揽人间。少时梦想、遗憾、委屈、不甘、抉择……在这一刻通通释怀,隔着墨镜,他眼底泛滥潮水,湿意难挡。

等缓过这阵情绪,他下意识地回头,去人群里搜寻姜宛繁的身影,没找到人,徐佐克惊慌的声音先入了耳:"快,快叫救护车!"

姜宛繁晕了过去,远远看着,像一片黑色落羽,枯萎在雪地里。她失去意识的前一秒,忍着双目剧烈的刺痛,仍强撑着睁开眼,卓裕的身影像飞溅的血,朝她失措狂奔。

××医院,相比白天的慌乱,这一刻已宁静太多。

姜弋出去买盒饭,拎着的塑料袋窸窸窣窣地响。他只顾低着头走路,半条腿都跨进住院部的西门了,被台阶上的卓裕喊住:"不看人的?"

姜弋回过神:"姐夫,你怎么坐这儿啊?"

卓裕笑道:"我这么大一个活人搁你面前,你都能擦肩而过。我出来抽根烟。"

烟盒和打火机摆在他脚边,手指间夹了一根,但没点燃。

"这地方不能抽,抽烟区在那边。"姜弋示意他等会儿过去,然后挨着他坐下,将盒饭递过去,"喏,正好在这儿吃吧。"

"什么菜?"卓裕一边问一边打开,一看就皱起了眉,"茄子豆角啊,我不爱吃这个。"

"吃点蔬菜吧,你看你,眉间都冒了两颗火气痘。"见他不为所动,姜弋说,"你得吃,你不吃,我就去跟我姐告状。"

卓裕很久没吭声,除了医院围墙外漂浮的鸣笛声,北京的冬夜能冰封所有动静,极致的冷,极致的沉默。

卓裕缓缓垂眼,盯着裹满油光的绿豆角,无声地吃了起来。他的吃相很正常,细嚼慢咽,一口菜,一口饭,吞咽干净才开口说话:"爸妈几点的飞机?"

"快落地了。"姜弋看了看手机,"没晚点,十三四分钟吧。我给他们约了车,已经在航站楼等了。"

卓裕"嗯"了一声:"这个点不太堵车,差不多一小时能到这儿。"

姜弋说:"我提前去门口接他们。"

卓裕声音平静道:"带两包纸,劝着点妈,别让她哭坏身子。"

两个老人从车里下来的时候,并没有太崩溃的神色。姜弋迎接向前,扶着向简丹的胳膊,低低喊了声:"妈。"

走了几步,身后的姜荣耀忽然脚滑,趔趄了一下。

"爸!"

"老姜!"

姜荣耀摆摆手,自己站直了,但左腿一直微微发抖。

向简丹再也绷不住,先是极力控制着,然后变了语调问:"你姐……"可后边那半句"怎么样了"却怎么都张不了口,她的声音尖细、破碎,哭腔难忍。

向简丹忍了一路的眼泪毫无章法地乱洒,揪着姜弋的衣袖,力气太大,他的肉都被掐疼了。但姜弋一声不吭,揽着母亲的肩头,安慰的话说了两轮,不奏效,反而让她哭得更难过。

姜弋:"姐夫还在里边等着,您这样,会让他更焦虑的。"

向简丹抬手重重擦了擦眼睛,极力克制着抽噎:"我、我不给他添麻烦。"

卓裕见到人后,依旧是沉稳平静的,他知道父母最关心什么,便直接将人带去了医生办公室。穿过走廊时,他只说了一句:"还在做诊疗,暂时不能见她。"

到了门口,卓裕抬手敲了敲门,说:"徐医生。"

"来了啊,坐吧。"徐医生背抵着桌沿,手里拿着一叠化验单,"正好结果出来了,我跟你们家属说一下患者目前的情况。"

姜荣耀和向简丹坐着,姜弋站在父母身后,只有卓裕一个人坐在靠门的木椅上,神色始终平淡。

徐医生:"家里有没有有眼疾的亲属?"

向简丹说:"没有,近视眼都很少。"

徐医生看向姜荣耀。

"有,她表姑。"姜荣耀的声音不自觉地发颤,"她表姑四五岁的时候得过视网膜母细胞瘤,但治疗好了,现在五十多岁,看东西都是正常的。"

徐医生的表情凝重了些,抽出最下面的散瞳和眼底检查单,又看了一遍后,把它们放在桌面上。

"患者先天性的视网膜杆状细胞营养产不良,夜盲症,她这一段时间的症状应该有加重,比如不止晚上视物不清,视力进行性下降,外部表现的症状就是畏光、容易疲累和刺激性流泪。"

听到这儿,坐在后面椅子上的卓裕闭了闭眼。

向简丹问:"她现在严重吗?"

"整体还算好。这次晕倒也是因为太长时间接触强光,从她的检查单上来看,视盘有蜡黄色萎缩,右眼的视网膜血管变细,典型的骨细胞样改变。"徐医生边解释,边用笔把CT单上的病灶圈出来给他们看,"先做两手打算,接受一段时间的治疗,好好休养,避免强光,定期复查。但她的夜盲症是先天性的,而你们刚才也说家族有恶性眼部肿瘤的患者,所以不排除遗传性病变。当然,这是最坏的结果,从目前的检查情况来看,患者的病情很稳定,不用太担心。"

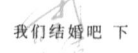

卓裕起身握了握徐医生的手，说："麻烦您了。"

出来后，向简丹忽然捂住脸，哭声从指缝间呜呜咽咽地流出："我就不应该和你结婚的，你那边的人都是什么身体啊，得过这么严重的病，你故意瞒着我的是不是？不和你结婚，我姜姜一定健健康康的。"

姜荣耀听着，受着，一个字都不反驳。

人一着急上火，什么话都能扯出个花边，似要为这一切的不幸找到理由和发泄口。姜弋扯了扯向简丹的胳膊："好了妈，您说这些，爸也伤心啊。而且刚才医生说了，姐没事，检查结果好着呢。"

"好什么好啊！"向简丹哭声更大了，"一个隐形的雷埋在她的身体里，这能好吗！"

卓裕用眼神示意姜弋先带向简丹去外面透透气，冷静一下。

等人走了，姜荣耀缓缓抬起头，容颜如晚暮，苍老了许多。他哑声说："女婿，辛苦你了啊。"

卓裕扶着他的手，平静道："没事，爸，飞机上没吃饭吧？让姜弋带您和妈先去吃点东西。您放心，这里有我，我一步也不离开。"

姜荣耀摇头道："哪里吃得下啊。"

卓裕扶他坐在走廊的椅子上，说："是我不好，这段时间忙，不够关心她。"这一句，他语气低沉，眼神飘零，落寞如窗外枯萎的枝丫。

姜荣耀抿紧唇，仍是摇头，忽地虚无缥缈地说了一句："她妈妈说得对，她不能学刺绣，眼睛都熬坏了。"

姜宛繁在诊疗区待着，用了药，眼睛裹着厚厚的纱布，什么都看不见。

护士说："用了一种激素药，可能会让你短暂地看不见东西，不用紧张，恢复正常前，会有专人照顾。摸到手腕上的感应器了吗？有事你就按响它，这个开关很突出的，一摸就能摸到。"

确认她能熟练操作了，护士才放心。姜宛繁往声音的方向偏了偏头："谢谢。"

"你休息吧，放轻松，别有压力。"护士关了白炽灯，只留了一盏温和的夜灯。

姜宛繁双手环着膝盖，靠坐在病床上，头发散下来，垂在腿间的发梢隔着裤子扎进了几根，有点痒。她刚想换个姿势，就听见门口似乎有动静——其实声音很小很轻，大概是眼睛看不到的情况下，她的听力格外敏锐。

她下意识地朝门口的方向转过头，明明什么都看不见，可就是觉得有人。

卓裕站在那儿，隔着三五米距离，未完全敞开的门像折扇，走廊上的光从背后涌进来，在地上拖出折影。卓裕站在影子最尖锐的那个角上，半边脸浸在深色里。

病号服大了一码，空空荡荡地挂在姜宛繁身上，让她看起来小小的。隔着纱布，她保持着这个姿势，似要甄别确认，极致的沉默里，姜宛繁忽然开口："卓裕。"

卓裕猛地转过身，背对她，抬了一下手，然后走近床边，很轻地"嗯"了一声。

他不敢说太大声，怕露馅。

姜宛繁手臂微抬，在虚浮的空气里轻晃，寻觅。卓裕的心狠狠一刺，痛得他脑袋发蒙。他握住她的手，手腕克制不住地颤抖。

十指扣得并不紧，像深海的草，悠悠荡荡地攀缠，这种触感不真切，随时可能抽离一般。

姜宛繁问："你录制完了吗？"

"嗯。"

"有没有重来一遍？"

"没有。"

"我看到你滑雪了。"

"嗯。"

简短的对话，卓裕惜字如金。姜宛繁也逐渐安静下来，风平浪静之下，烈焰熔浆也不敢沸腾。

她没再说话，只小心翼翼地勾了一下卓裕的小拇指。卓裕站得直，不为所动。他不敢做任何动作，不敢发出任何声音，怕她发现，怕眼泪落地露了馅。

从诊疗区出来，向简丹和姜荣耀连忙起身，焦急地问："姜姜怎么样了？"

卓裕不想瞒着他俩，如实说："刚结束治疗，用了药，眼睛暂时看不见，医生说是正常反应，一两天就会恢复。护士照顾得很好，不用担心。"

向简丹愁容难消,这会儿冷静了,看着卓裕很心疼。一天不到,他的精气神似萎靡了一半,原本多有奔劲的一个人,再难的事都不曾在他脸上看到忧苦,永远平和淡定,永远是遇山翻山,遇河架桥的从容。

卓裕说:"酒店订好了,离这儿不远,您和爸先休息。还有奶奶那边,我建议暂时不要告诉她,她年纪大了,怕受不住。"

姜荣耀点头道:"我们也是这么想的。"

向简丹摇头道:"妈多聪敏,瞒不住的。我们接到电话就走,她已经察觉出不对劲了。就你随便编造的那个借口,她肯定不信。"

"家里有人照看吗?"

"有的,我让几个小辈过去了。"

卓裕稍微放下心,继而吩咐姜弋:"你先送爸妈回酒店,然后再过来医院。你姐在里面,这两天出不来,你守夜,也费不了什么神。"

姜弋照他说的做,四十来分钟后,赶了回来。卓裕在抽烟区站着,见到他,按熄烟蒂,鼻间散出薄薄的烟雾。

这么冷的天,姜弋脑门上跑出了汗。他撇了撇嘴,伸出手:"给我一根。"

卓裕睨他一眼。

"不用这么看我,我知道你想说什么。"姜弋蹲在地上,双手拢紧膝盖,寸头干净利索,"我姐在里头关着呢,骂不着我。"

卓裕低头笑了一下。

"你说,我抽个十包八包的,一身烟味,她会不会被我熏好了?"姜弋突发奇想。

卓裕抛过去烟盒和打火机,说:"嗯,你试试。"

人一旦陷入某种困境,便会将希望寄托于荒谬的万一。姜弋也觉得自己傻透了,笑了笑,咬着烟。

卓裕看他点烟的动作,说:"没少抽。"

"还好吧,不多,我聪明,什么都学得快。"

"你姐也是这么说你的。"

姜弋被浓烟呛得直咳嗽，咳得眼泪都出来了："这什么烟啊……"

"朋友从国外带的，我顺走了两条。"卓裕把烟从他的指间拿走捻熄，"长身体，别抽了。"

姜弋忽然垮了脸："姐夫，我姐的眼睛真没事吗？爸妈不在，你可以跟我说实话，我受得住。"

卓裕忍俊不禁，看着他，目光平和包容："不敢说没事，但是小事。至于会不会变成大事，我想不了那么多。"

"那、那万一呢？"

"她还有我，我就是那个万中之一。"卓裕又对姜弋说，"奶奶那边既然瞒不住，不如早点告诉她，免得她着急上火，你注意一下方式。爸妈的保险底单都在你姐那儿，以后有个什么事，你自己去家里拿。俱乐部你每天去半天，把证考了，我留一辆车给你，方便回霖雀。"

姜弋听出他话里的意思："姐夫，你……"

卓裕说："万一你姐……以后变成大事，我得陪着她。国内国外，总要把她治好，如果实在治不好，她身边得有我陪着。"

只要他在，结果就不会是最坏的。

姜弋反应过来，卓裕的这些交代，其实是在安排他往后的人生。

姜宛繁的眼睛二十四小时后，仍然不感光。检查的那一刻，几个医生护士围着，卓裕站在门口，心都快要死了。

徐医生又开了两张检查单，说再做一次散瞳和眼底B超。姜宛繁的眼睛又被换上纱布，那一刻，病房静得窒息。

向简丹和姜荣耀坐在病床边，两个老人都很平静。姜荣耀削好苹果，又熟练地切成小块，放在碗里递给向简丹。

向简丹拿牙签挑起一小块，说："吃慢点，有牙签。"

姜宛繁有那么一秒的静止，轻声说："妈，您的手在哪边？"

向简丹再也忍不住，把碗一放，捂着嘴出去了。

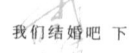

卓裕走过来，重新拿起苹果，说："你张嘴，我喂给你。"

姜宛繁笑着摸了摸耳朵："干吗呀，一个个的？我只是眼睛看不见，手没断呢，给我吧，我自己吃。"

姜荣耀："行了行了，爸爸喂你。"

姜宛繁偏了偏脸，执意坚持："这就要喂了，万一要瞎很久呢？我这也算早点适应，生活自理。"

姜荣耀火冒三丈道："胡说什么呢！"

气急败坏的脚步声渐渐走远，姜宛繁摊了摊手："老头生气了。"

卓裕伸手揉了揉她的头发，低声说："老婆，不用撑着。"

姜宛繁还是笑，只是声音有点嘶哑："这不是撑着，是让自己习惯。"

世间因缘就像一个循环，日子太顺了，总会翻出些波澜，同理，苦难也有分寸，只要那股积极向上的奔劲不殇，总会有转圜之机。

卓裕刚准备带姜宛繁去做散瞳检查时，她忽然不动了，叫他的名字："卓裕。"

"我在。"

"我好像……能看到光了。"

护士拆纱布的时候，动作很慢，到最后两层时，间隔的时间更久，不断询问："能适应吗？有不舒服的感觉吗？"

随着光亮聚集，眼睛确实刺痛，先半睁，又下意识地闭紧，所有人屏息，呼吸都不敢用力，而卓裕一直握着她的手。

姜宛繁试了几次，万物重现。徐医生仔细检查了她眼睛的情况，又换了两张常规检查单，说："等结果出来再看看，应该是没问题了。"

一行人送医生出去，顺便再问问情况，病房里，暂时只留了护士。

这两天也熟了，护士与姜宛繁闲聊道："看过这么多病人，有大难临头各自飞的两口子，也有同甘共苦的痴情人，但你丈夫这种，我真是第一次见。"

姜宛繁抬起头："嗯？"

"你不知道吗？"护士诧异。

"他怎么了？"姜宛繁皱了皱眉，心跟着拧紧。

"昨天送你来医院,他忙上忙下,一直都很平静,也很礼貌。等你全部的检查结果出来,徐医生跟他说了最坏的情况后,他就到护士站问我们。"

姜宛繁的心跳扑通扑通的:"问什么?"

"眼角膜捐献,把自己的捐给你。"护士现在还觉得震撼,一个男人竟然会有那样怆然却坚定的目光,"我们劝了两句别冲动,他说他不是冲动,而是本能,是自救,说你不仅是他的妻子,更是他的命。"

在医院住了三天,二次检查结果都出来后,医生建议姜宛繁回家休养。

在所有人的心落地时,卓裕一个人去了医生办公室,直接说:"徐医生,我想听一句实话。"

徐医生说:"我不能给你打包票,事实上,任何患者的任何疾病,我们都做不到百分之百的诊断。但从目前的检查结果来看是不错的。她家里有遗传病史,眼睛又是这个情况,所以定期复查,注意保养,就算以后有变化,也能及早发现,及早治疗。"

姜宛繁从北京回来后,吕旅他们才知道她眼睛的事,来家里探望时,吕旅见着她的面就开始哭,哭得顺不过气。

姜宛繁哭笑不得:"收一收,邻居要来投诉了啊。"

"一层一户,没邻居。"吕旅抽噎着说。

"观察这么仔细啊?"姜宛繁笑了。

"我的梦想就是在这里买一套房,这辈子做不到,下辈子也行。"吕旅情绪平复,眼泪汪汪地望着姜宛繁,"师傅,你还能绣东西吗?"

姜宛繁说:"能。"

卓裕下意识地睨她一眼,没说什么。

这一天家里是真热闹,谢宥笛过来的时候,盛梨书也在,他进来之前,屋里气氛挺低压的,连盛梨书都没了逗他的心思。谢宥笛站在门口,试探性地叫了声:"汪?"

姜宛繁抬了抬下巴:"喏,你家柯基跟你打招呼呢。"

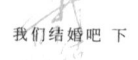

盛梨书无精打采道："知道了，待会儿带你去宠物医院。"

等他们要走时，卓裕跟他们打商量，说人没事，以后尽量不过来。说到底，摊上这事最难受的还是姜宛繁，她表面上没什么，心里一定不好受。

大伙儿达成共识，谢宥笛走的时候留意到家门口的快递箱子，问："你买东西了？"

卓裕"嗯"了一声："买了灯。"

晚上，姜宛繁洗完澡出来，就看见卓裕蹲在地上，弓着腰忙碌，脚边是个小型工具箱。听见身后的动静，他头也没回道："先别过来，有钉子。"

姜宛繁听话地坐在沙发上，没多久，卓裕忙完了，从主卧到客厅，包括卫生间和厨房，每隔两米都装了一盏小夜灯——医生说了，她夜盲症的情况以后也许会加重。

"你晚上起夜就叫我，如果我回来晚了或者出差，自己慢点走。这灯是感应的，光线一暗就会亮。"

卓裕弯腰，手一捞，从沙发上将她抱起放到床上。躺上床后，卓裕从背后抱着她，无声地圈住她的腰。他的呼吸均匀，和平时无异。

姜宛繁其实一直睁着眼睛，背对着他，盯着窗帘上幽幽的光影。忽然，掌心覆盖上来，盖住她的眼睛。

卓裕说："闭眼。"

姜宛繁翻了个身，借助暖黄的夜灯，彼此的眼眸像淡淡的琥珀。她犹豫了一番，问："你是不是在怪我？"

卓裕静了静，缓缓把眼睛闭上："不是怪你，是想打你。"

姜宛繁伸出手："喏，现在给你打。"

卓裕别开脸："我不吃这一套。"

姜宛繁蜷了蜷手指，没趣地收回手："那个时候要比赛，你这边也要拍摄，我想着过了这一阵再去治。"

"什么时候察觉的？"

"比赛进入第二轮的时候，晚上看不清东西，虽然以前也有过，但都不像这一次,稍微暗一点的环境,我都要适应好久。"姜宛繁不敢再隐瞒,坦白道,"我自己约了体检,那边的眼部检查设备不够精细专业,医生嘱咐我要去眼科医院做详细检查。"

卓裕淡淡接话:"我那时接到拍摄宣传片的通知,你不想让我分心,就一直拖着。"

"也没拖太久。"姜宛繁小声辩解,"这一次是我没防护,以为在黑暗里注意点就行,没想到被强光刺着了,眼前一黑,昏了过去。"

卓裕好一会儿没发声,他至今不敢回想那一天,仿佛血液倒灌,灵魂失重。半晌,他"嗯"了一声:"你好样的。"

姜宛繁知道他生气了,于是拉着他的手臂撒娇:"我知道错了。我以后一定听你的话,什么都不瞒着你,天天缠着你,烦死你,当你的拖油瓶,你去哪儿,我就去哪儿。"

见卓裕反应平平,姜宛繁冲他眨了眨眼:"晚上你要不要做点什么?你说什么我都做。限时福利哦卓老板。"

"我不是卓老板。"卓裕终是忍不住,语调高了些,语气也严肃,"我是你丈夫,是你的伴侣,是你的爱人,是跟你过下半生,跟你生儿育女共组家庭的人。我不需要一个拿自我奉献精神当伟大的人,更不需要一个在家庭里充当牺牲角色的人。别人我不清楚,但在我这儿,绝不允许。"缓了一会儿,卓裕后知后觉,自己的态度大概吓着她了,于是微微叹了口气,"以前你是多拎得清的一个姑娘,怎么跟我在一起后,反而变傻了呢?"

姜宛繁愣愣地问:"傻吗?"

"这还不傻?"卓裕剖析她的心理,"怕拖累我,怕耽误我,怕我错失一个你认为的好机会,怕这会成为我一生的遗憾。"

姜宛繁没说话,默认了。

"可是姜姜,我并不在意这些。"卓裕捏了捏她的手腕,"你忘记了吗?我决心离开兆林,重新创业,开这家滑雪俱乐部,一切的一切,都是因为你。你不在,我做这些,又有什么意义?"

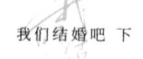

姜宛繁哑着嗓子:"哦。"

人生的意义,是因为你在。

不在几天,俱乐部里有一堆事要处理,卓裕原本不放心她一个人在家,姜宛繁说:"你去吧,妈下午就来了,大白天的,能有什么事?再说了,你这么紧张,搞得我也紧张,本来好好的,反而觉得自己不正常了。"

卓裕这才被说服:"有事给我打电话,我回来得快。"

卓裕走了二十分钟,周正来了一趟家里。他恰好在外边办事,回俱乐部的路上,卓裕给他打电话,说有些票据合同忘在家里了,让他顺路取一趟。

姜宛繁给周正泡了一杯茶,也不是很急的事,就让周正喝茶休息一会儿再走。

周正环视一圈客厅,由衷夸赞:"布置得真好。"

姜宛繁笑道:"都是卓裕弄的。你试试这个茶,我奶奶自己晒的茶叶。"

周正品了两口:"好茶。"过了一会儿,他指了指她的眼睛,"好点了吗?"

"没事了,是他过度紧张,其实不影响正常生活。"姜宛繁拿起果盘递给他,"正哥,平时你帮忙劝劝他,他这段时间也辛苦。"

周正笑道:"心里也挺苦的。那天凌晨一点,他给我打电话,接通后又不说话,把我紧张的。"见姜宛繁面露狐疑,周正解释道,"就你住院那晚,我喊了半天,他才开口。你可能不相信,这是我第一次见他哭。"

虽然没哭出声,但那种压抑的,极力忍耐的,紧绷到最后一秒终于破碎的情绪,隔着电话,都让人心如刀割。

"他那时就告诉了我两件事,第一,你病了。第二,他要变现一部分信托理财,越快越好。"周正的目光落向她,"我问他原因,他坚定地告诉我,要带你去治病。国内看不好,就去国外,钱花完了,就卖房子,一定要把你治好。"

姜宛繁神色怔然。

周正诧异道:"他没告诉过你吗?"

卓裕处理完事情就回来了,寒冬腊月,他额上竟有细腻的汗。姜宛繁一看就知道,这是跑着过来的。她舍不得说大惊小怪的话,一双眼睛就这么看着他。

卓裕弯腰换鞋,不由得紧张道:"怎么了?"

姜宛繁从背后抱住他,卓裕没站稳,掌心撑在门板上,扭头发笑:"这是怎么了?"

"以后我当家。"姜宛繁闷声道。

卓裕一听,明白了:"周正跟你说的?"

"他不说,你是不是打算一直不告诉我?然后背着我,把家里的东西都卖掉。"姜宛繁掐了掐他的腰,"准备跑路吗?"

"跑。"卓裕挑眉道,"然后找十七八个新老婆。"

"一个伺候我吃饭,一个帮我洗衣服……"姜宛繁安排道。

卓裕乐了,拍了拍她的手背,打断道:"乖啊,咱不当黑心夫妻。"

姜宛繁一直觉得自己这事只是意外,所有人焦虑、着急,是他们想太多,可跟周正谈过之后,她才惊觉,在卓裕那儿,她真的是全部,是倾尽所有,赴汤蹈火也要保护的至爱。

晚上,卓裕做了两碗简单的西红柿鸡蛋面,姜宛繁惊呼:"厨艺进展迅速啊卓老板!"

卓裕不为所动:"两碗面条而已,别夸得这么神。"

"可是很多男人都不会做饭。"

"那是他们又笨又懒,一顿饭而已,三十岁的人了,哪有不会做的。"卓裕嗤之以鼻。

姜宛繁捧着脸,眼亮如星:"卓老板,你太帅了。"

卓裕催她快吃:"这种表扬很真心,以后多夸。"

"我和你折过星星的班长比,谁漂亮?"姜宛繁觉得自己像一颗被捧在手心的珍宝,有自信,很神气,跟个孩童似的,不停缠着卓裕要答案。

"你。"顿了一下,卓裕无奈道,"宝贝,你还惦记着我的年少轻狂呢?"

"你是不是很爱我?"

"爱的。"卓裕捏了捏她的脸,"无论你问多少次,我都会这样回答。"

姜宛繁像只树懒，整个人挂在他身上，撒娇道："不够，不详细，不认真。给你一次机会，重新回答。"

卓裕被她腻歪得心里发颤，心尖一点点地被蜜糖裹满。他反身，化被动为主动，捏着姜宛繁的手腕往上举，逼得她连连后退。

"那天你在雪场晕过去，我离你那么远，我的心都要死掉了。后来到医院，医生给你做检查的时候，我就一个念头，倾家荡产也要治好你。"

"等结果出来时，我理智了一些。倾家荡产可能治标不治本，于是我咨询了眼角膜捐献的事。"

"决赛那天，我在观众席上远远看着你。网上那么多人喜欢你，可你叫我老公，我心里又稍稍平衡了些。"

就在姜宛繁快要背抵墙壁时，卓裕的手绕到后边垫着，不至于撞疼她。两人的距离很近，眼眸里每一寸的光影变化，都感知得一清二楚。

"你答应嫁给我的那一刻，我就想，从今以后，为你生，为你死，我都是愿意的。"

"你不好追，自身条件好，精神也强大，怡晓曾经说，你有一个闪闪发光的灵魂。"卓裕低头，与她额碰额，"但我就是想追，要追，死皮赖脸也要把你追到。"

"为什么？"

"因为见你的第一面，第一眼，我就觉得你在对我说话。"

姜宛繁的目光变软，问："什么话？"

"斩。"

自此之后，爱斩万难。

向简丹不放心姜宛繁，回霖雀收拾了一下，又带着祁霜一块儿过来了。姜宛繁要休养，当妈的担心小两口吃不好，而家里有人在，卓裕也放心。

见到奶奶之前，姜宛繁还有些犯怵，怕奶奶骂她，但祁霜来了后，只摸了摸她的脸，说："唉，瘦了。"

向简丹挽起衣袖，信誓旦旦道："我一定给她双倍补回来。"

祁霜"喊"了一声："就你那厨艺？"

婆媳俩斗嘴，一人一句跟连续剧似的。姜宛繁抿嘴偷笑，靠近卓裕的肩膀小声道："多好，我没婆媳烦恼。"

谁知道两个长辈耳聪目明，倏地一下望向她。姜宛繁的心咯噔一跳，完了，把人都得罪了。

妈妈和奶奶在，房子里就多了热腾腾的烟火气，一日三餐不够，晚上还有加餐。卓裕洗澡的时候照镜子，发现腹肌都从六块吃成了四块。

他在门里叫嚷："老婆，没沐浴露了。"

姜宛繁正在敷面膜，磨磨蹭蹭地递进去，手腕一紧，就被他扯进了浴室。

"你干吗呀？"

"你说还能干吗？"

"奶奶在家呢！"

"她看电视正入迷，不会注意到这边。"

姜宛繁勾着他的脖颈，撒娇道："我眼睛不好，还是病人呢。"

卓裕一低头，吻落了下来："那就闭眼啊。"

向简丹和祁霜在这儿，一起监督姜宛繁必须十点睡觉。姜宛繁经不起两人唠叨，悄悄抱怨仿佛回到了高中。

卓裕待她熟睡后，才走去客厅，说："奶奶，差不多了啊，看几集了都，您也要注意眼睛。"

祁霜招招手："来，孙女婿，一块儿看，这个女娃复仇回来，可好看了。"

卓裕一边笑一边坐过去，说："最后半集啊，不然我要断网线了。"

"好好好。"

陪她看了一会儿，卓裕心不在焉，祁霜冷不丁地问："孙女婿，你有心事啊？"

卓裕惊讶道："您有透视眼？"

"老了，能感受到气味。"祁霜现学现用剧里的台词，说得神神道道。

卓裕想了想，说："我看霖雀那边，很多人都穿苗服。"

这话起个头，祁霜就知道他想说什么了，道："有女儿的，家里都会给她准备一套苗族嫁衣。姜姜也有，是我给她做的。不过你们一直没有拍婚纱照，这嫁衣就暂时派不上用场喽。"

卓裕没说话。

祁霜睨他一眼，问："想看姜姜穿啊？"

"想。"她为那么多人绣过嫁衣，他却没有看她穿过。

"那该劝你媳妇啊。"祁霜笑眯眯道，"只要她穿，我随时给她。我对她有两个心愿，一是要穿最美的嫁衣……"

这时，向简丹从卧房出来，微微恼火道："妈，您还没休息呢？医生说你要早睡的。"

祁霜迅速关掉电视："睡了，睡了。"

向简丹转移怒火："你也是，明天不上班啊？快去睡觉！"

卓裕咳了咳，听话地关了灯。

还有不到一个月就是春节，VISS总部的邀请函终于送到了姜宛繁手上。对方真挚邀请，希望与她共同合作，完成明年国风新系列的设计。

姜宛繁拿到邀请函时，并没有表现出太明显的情绪，而是下意识地望向卓裕。她的眼神一秒露怯，有犹豫，有否定，有不抱希望的期许。

卓裕的心跟着揪了一下。

他没问，姜宛繁也不主动说。某天夜里，卓裕没忍住，先找的她，又无奈又心疼道："媳妇，你也太沉得住气了。是不是我不问，你就永远不说？或者你打心底认为，我不会同意？"

姜宛繁比画着手指，是数字2。

卓裕气笑了："在你心里，我就这么二啊？"

姜宛繁抿抿唇，像个怕老师的学生，不说话。

卓裕叹了口气："我要是为此阻拦，不让你去追梦，我还当什么丈夫？"

姜宛繁小声道："那你同意了？"

第5章 人间多团圆

"有什么不同意的,我媳妇这么优秀,走出国门,实现理想,太酷了好不好?"卓裕说,"我知道你的担忧,没事,爸妈和奶奶那边,我帮你说服。"

姜宛繁温柔地点点头,又委婉相告:"哦对了,答应之后,我要去意大利工作两个月哦。"

真是挖得一手好坑。

与品牌方很快对接好,周二先从B市飞北京再转机。姜宛繁也做了情况说明,总部给予理解,并表示这一次只以沟通学习为主,日程宽松有余。姜宛繁能以一己之力,把自己热爱的事业做大做强,同时也能展现这个行业的美,现在更是走出国门,那又是另一个新高度。

临走前一晚,姜宛繁坐在地板上再次清点行李:"面膜再多带点,眼霜,卸妆湿巾,这个披肩再带一个颜色吧。"她自言自语,投入得很。

卓裕在一旁看得五味杂陈:"你这想飞走的心,都不克制一下的?"

姜宛繁的肩上搭着两个颜色的围巾,问:"哪个好看?"

卓裕无奈归无奈,但不敷衍,仔细端详后,指了指右边的。

姜宛繁喜笑颜开:"好,我选左边的。"

走的那天,晴空,暖阳,城市像一洗如新的珠宝匣子。姜宛繁带着吕旅一起,去探索一个崭新的世界。

卓裕一身黑色大衣,站在光明处,眼神清亮如瓷釉。姜宛繁笑盈盈地朝他张开手:"抱抱。"

"好,抱。"卓裕拥她入怀,掌心熨帖在她的后背,"注意休息,不要太劳累,自己的身体要有数。"

姜宛繁低低"嗯"了一声,在他的肩头蹭了蹭:"舍不得。"

"那就早点回来。"卓裕极力克制,不愿共情离别的伤感,怕她更难受,"你回来的时候,第一个看到的还是我。"

姜宛繁闷声说:"那应该是空姐、地勤和同航班的乘客。"

205

卓裕笑道:"不,一定是我。"

送她去更广阔的天地,哪怕是万里之外,他也是打心底的欢喜与骄傲,唯一觉得遗憾的,是春节不能一块儿过了。

今年的年夜饭是祁霜亲自做的,向简丹和姜荣耀在旁边打下手,时不时地传来祁霜的呵斥:"哎呀呀!这个姜要切厚一点。"

没多久,姜荣耀被正式开除"厨籍"。

姜弋带着卓怡晓在院子里放烟花,腊月二十九的时候,他们去镇上买了整整一车烟花。

这个时间的意大利,正是下午,姜宛繁应该在工作。他俩放着烟花,卓裕在旁边看着,好看一点的,会录下来发给姜宛繁。

家里这一次特意把吃饺子的时间往后挪,正好赶上姜宛繁结束工作的时间。姜弋给她打去视频,喊道:"姐!第一口饺子你先吃!"

姜宛繁馋道:"好想回国哦。"

祁霜凑过来,说:"给你留着呢,回来管够。"

"奶奶,新年好!爸爸妈妈新年好!弟弟妹妹新年好!"几人都不用问她过得怎么样,听这中气十足的嗓音就知道了。

姜宛繁问候了一圈,问道:"我丈夫呢?"

总算想起还有个丈夫了。

卓裕矜持地接过手机,姜宛繁的笑脸像一轮小太阳:"卓老板,新年快乐呀。"

卓裕看到她的一瞬间,就觉得未来充满了希望,笑道:"你早点回来,我就快乐了。"

姜宛繁在视频里看着全家人吃完一顿饺子,她也不明白,自己为何要在阖家团圆的日子里如此自我折磨。

结束视频前,姜弋问:"姐,你今天吃啥?"

"汉堡。"

真是扎心。

十一点半,窗外已经爆竹轰鸣,烟花漫天。向简丹和姜荣耀陪祁霜打麻将,祁霜手气不好，直嚷嚷："你们也不让着我点。"

姜弋在旁观战，说："奶奶，钱可输，气势不能输。"

祁霜备受鼓舞，扭头喊道："孙女婿，去房间帮我拿钱哦！"

卓裕笑着说好。

上楼的时候，姜宛繁又发来视频通话，她已回到宿舍，舍不得这边的万家灯火。

卓裕让她等一会儿，调了一下摄像头，对着窗外沸腾的烟花。

新年胜旧年，人间多团圆。

等她看了一会儿，卓裕才把摄像头转回来，一边上楼一边说："奶奶输钱了，让我给她拿。我说用我的，她不让。"

"听她的。"姜宛繁笑道，"你提醒一下老姜，放点水。"

"爸纯粹是手气好，牌技真比不上奶奶。"卓裕推开房门，淡淡的檀香钻入鼻间，"对了，奶奶那天跟我说她有两个心愿，一个是看你穿最美的嫁衣，她说她给你亲手绣了，那一定是最美的。"卓裕走到桌边，一边寻觅钱包一边好奇地问，"第二个心愿是什么？"

姜宛繁问："你要帮她实现吗？"

"新年了，我想让她高兴。能买到的，我肯定想办法弄到。"卓裕扫了两圈桌面，没找到钱包，下边的抽屉半开，他微微弯腰，想去抽屉找找。

"你想知道？"

"嗯。"

姜宛繁忽地轻声道："你把抽屉打开，奶奶的钱包一般都放在里面。"顿了一下，她说，"其实你已经帮她实现了。"

卓裕一时没听明白，拉开抽屉，钱包确实在里面。

"别忙着关。"姜宛繁提示道，"是不是还有一个牛皮的本子？"

"有。"本子被针线盒压了一小半，但颜色很好辨认。

卓裕下意识地拿开针线盒，一瞬间怔住。

牛皮本像一朵泛黄的岁月玫瑰，封面上，是奶奶娟秀疏朗的字迹——

姜姜,

穿最美的嫁衣,

嫁最好的人。

♡ 番外一

好日子

熬过寒冬,春生万物。

姜宛繁待在意大利的时间比计划中的长,工作很顺利,她在这里的三个月,把中国传统文化之美和刺绣之艺展现得淋漓尽致,原本来是以学习为主,没想到最后还当了授业老师,品牌方的负责人甚至发出邀约,让她来此工作。

与卓裕聊起此事时,他问:"你怎么说?"

姜宛繁说:"待价而沽吧。"

卓裕气笑了:"钱给够,你就答应?"

"那可不?狠狠赚上一把,再回国养你。"

"我很好养的,大米馒头就行,不用那么费劲赚钱。"

姜宛繁笑了,隔着分辨率一般的画面,她像低像素的氛围美人,那点恰到好处的模糊,让卓裕微微沉了沉眼。

一周后,意大利这边的工作结束,姜宛繁交出了一份令人满意的设计图,待后期对接完毕,她会以联名设计人的身份,出现在VISS今年夏季新款成衣的名单上。

她提前一天将航班信息发给卓裕，卓裕回了个"好"。

晚上和吕旅收拾行李时，吕旅问："姐夫来接机吗？"

"没问。"姜宛繁压了压行李箱，也不知回去的时候怎么多了这么多东西。

吕旅点点头："打车也方便的。"

下午的航班，她们提前两小时到达机场，待广播通知时，开始排队安检。这趟航班旅客多，队伍长，通过安检后，姜宛繁推着两只行李箱，和吕旅边聊边上扶梯。

快到登机口时，她的肩膀忽地一沉，姜宛繁下意识地回头，彻底愣住。

吕旅捂嘴尖叫："啊！姐夫！"

卓裕一身浅灰色的呢子衣，暗纹格的羊绒围巾，把人衬得挺拔英俊，完全不输五官立体的欧美男性。

姜宛繁抬手揉眼睛，确认没看错，舌头打结似的问："你、你怎么在这儿？"

卓裕一把握住她的手，真实的体温给予她确切的答案，不是幻象，他是真的站在面前。

"忘记出发前，我是怎么说的了？"

姜宛繁想起来了，他那时说"你回来的时候，第一个看到的还是我"，不是地勤，不是空姐，不是旅客，一定是他。

卓裕捏了捏她的手指："我没骗你对不对？"

我懒得在原地等，直接来到你身边。

回国后第一件事，两人都默契，小别胜新婚，到去眼科复查时，医生还叮嘱姜宛繁："换季容易感冒，多喝点水，声音哑成这样。"

姜宛繁如坐针毡，一旁的卓裕满口答应："一定一定。"

一定什么啊，就一大尾巴狼。

国际品牌越发重视中国市场，但其中有滥竽充数的，有敷衍迎合的，也有用心做产品的。VISS这一次诚意满满，合作、宣发、渠道、广告，都做得很用心。

其中，夏季走秀款提前在华星电影节上展示，当盛梨书身着礼服领场时，一度冲上热搜第一。

明星姿态张弛有度、元气十足，无疑为礼服锦上添花。随后，VISS官网正式宣布此季产品的合作设计师，姜宛繁声名大噪，越来越多的主办方向她发出邀请，其中不乏一些高规格的时尚晚宴、名流沙龙，姜宛繁实在婉拒不了，就挑了个离家近的，哪里想，活动临期改地方，定在了北京。她简直震惊，问盛梨书："你们娱乐圈都这么性情中人的吗？"

盛梨书说："姜大设计师莅临，必须蓬荜生辉。"

姜宛繁说："你如今的风格气质，跟谢宥笛越来越像了。"就没个正经的。

卓裕在俱乐部忙，脱不开身，姜宛繁带了店里年龄最小的一个小徒弟去参加活动。小徒弟不敢置信道："真带我去啊，师傅？"

"嗯。"姜宛繁始终平静，"你跟紧我就行。"

她好像一直身体力行地实践着"传承"这个词，让行业里的小树苗们有机会见识到更高的山、更远的路、更广阔的天空。

也是在这次活动现场，姜宛繁再次见到了晏修诚。去年比赛之后，她陆续听到过他的一些消息，质疑晏修诚的声音从未平息，关于兆林服装设计的丑闻也并未停止。两方各自发过声明，称会诉诸法律，严惩流言，之后风浪渐平，但晏修诚的口碑直线下降。

从刺绣行业往娱乐圈挤，本就是牛头不对马嘴，何况他的那些清新人设不堪一击。盛梨书曾跟她提过，晏修诚被解约，举步维艰，好几家合作方都中止了与他的业务。姜宛繁偶遇过他的前经纪人，对方在酒桌上毫不避讳，直骂晦气，说晏修诚四处拉人脉，费尽心思还想再翻盘。

觥筹交错之间，隔着重重人群，姜宛繁一眼看到了他——端着酒杯，微微躬身，笑容巴结谄媚地向某公司高层敬酒，身上那股挺拔清隽的高冷书卷气也已了无痕迹。

方寸空间，却如隔山隔水。

大概是察觉到注目，晏修诚回了一下头，两人对视时，他笑容收敛，目光强撑不让——到现在,他还视她如仇敌。

姜宛繁只觉得可笑,赢了她有什么用呢?问心无愧的人生,是他一生所缺,现在的结局已是对他最大的惩戒了。

从北京回来后,姜宛繁径直去了卓裕的俱乐部,卓裕在滑雪场耐心地教着一个小朋友。冷气扑面,缓解初夏热意,但生机勃勃、积极向上的氛围热烈如芒。姜宛繁看着卓裕,那种踏实感让她很安心。

处暑节气,霖雀降了一场雨,城市高温不下,小镇却已早晚要穿薄外套了。

老太太忍不住多想,悄悄把卓裕拉到一旁问:"孙女婿,你俩是不是又失业了?怎么老往家里跑啊?"

卓裕乐不可支:"奶奶,吃老本了,您生气吗?"

"吃太久的话,还是会生气的。"祁霜又问,"你俩这次准备待多久?我要去囤点米。"

卓裕扶着祁霜:"这次回来,是陪姜姜办事的。"

还不是一件小事,姜宛繁早两年就有了打算,霖雀的地理位置偏西,知道的人不多,但这边的绣品其实很多,不止霖雀,周边的菏余、向海、罗云、江其、陈水,都是差不多的情况。她想,如果能设置一个地方,把这些资源都串起来,一定能创效。

卓裕听她说了后,很支持,甚至微微责怨道:"你应该早点告诉我的。"

姜宛繁挠挠头:"挺烦琐的。"

"麻烦事都交给我。"卓裕说,"去做你想做的任何事。"

卓裕很快打通当地政府、商管的关系,进行登记注册,办理了相关手续。

姜宛繁很喜欢夏天,一个寓意希望、生机盎然的季节,也是这个夏天,她的人生又开辟了一个新天地——"霖雀刺绣文化中心"诞生。

只要有绣品的人家,都可以交到这里来,在这里进行资源整合,分发渠道,对外宣传,不仅账目清晰,还有可靠的法务把关。除去必不可少的营运费用,销售所得均由作品本人获取,姜宛繁不收取任何所谓的酬劳与中介费。

她很少用个人微博，这一次难得做了宣传。盛梨书当仁不让，非常义气地转发。

文化中心成立的第一周，来现场视察的各路老板就有十余位，第一批收上来的绣品供不应求，有几幅稍大点的虫鸟图，还被多家竞价。拿到钱的阿嬷们笑得合不拢嘴，这比她们自己卖，价格翻了五六倍。

好事传千里，姜宛繁简直成了霖雀镇的宝贝。向简丹本来还挺介意，她没忘记当初别人议论自己闺女是非的事，姜宛繁反倒安慰起母亲来："街头巷尾，邻里之间，就这么大一点地方，为了一根线头都能从天黑拌嘴到天亮，可要说他们有多坏的心思，那也不至于。您就当以德报怨，造福一方，以后买彩票肯定中五百万。"

向简丹嘟囔道："五百万算什么，说你坏话，给五千万我都不干。"

在一旁玩《消消乐》的姜荣耀哼了一声："你又不是没有。"

向简丹一翻白眼，道："就你那些收藏品，全是空头支票，也没见你卖几个钱给我。"

"那是无价之宝！"老姜急眼了。

霖雀刺绣文化中心声名远扬，不仅带动了刺绣文化，还让更多的人来到霖雀旅游。小镇风景宜人，质朴的苗族特色也让人眼前一亮，来这边玩的小姑娘们穿着苗服，背着竹篓，山水是天然背景，出片率极高。

十月金秋，一家国家级的杂志媒体联系姜宛繁，想过来做个推广。即使她不怎么喜欢上镜，但这是个千载难逢的宣传机会，姜宛繁欣然应允。

整个采制流程分为两部分，一是拍摄霖雀镇的人文美景，二是单独给姜宛繁做一个简单的采访，后期再剪辑成一段四十分钟左右的纪录片，择日发布。

拍摄花了三天半时间，最后半天是采访，卓裕带着姜弋过来了。

采访地点选在刺绣文化中心的会客厅，隔得远，卓裕听不太清内容，但姜宛繁的姿态舒展、轻松、愉悦，整个人熠熠生辉。半小时的采访接近尾声，姜宛繁忽然指了指卓裕，记者等人一并回头，卓裕乍然成为视线的焦点，不明所以。

交换善意的笑容后，一切如常，等录制结束，卓裕忍不住好奇问："那时你们都在看我,是为什么?"

"他们问我的爱人是做什么的,我就指着你,问他们觉得你像做什么的。"姜宛繁眨了眨眼,"你猜他们怎么说?"

卓裕若有所思道:"靠脸吃饭?"

姜宛繁笑道:"自恋!摄影师看过那支冬奥会的宣传视频,认出了我俩,我感觉他应该是你的粉丝,竟然知道你姓卓。"姜宛繁挑眉道,"他好有礼貌,叫我卓太太呢。"

"你现在比我有名,以后自我介绍的时候,我就说,就说……"卓裕笑了笑,"各位好,我是姜宛繁的丈夫,姜先生。"

一边的姜弋听得那叫一个肉麻:"哎哎哎!你俩注意点场合。"

两人动作整齐划一地瞪向他,姜弋自觉闭嘴,拿着小树枝在地上画圈圈。

卓太太?姜先生?好好好,你们夫妻说了算。

滑雪俱乐部开业的第三年,卓裕的事业迎来小高峰。

他在吉林的户外滑雪场顺利竣工并通过验收,八方迎客。不久,又收到体育总局抛出的橄榄枝,想将俱乐部作为青少年训练基地,普及推广滑雪运动,并且孵化相关产业。

签订合约那天,有各省队的教练带队员过来参观。十七八岁的少年少女,像春日里迫不及待往外绽芽的绿植,青翠、活力,有热烈的奔劲。他们就像一面镜子,让卓裕照到了自己。

周正忙完过来,顺手给他带了一杯咖啡,说:"老板,你也上去滑两杆?"

卓裕笑道:"现在的孩子,比我那时候厉害多了。"

周正仔细看了他一会儿,才说:"老板,妄自菲薄了。"

卓裕抬手,两人碰了碰咖啡杯,他喝了一口,苦得慌。

"换牌子了?"

"对。"周正诧异道,"口感差很多吗?要不我给你换一杯。"

"不用。"卓裕的指腹摩挲着杯壁,自顾自地笑了一下,"能适应的。"

万变不离其宗，加一丝酸一抹涩，不还是一杯黑咖啡吗？有点像人生，关于梦想和失去，差之毫厘，也不一定会谬以千里，只要去做，总会回到自己想要的跑道上。晚一点没事，那就努力一些，拼出一个厚积薄发。

几天后，卓裕带着周正飞了趟吉林。

天渐冷，户外滑雪场也即将对外营业，他们拟定了方案，前期投入推广的回馈是不错的。周正好奇道："哎，好像从没见过小姜滑雪。"

"她对这个不感兴趣，怕摔。"卓裕也是淡淡忧伤，"不勉强她。"

周正的马屁拍得分寸自如："以后可以教你们的孩子，弥补遗憾。"

卓裕"啧"了一声："这个月不给你加工资，真是说不过去了。"

周正笑了笑："那就谢谢老板了。"

行程最后一天，卓裕接到谢宥笛的电话，谢宥笛难得正经道："本来这事不想告诉你，但我觉得告不告诉你，你迟早都会知道。兆林的财务亏空已经兜不住了，据我了解，公司税务上也有问题。"

这是在给他打预防针，所以，回B市见到卓悯敏，卓裕一点都不意外。

卓悯敏借口给卓怡晓买了衣服，来看他们，卓怡晓虽拘谨，但也没有不开心。

卓裕把妹妹支走，就剩两个人，气氛陡然沉默。不等卓悯敏开口，卓裕主动切入主题："我帮不上忙，我也不想帮。最后一点面子，别逼我撕破。"

卓悯敏心冷，他现在连"姑姑"都不叫了。

"阿裕，我……"

"老卓本来可以活下来的。"卓裕只说了这一句话。

卓悯敏呼吸急促，手微微颤抖。

"别再来找怡晓，她不知情，不是因为我顾及你，而是我想让她活得轻松一点。等她毕业后，我会告诉她真相。"卓裕说，"任何人的人生，都不该被绑架，太痛苦了。"

不久后，兆林经营危机，偷税漏税的新闻屡屡曝出，林延父子被列为失信人员，名下的资产被依法没收。

卓裕最后一次听到他们的消息，是说他们全家出国避难了，在那边过得很

215

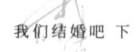

不好。他说不上是什么心情,只一个人在窗户前站了许久,直到姜弋敲门说:"Boss,跟您请个假呗。"

卓裕拉回思绪,扭头看向他,这小子越来越洋气了。

"原因。"

姜弋摇了摇手机:"你老婆命令我去吃饭。"

"批假。"卓裕说,"顺便带上我。"

姜宛繁和卓怡晓正在逛商场,一个潮牌店,卓怡晓路过三次,目光忍不住往里瞄,但就是不进去。小女生心思敏感,性格怯懦,明明感兴趣,却又不敢迈出那一步。

姜宛繁牵着她的手,说:"走,陪嫂子买衣服。"

店内小哥很帅,又有礼貌。姜宛繁拿着衣服往卓怡晓身上比画,这个合适,那个也合适,让她去试穿。卓怡晓纳闷道:"嫂子,不是你买衣服吗?"

"我买啊。"姜宛繁笑眯眯地说,"去试吧。"

青春美少女,偶尔换个风格,让人眼前一亮,真是靓丽的风景线,卓怡晓自己也觉得满意。

"那买单喽。"姜宛繁让小哥开单。

"我自己付吧。"卓怡晓说,"我有小金库的。"

姜宛繁没阻拦她:"行。"

扫码,付款成功,姜宛繁忽然鼓起掌来:"哇!年纪轻轻就能全款拿下,也太厉害了吧!"

她这个劲头太有感染性,连带着收银员、小哥也跟着一起鼓掌,卓怡晓彻底蒙了,那就破罐破摔吧,她也为自己鼓掌:"我真牛!"

姜宛繁顿感欣慰。

卓裕和姜弋找来时,两人正在电玩城玩跳舞机,就在门口最显眼的位置,四周站满了围观的人。

姜宛繁和卓怡晓实在不是跳舞的料,但依旧旁若无人,自嗨自乐。卓裕看着卓怡晓欢快的笑脸,也笑了起来。

姜弋一阵震惊，拽着他的衣服："姐夫走走走，没眼看，不认识！"

这一年又到了夏天，陪姜宛繁例行复查眼睛后，两人回了霖雀。

吃完饭，姜宛繁在厨房帮忙洗碗，向简丹憋了好久，终于逮着时间娘俩能说悄悄话了。

"这一次检查结果也挺好的吧？"

"好的呀。"

"那你俩准备什么时候要孩子？"

姜宛繁手一抖，碟子差点滑落："我还年轻啊。"

"我知道的，总有个计划的吧？"向简丹瞅了瞅客厅，怕被祁霜听到，待会儿又要挨骂，她咬牙道，"除非你俩压根儿不打算要孩子，那也给句话，我以后就不问了。"

姜宛繁笑着甩了甩手上的水："要的，要的。"

向简丹显然松了一口气："哦，你心里有数就行，妈妈不是催你。"

霖雀镇的旅游风越刮越顺，所有结果都一步步水到渠成，刺绣和民族的结合，加之山美水美，也确实有开发的基础。丹心宾馆在姜荣耀斥巨资翻新整修后，变身成苗族风韵十足的民宿，暑假旺季，订房率每天都是满的。

来这边的年轻女孩都会拍苗服写真，在短视频平台上火爆出圈。卓裕忍了好久，终于忍不住抱怨："我从没看你穿过苗服。"

姜宛繁睨他一眼："你现在出门，走五步就能看到。"

"那是别人，我干吗要看？"卓裕早有想法，"你们这儿家里有闺女的，人人都有一套衣服，而且姜弋说了，只给喜欢的人看。"

姜宛繁认真打假："这绝不是我弟弟能说出的话。"

卓裕叹气道："我说的，可以了吗？"

姜宛繁扬了扬眉："卓老板心里还住着一个小公主呢？"

"只要你穿给我看，住王子、住巫婆，住谁都行。"

姜宛繁不是不穿，是觉得没必要刻意去穿。

217

这事她好像忘了,再没有提过一句,卓裕等了三天,等得有点小脾气了,整个人闷闷的。

姜荣耀喝着工夫茶,关心道:"女婿,你病了?"

卓裕说:"爸,我心口疼。"

姜荣耀紧张地放下茶壶:"啊?那我给你揉揉。"

岳父的好意,谁敢拒绝?反正卓裕是不敢,所以向简丹和姜宛繁看到那副场景时,气氛一度诡异。

老姜咳了咳,端着茶壶逗鸟去了。

"你和爸干吗呢?"姜宛繁走过去问。

没回应。

"没听见啊?"她又走过去,挨着他坐下。

卓裕往边上挪了挪。

"跟我保持距离呢?"姜宛繁笑着问,"要出家当和尚了吗?"

"差不多了。"卓裕闷声回答。

卓老板不吵架,也不轻易生闷气,可生气了,事就大了。他不冷战,也不没事找事,而是十分擅长在长辈和亲朋好友面前卖惨。

"妈,我头疼,晚上没盖被子。"

"奶奶,我今天心情一般般,就只输您三百块,下次再多输给您一点。"

"爸,我心口还是疼,幸亏您上回帮忙揉,不然我现在就死掉了。"

姜宛繁是真的没看出来,自己的丈夫还有点卖惨技能在身上。

这天清晨,卓裕被外面的狗吠声叫醒,他本能地去摸身边,空空如也。

出了卧室,迎面碰上姜弋,卓裕问:"你姐呢?"

"不知道啊,看热闹去了吧。"姜弋说,"姐夫你忘了?今天是霖雀旅游节的第一天,有开幕表演的。"

卓裕洗漱后,慢悠悠地出了门。

旅游节的举办让这里的客流量明显增加,地方虽小,但有文化底蕴,总有别致的吸引力。江畔,游客围得满满当当,纷纷期待即将开始的游江表演。

今天的天气特别好，天色澄净，蓝白交织，山水恣意明亮。景色本就令人震撼，而随着嘹亮的山歌唱出，那氛围感简直太好了。

这次的表演以"嫁娶"为主题，山歌从接亲唱到送亲，余音绕山之下，波光粼粼的江面上划出一艘系着红绸带的竹船，上边是一众穿着苗服的年轻男女，而最中间的"新娘"堪称盛装——苗服上的主图案是大开大合的龙凤，青蓝配色不显沉闷，是扑面而来的厚重感。头上的银冠风华绝代，脖颈上的银项圈一层又一层。

"新娘"的头帕随着"剧情"的推进，终于被揭开，卓裕彻底愣住，竟是姜宛繁。她高挑纤美，仪态万千，像是山清水秀间最秀丽的一株藤蔓。

山歌此时唱到"新娘"与"新郎"见面，"嗨嗨——嘞哦——"的腔调如山野间垂落而下的瀑布，气势磅礴，风味浓郁。

"新娘"把揭下的头帕扔向"新郎"，她挥手的一瞬间，卓裕立刻有了共识，下意识地举起手。在众人的欢呼起哄声里，头帕像乖巧的蝴蝶，直飞爱人。

卓裕牢牢握住，隔着几米距离，他和姜宛繁的视线跨越人山人海，紧紧缠在一起。

她就是这么有主见的女孩，不依附，不取悦，不谄媚，不屈服于任何人，以绝对的人格魅力，谋生也谋爱。

游江结束后，姜宛繁还له成了小小的"明星"，被好多人围着合影，好不容易脱身跑来找卓裕，由远及近，一脸明媚笑容，银饰叮叮作响，看得卓裕心潮澎湃。

"开心了吗，卓老板？"她歪着头笑问。

卓裕没答。

"这还要考虑啊？"姜宛繁佯装生气，威胁道，"苗族女孩会下蛊，你可要注意了。"

卓裕挑眉道："下蛊会怎样，为你神魂颠倒吗？"

姜宛繁俏皮眨眼："那你现在有被迷倒吗？"

第二年春，姜宛繁去复查眼睛，一切都好，她又做了一次基因筛查，半月后拿到结果,显示正常。

从医院回家的路上,她很认真地研读检查报告,看了两遍,这才收回文件袋里。

卓裕说:"该放心了吧?"

姜宛繁点点头:"嗯。"

他不老实的手越过中控台,握住她的,问:"我现在可以拿到'爸爸'资格入场券了吗?"

姜宛繁笑道:"惦记多久了?"

"好多年了。"卓裕抬手至唇边,亲了亲她的手背,"医生都说了没关系,你越紧张,我就越焦虑。"

"有了孩子以后的生活,你想清楚了没有?"姜宛繁一一细数,"没有二人世界,要泡奶粉,当奶爸,孩子一哭就得起夜,教育和陪伴那更是大工程。"

卓裕默了默,说:"我们现在的二人世界也没'二人'到哪儿去。"

姜宛繁"咦"了一声:"怎么听出了怨恨、抱怨与不满?"

"只听出这些?"卓裕看她一眼,"看来我这迫不及待还是太隐晦了。"

姜宛繁笑着说:"好好好,抽空去做优生检查。"

"不用。"卓裕平静道,"我早就做了全套。"

"要是很着急的话,你找别人先试试?"

"姜宛繁,我看你是反了天了。"

有人爱,有恃无恐,像回到少年时期,带着叛逆心理的作弄都显得理直气壮。

玩笑归玩笑,姜宛繁对即将开启的另一段人生也充满期待。她是个做事有计划、条理清晰的人,补习了很多科普知识,甚至连生产的月份都规划好了,赶在五月份生,天气宜人,适合坐月子。

可越想什么,越得不到什么,过了三个月,仍然没有好消息。姜宛繁起先还很淡定,到了第四个月,心态已经有点动摇了。

姜宛繁终于没忍住,躲在卫生间哭出了声,卓裕觉得很有必要跟她好好谈一谈,但人在情绪上头的时候,任何好意都会被曲解。

姜宛繁难得不讲道理:"当初急着要孩子的是你,现在说风凉话的也是你!"

卓裕气笑了:"我难道没使力啊?"

"使了,但没完全使。"姜宛繁这是赌气话,说完就有点心虚,尤其被卓裕一注目,她更不想说话了,"你闭嘴,再说一个字就换了你。"

卓裕乐不可支,蹲下身,与她平行,视线微微上挑。

"老婆,你不觉得你的状态不太好吗?如果这件事让你变得越来越失衡,那咱们放下一段时间,先不想这事,等明年再做计划。"

姜宛繁没绷住,忽然掩面痛哭:"如果明年还是不行呢?"

卓裕拍拍她的背,安慰道:"乖,明年的事明年再说,好与不好,我们一起面对。千万别愧疚,你是我妻子,婚姻生活里的一切负面情绪,就该我们一起承担,无论过去还是将来,这都是两个人的事,不需要你一个人牺牲。"

姜宛繁泪眼蒙眬,小声道:"可是我还约了下个月的心理咨询。"

卓裕一愣。

"不去的话,也不会退钱。"

关注点非常接地气。卓裕笑道:"那去吧,我陪你。"

被工作和忙碌填充时,时间过得特别快,甚至姜宛繁都忘记与心理咨询师约定的时间了,还是卓裕提醒的她。

出门前十分钟,姜宛繁忽然换回穿好的一只鞋,鬼使神差道:"等会儿,我去趟卫生间。"

卓裕收拾整齐,入户门都开了,拎着车钥匙耐心地等在门口,见人出来,问:"好了吗?走吧。"

"不去了。"姜宛繁小声道。

"嗯?"卓裕皱眉。

姜宛繁轻飘飘地回答:"有了。"

人间际遇,有时候就是一种玄学,某个时间点,某次机缘,在你不知情的时候,悄然降临。

卓裕低着头,单手扶着门,像定格一般。许久,他缓缓抬起头,眉眼像盛夏恣意舒展的青藤绿枝，声音有点抖，笑着说："恭喜啊，卓太太。"

姜宛繁若有所思，最后嘟囔道："心理咨询的费用，还是浪费了。"

卓裕拢拢眉心，他这媳妇，可能天生就是开店当老板的料。

中秋节后，秋天的气氛愈演愈烈，夏天的正式结束，从短衫被压箱底开始。

卓裕是天蝎座，生日就在天蝎座的第一天。谢宥笛嚷嚷着非要叫他吃顿饭，吃就吃吧，也好久没聚过了。

姜宛繁叫来了盛梨书，卓裕乍一见，带点恭维道："大明星赏脸，蓬荜生辉。"

盛梨书说："我应该不是第一个参加你生日的女明星吧？"

卓裕抱手告饶："待会儿多点两只大龙虾。"

盛梨书笑道："这还差不多。"

姜宛繁正好进包厢，将对话听了个完整，问："还有谁给你过过生日？"

卓裕"啧"了一声，又得解释八百字小作文了。

谢宥笛晚到，没露面先听见声音："白色玛莎拉蒂谁的啊？会不会停车？一下占两个车位，害我停去好远的地方。"

"车牌号是不是B422？"

"咦？"谢宥笛看向盛梨书，"你咋知道？"

"那是我的车。"

谢宥笛哑然。

"怎么？有问题？"盛梨书双手环胸，盯着他。

"有问题。"谢宥笛大胆发言，"停得太好了！那技术，跟艺术品似的。"

盛梨书被逗笑了："神经。"

去洗手间的间隙，姜宛繁逮着机会和她单独说话："你和谢宥笛是不是有情况啊？"

盛梨书问："什么样的才叫情况？"

"暧昧，恋爱，在一起。"

"喊。"盛梨书不屑道，"物种有别好吗？"

"那不一定。"姜宛繁擦着手,悠悠道,"现在那种小说可火了。"

"嗯?哪种?"

"美女与野兽。"

盛梨书大感震惊:"姜宛繁,婚姻到底给你带来了什么?!"

"刺激。"

盛梨书"咦"了一声:"你丈夫生日,你怎么没表示一下?"

"难不成我要给他绣件龙袍?"姜宛繁说,"你别逃避我的问题。"

盛梨书一脸彻底摆烂的表情。

吃完饭,盛梨书被经纪人接去给新戏配音,没几分钟,谢宥笛也找了个借口溜了,终于清静下来,卓裕揉揉眉心,带着姜宛繁回家。

"你是我见过的,第二个不喜欢过生日的人。"姜宛繁说。

"还有一个是谁?"

"我。"

卓裕忍俊不禁,前方红灯,车速缓缓减慢。姜宛繁忽然扭头,提议道:"我们去明山吧!"

十月末的夜晚已带着冷意,卓裕本是不愿答应的,但看到她神色飞扬,根本不忍心拒绝。

"好,去!"

明山在市郊,从二环飞驰出四环外,城市灯火渐渐隐没。盘山路蜿蜒爬坡,视野重新开阔时,便是俯瞰人间烟火。后备厢弹出隔板,两人就坐在板子上。山风太大,卓裕给姜宛繁披上外套,觉得不够,又脱了自己的给她穿上——有一种冷,叫作老公觉得你冷。

两人运气好,夜空的星星像筛子一样,在城市里很难看到这样的景象,说不上浩瀚星海,但也是星辰漫天。姜宛繁枕着卓裕的肩膀,仰头看夜空,两条腿不停晃荡。

卓裕忍俊不禁:"傻乐什么?"

"哪里傻了?"她不服气。

"这还不傻,天上是有肘子吗?流了我一肩的口水。"

姜宛繁笑得何其得意。

"今晚星星是很美。"卓裕抬头,仰望星海,姜宛繁视线追随,倏地温声道:"爸爸也在上面。"

卓裕出于本能,左右巡望——只要是她说的,他就相信。

"哪一颗?"他问。

姜宛繁的手遥遥一指:"在那儿。"

"最亮的?"

"不太亮的。"

卓裕笑道:"你公公听了不高兴了啊,星星都不给他发一颗亮一点的。"

姜宛繁依旧是抬头凝望某一处的姿势,神色柔软、真诚:"我只是觉得,爸爸对你的感情,是下沉式的、内敛的,是自我斗争的、矛盾的,所以它无常、不稳定,还会让你感到不适应。可哪怕你们父子之间剑拔弩张,也顶多是箭在弦上,其实谁都不敢、不忍、不舍得伤害对方。"

父亲这个词,像广阔的苍穹、呼啸的山风、壮阔的峦野,可有一些爱,是角落处的蒲公英,飘进风里、雨里,落于山川湖海,举重若轻,不絮于怀,却也无处不在。

卓裕低声道:"我知道。"

姜宛繁的掌心覆上他的手背:"卓老板,想要男孩还是女孩?"她转移话题,把他从消沉的情绪里拉回来。

卓裕笑道:"准爸妈的必答问题吗?你先说。"

姜宛繁道:"闺女吧。"

"闺女就闺女,带个'吧'是什么意思?"

"我想要个女儿,但我直觉是个小子哎。"姜宛繁神思复杂,枕着卓裕的肩头,心中很矛盾。

"小子不好?"

"也不是不好。"姜宛繁叹了口气,"你说,要是双胞胎、三胞胎,全部是小子,该怎么办？"

卓裕淡淡道："打包，集体出家吧。"

在山顶待了四十分钟，两人驱车回家。孕早期的姜宛繁没有太剧烈的反应，只是嗜睡，等卓裕洗完澡出来，她的眼皮已经撑了好久，睡眼惺忪。

"困了就睡。"卓裕挨着床边半躺，单手揽着她的肩，哄孩子似的轻轻拍抚，"睡吧老婆。"

姜宛繁"唔"了一声："不能忘。"

"嗯？"

"今天你生日，生日快乐。"

卓裕挑眉问："早上不是说过了吗？"

"不够，早上晚上都要说,这才圆满。"明明眼皮在打架，姜宛繁依旧有理有据，轻声道，"我要让你圆圆满满的。"

怀孕之后，人都变得憨傻了。卓裕耐心地哄道："你就是我的圆满。"

姜宛繁心满意足地入睡。

过了半小时，卓裕轻手轻脚地下床，走出主卧，书房只亮着一盏护眼灯，他伏案打开许久未曾翻开的日记本，深棕的封面上有各种痕迹，是他年少叛逆时，每每不愉快就泄愤一般掐上去的。

最后一则日记停留在201×年，不同于之前的笔迹，这一则日记，落笔杂乱，笔锋锐利如刃，最后一笔甚至力透纸背，纸页被划出一道紧促的裂痕。

201×年10月24日

我恨死这个秋天了！

我恨死你了！

是卓钦典办完丧礼的那天。

卓裕带着茫然的恨意和巨大的怨念，执着了好多好多年。此刻，与从前照面，他很平静，已有足够的心智，亲手将泛滥的岁月涟漪抹平。

225

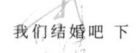

他翻开纸页，崭新的一面，然后握笔——

202×年10月24日

晚上姜姜带我去看星星，她说，最不亮的那一颗是你。

如果这话是我说的，你一定会骂我几句，我肯定不服，跟你据理力争，誓要争出个输赢。不过这些年，我脾气好了很多，一定是你赢。

我时常在想，究竟是什么深仇大恨，让你如此极力反对我学滑雪。现在，不，几年前我就想通了。其实没有仇与恨，只是你不认可，你想让我走一条稳妥、容易走下去的人生路。姜姜说得对，没有对和错，只是认知的偏差。

我如此离经叛道，你不喜欢，不接受，但你从未阻拦。

真遗憾，如果你在，就可以看看我的滑雪俱乐部开得有多气派。像一个圆，开始与结束，我还是回到了最初的原点。

呵呵，你有没有被气到？不过你应该要欣慰，我坚持走自己的路，却过上了你希望的生活：衣食无忧，独立自省。这么一想，还是你赢了。

你走了十一年，有七年，我对你心怀怨念、愤怒、委屈、不甘……嗯，还有一点点我现在才敢承认的想念。

无论什么原因，终是我的错。虽然有点晚，但还是想跟你说声对不起。下次去墓园，我再陪你好好喝两杯。

对了，爸爸，我也要当爸爸了。

写到这儿，没关严实的窗户缝溜进一缕风，卷起纱帘，将室内淡淡的精油香推入肺腑。卓裕顿了顿笔尖，侧头望向缱绻翻涌的纱帘，它不停歇，似在轻缓地点头。

目光重新落于纸页，卓裕执笔收尾——

爸爸，今天是我的生日，我特别高兴。

因为三十三年前的今天，我们第一次见面。

孕三月，家里才知道姜宛繁怀孕这件事。

平安夜，夫妻俩在霖雀，向简丹收拾屋子时，看到沙发上姜宛繁的包，包口露出一角纸页，恰好是"妇产科"三个字。

对此，向简丹很生气："这么大的事你怎么不跟我说？你是不是还对妈妈有意见？"她的语气那叫一个委屈，水光都蓄在眼眶里。

姜宛繁不可置信地望向卓裕："你没跟妈说啊？"

卓裕也很震惊："我以为你早就说了。"

向简丹更多想了，演得这么好，是不是卓裕也对她有不满了？

其实两人真没演戏，都是太信任对方，就闹了这么个乌龙。

晚上，姜宛繁去医院住院部陪祁霜，人刚出现在门口，就被病床上的祁霜呵斥住："站住！"

"啊？"姜宛繁不明所以，脚跨进一步。

"停停停！"祁霜急急忙忙摆手，"你回去回去！有身子的人了，别过了病气给你！"

向简丹第一时间把她怀孕的事发微信告诉了祁霜。

姜宛繁无奈道："这么迷信？我就要进来。"

祁霜拿她没辙，一再强调："那你离我远一点，再远一点哦。"

老人家语气谨慎，病容难掩，但那较真的劲真不含糊。

去年起，祁霜的身体就不太好，三病两痛的都是小事，麻烦的是她心脏上的老毛病，春末的时候晕过一次，命是从鬼门关硬生生抢回来的。卓裕想带她去大医院动手术，但祁霜不肯，说什么都不肯。

"我老了，大半个身子在土里，续着这口气也不知能拖多久，这是迟早的事。我自己看得开，你们也要想得通。"

彼时的奶奶躺在病床上，就像今日一样，黄昏在身后的白墙上打出夕色的窄框，如悬浮出的另一个世界。背着光，看不清奶奶的五官，她苍老的身躯像一抹模糊的剪影，飘摇迷离。

后来，卓裕悄悄拿了奶奶的病历，托朋友给心内科的权威教授诊断，教授说可以手术,但大概率下不来手术台。

一程路,一些人,离散终有时。好在姜宛繁怀孕这个消息,让祁霜的状态好转了一些,这几天都能下床遛弯了,她常去西街口坐着唠家常,人没力气,说得少,听得多。冬天的阳光是天然的棉袄,罩在身上暖暖的,祁霜抬头的时候,眼角的皱纹被暖阳填满,鲜活、精神、显年轻。

这一年,冬奥会开幕,卓裕带着姜宛繁一起去北京看了盛大的开幕式。

绮丽的特效,运动与美学结合得波澜壮阔,姜宛繁看得投入,在最后的国歌声中,她才有意识地转头去看卓裕——身边的男人手持红旗,仰头注目那一抹飘扬的红,早已泪流满面。

这是一个不眠夜。

酒店里,卓裕给她科普了冬奥会,大到人文历史,小到各类别比赛的规则,其实姜宛繁听不太懂,但看到他激昂热烈的劲头,心里很是喜欢。

姜宛繁从不是一个容易遗憾过去的人,但此刻,她的内心竟塌陷一块,有点小失落,失落于没在卓裕最意气风发的时候与他相遇。

"如果大学时,你第一眼看到我,会怎样?"她问。

卓裕垂眸道:"仍然会一见钟情,死皮赖脸地追你,追得更狂更野。"

"你这么喜欢我啊?"这个答案让她很满意。

"喜欢。"卓裕说,"那时候我第一次见你,在简朤。你从里面走出来,叫我'先生',你用那样温柔的目光看着我,我当时就想,能被这样的目光拥抱一辈子,该是一件多好的事。"

姜宛繁心尖微颤,翻了个身,趴在他身上问:"这样吗?"她眸光似水,眼尾的轮廓上挑,像初春的桃花瓣。

卓裕轻轻揽着她,低低应道:"嗯。"

"那我以后早中晚每天三次,都这样看着你。"

"宝贝,倒也不必这么累。"

"不累的,眨眨眼而已。"

"我累。"卓裕说,"你每看我一次,我的心就动一次。"

姜宛繁乐得揪他的鼻子:"上哪儿学的土味情话？"

卓裕笑了,呼吸热热的,洒在她掌心。

电视音量调小,体育台24小时循环冬奥节目,画面恰好切进高山滑雪,运动员身姿矫健,空中大回旋做得轻盈利落。姜宛繁安静看完,忽然说:"以后让孩子也学滑雪吧,弥补你的遗憾。"

卓裕说:"他的人生,自己去定义。"

姜宛繁抬眸道:"你不希望自己的梦想被延续？"

"那是我的梦想,不是他的。"卓裕温声道,"我会做个开明的父亲,只要他不违背道德伦理,不违法乱纪,想做什么就去做,哪怕错了,我也会给他试错的机会。"

任何人的人生,未到终点时,都不该被定义。孩子出生在哪儿没得选,但至少卓裕要让他的孩子觉得,他这个爸爸还不赖。

窗外的西府海棠冒芽尖时,姜宛繁收到博物院的邀请,联合做一档旗舰店的线上科普栏目。对方递出的橄榄枝很有诚意,打算将霖雀刺绣文化中心的绣品进行推广,并在旗舰店内上架,姜宛繁欣然答应。

不需要搭建专门的直播场景,地点就定在简朐。姜宛繁一点也不紧张,张弛有度,无论是讲解,还是在镜头前展示刺绣功底,都进行得游刃有余。她是有点名气傍身的,所以观看的人数不算少,卓裕瞥了一眼直播弹幕,看到满屏的"女神",心里有些不爽。

不多久,运营小哥忽地一声惊呼:"这谁啊？送这么多礼物！"

送的礼物越大,直播平台的特效就越浮夸,这一连十几个特效放送,很难不引人注意。

弹幕疯狂刷新,很快发现了精髓——送礼物的人ID是:这是我老婆!

男人奇奇怪怪的胜负心,在哪个年龄都一样,那个幼稚的感叹号,和卓裕本人的形象实在相悖。

下播后,姜宛繁心情复杂,当即伸出手:"卓老板,请你自觉上交工资卡。"

旗舰店的推广效果很赞,并且引起了相关部门的注意,计划开启一项长期的、全新的传统文化科普节目。姜宛繁从一个普普通通的手工艺人,能为自己的热爱发光发热,并且有机会遨游于更广阔的天地,这是幸运的,也是她一直以来的愿望。

吕旅感叹,这是她见过的最忙碌的孕妇。

月份小的时候,姜宛繁身轻如燕,看不出变化,只是买了很多双平底鞋,各种颜色的,顾客都说小姜把一周穿成了小彩虹。

如今的简胭已经是远近闻名的定制店了,很多刺绣爱好者还会专门过来拍照打卡。姜宛繁没有放量,依旧按照自己的节奏接单,很多投资方想跟她合作开分店,甚至做成全国连锁,但都被她谢绝了,甚至有人直接开出八位数的优渥条件,要求任她提,但姜宛繁始终礼貌疏离,说:"我不会提任何要求,因为我志不在此。"

这个回答很坚决,也很自信。

卓裕打趣道:"有钱也不赚?"

"赚自己能赚的、该赚的。"姜宛繁双手叉腰,何其神气,"姜老板也是有原则的好不好?"

卓裕笑意渐深,岂止是好,这女孩子,太酷了!

不过随之而来的也有扰人的杂音,比如网上时不时地冒出不和谐的声音,暗讽简胭这是饥饿营销,老板有心机。姜宛繁从不觉得有心机是一件多罪恶的事,只要不损害旁人的利益,什么事都可以按照自己的想法来做,这些年,她也时常这样教卓怡晓。

妹妹进步神速,性格活泼开朗多了,上次还和姜宛繁分享自己的少女心事,说她喜欢上一个很帅的男生。姜宛繁自然替她保密,也曾旁敲侧击地问卓裕:"以后怡晓找男朋友了,你有什么想法?"

卓裕回答:"别比我帅,家里容不下两个第一名。"

姜宛繁笑道:"万一我生个小子呢?"

"那必须比我帅,也一定会比我帅。"卓裕说,"毕竟妈妈这么美,要对得起妈妈。"

姜宛繁转述此话到闺密群后,向衿和盛梨书发出同款感叹:"啧啧啧。"

次日,卓裕在俱乐部正忙着,有快递送货上门:"卓先生,您的一份同城快递请签收。"

寄件人:两个美女(绝世),打开一看,是一块金光闪闪的奖牌,上书:

卓裕,

男德班优秀班干部,

权威鉴定,特此鼓励!

入夏后,榕树上的蝉鸣一声比一声活跃。忙碌的孕妇也有心无力,不知道是不是到了孕晚期的缘故,身体变化特别明显,站久一点就腰疼,坐久了屁股疼,睡觉的时候一平躺,肺跟被压扁了似的,喘不上气。医生说,越临近产期,不适的症状会越多。

那段时间,卓裕几乎停掉了所有工作陪着她,两人逛一逛超市,买点菜,做做饭。初夏天黑得晚,这个时节的黄昏最好看,不似火烧云般浓烈,比莫兰迪色系更深一点的颜色铺满天空。

两人牵着手,从小区散步去江边,看完日落后再去水果店晃悠一圈,老板娘每隔两天就会给姜宛繁盖个戳:"肚子又长大啦!"

晚上,姜宛繁洗澡的时候,对着镜子端详半天,感觉自己的身体既熟悉,又陌生。

卓裕半晌没听见水声,不放心地敲了敲门,姜宛繁"嗯"了一声,他进来了。

"看什么?"卓裕从后面轻轻搂住她,视线也挪至镜子里。

两人的目光落于同一处时,似有一种力量迸裂而出。卓裕的手微微发抖,掌心盖上隆起的腹部,忽的,腹部一阵滑动,恰好是他手掌的距离。

卓裕的眼睛光芒熠熠:"他在动!"

姜宛繁低头,温柔纠正道:"他在说'你好'。"

姜宛繁的孕期十分顺利,除了客观的身体原因,肚子大到确实行动不便,

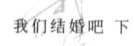

她简直状态神奇,就连生产也是准时到预产期那一天。

早上六点,羊水破了,夫妻俩都很淡定,进医院,进病房,后边那栋楼就是顶级的月子中心。卓裕早说了,生的时候打无痛,让她少受点罪。

医生进行了两次内检,条件合适后,推进了产房。当然了,痛感肯定还是有的,鬼门关前走一遭,哪有不遭罪的。

等家人们赶到医院时,姜宛繁躺在床上,打着吊瓶,除了面容疲惫些,状态看起来还不错。

姜弋在房间来回走了两趟,问:"姐,你、你肚子里的娃呢?"

姜宛繁笑出了声,扯着伤口疼,龇牙咧嘴道:"生啦。"

向简丹问:"你怎么样啊?"

"好着呢。"姜宛繁笑着说。

姜荣耀也放心了,试探地问:"那……是女孩还是男孩啊?"

"爸,您想要哪个?"

"这又不是套圈,套中哪个给哪个。"姜荣耀被女儿问笑了。

这时,护士走进来,说:"卓太太,小公主做完新生儿体检就能抱回来了。"

向简丹和姜荣耀顿时激动,太好了!是女儿!

姜弋问:"我姐夫呢?"

"卓先生吗?"护士说,"在看孩子呢。"

那岂止是看啊,简直是寸步不离——宝宝在里面洗澡,他守在门口,时不时地往门缝里瞄,其实什么都瞧不见。去做体检时,他跟了一路,浴巾遮着孩子的脸,小小一只包在抱毯里,看不清样子,他伸长脖颈使劲瞅,模样巨滑稽。

进体检室前,卓裕忍不住问:"你好护士,会不会……搞错?"

护士小姐姐笑着说:"放心啊卓先生,小脚上都系着铭牌的,您看。"说完掀开抱毯一角,婴儿的小腿可劲地蹬着,淡粉色的铭牌上写着:

母亲:姜宛繁。

父亲:卓裕。

那一刻,卓裕心涌浪潮,孩子都进去许久了,他仍站在原地不动。

一旁的男人搭话道："哥们儿，第一次当爸爸吧？"

卓裕转过头，问："这么像？"

"肯定是，一般有第二个孩子的，都习惯了，不像你这样。"男人说得颇有经验。

"我哪样？"卓裕笑着问。

"小学一年级新生。"这位爸爸的形容很接地气，又热情地分享经验，"放轻松，生老二的时候就好了。"

生什么老二？卓裕单方面决定不生了。他觉得怀孕这件事，对姜宛繁的影响最大，事业、生活上的改变不说，虽然旁人都夸她从怀到生这么顺利，不要紧的。喊，都是站着说话不腰疼。其实备孕不顺那几个月，姜宛繁的状态差到都要去看心理咨询师了。她是那么自信、有分寸、有规划的一个人，为了这事乱了心神，自我怀疑、患得患失，这不是卓裕愿意看到的，所以在卓小鱼百天宴之后，卓裕去做了结扎手术。

他先斩后奏，姜宛繁听了，半响没说话，语不成调地问："你、你就这么把自己给了断了？"

卓裕不以为意，"嗯"了一声："麻烦。"

伤口还是挺疼的，卓裕这一晚翻来覆去睡得不太好，半夜疼醒了，又闷头闷脑地去找止疼药。

月嫂是个热心且细心的阿姨，哄睡了小鱼，出来喝水正巧撞见他，问："呀，小鱼爸爸你怎么了？"

卓裕蹲在那儿翻箱倒柜，艰难解释："胃疼。"

姜宛繁说他活受罪，卓裕无所谓，他受罪没事，姜宛繁不受罪就行了。

姜宛繁将原话发到闺密群里，向衿和盛梨书又是同款"啧啧啧"的感叹。

不多久的某一天，在俱乐部忙着的卓老板再次收到一份同城快递——寄件人：两个美女（绝世），依旧是一块金光闪闪的奖牌，上书：

卓裕，

男德班终生成就奖，

权威鉴定，特此鼓励！

小鱼是个乖宝宝,在她一岁之前,乖到姜宛繁一度怀疑这娃是不是神经发育迟缓,甚至还去挂了个专家号,专家问:"是有什么症状吗?"

姜宛繁说:"她太听话了。"

专家:"……"

不过,随着小鱼小朋友的茁壮成长,这些焦虑自然烟消云散。

又一年夏天,这段时间流感严重,幼儿园提早放假,此时的姜宛繁正在首都博物馆参与一件西周时期的仕女刺绣文物修复工作,卓裕正在日本忙于新的户外滑雪场的建立事宜,卓小鱼只好被姜弋送回霖雀过暑假。

路上,小鱼小朋友太能唠嗑了,问:"舅舅,你什么时候拿的驾照?"

"十八岁。"

"那你什么时候拿的滑雪教练证?"

"十九岁。"

"那你二十岁的时候是不是要拿结婚证啦?"

姜弋头疼道:"我现在二十三岁了。"

"哦。"小鱼的小奶音非常提神,"舅舅,我想要上次那个穿白色裙裙的阿姨当我舅妈。"

"哪个白裙子阿姨?"

"爸爸俱乐部门口那家包子铺的。"

"那不是白裙子,是卖食品专门穿的白大褂。而且你应该叫人家奶奶,她都五十二了!"

小鱼说:"她都那么大啦?那舅舅你更应该抓紧把她娶回家了。"

姜弋无奈道:"鱼宝,咱们吃奶酪棒,行吗?还有草莓莓,你吃吧。"

小鱼摇摇头:"是草莓,不是草莓莓。舅舅,女孩子才这样说话,你这样会被外婆打的。"

姜弋没被向简丹打,先被这小妞气死了。抵达霖雀后,他第一时间跟卓裕告状:"你闺女这么能说会道,跟谁学的?"

卓裕回得快:"你。"

姜弋:"凭什么?"

卓裕:"没听过吗?外甥像舅,她这么可爱,是不是像你?"

姜弋瞬间平衡了,扭头招呼道:"来,鱼宝,舅舅陪你聊天!"

卓小鱼正在向简丹那儿讨欢心呢,趴在她耳边奶声奶气地说:"外婆,舅舅有空了,可以让他去洗碗啦,您要好好休息哦。"

姜宛繁和卓裕结束工作是在一周后,其实北京那边原本还有一场品鉴交流会,但姜宛繁婉拒了。主办方的一把手亲自过来邀约,姜宛繁只得如实相告:"抱歉啊,我要回老家一趟。"

"可以推一推吗?"

"对不起,不可以,明天是我奶奶的忌日。"

姜宛繁对夏天所有的喜爱,湮灭于两年前。她怀孕那一年,祁霜的心脏就出了不可逆转的问题。人嘛,风烛残年,下坡路一旦起个头,便是回天无力。

有一次抢救,祁霜死死抠着姜荣耀的手,她那会儿说不出话,眼睛瞪得又大又凶,谁都不明白这是什么意思,只有姜荣耀俯身安抚道:"好好好,妈,您放心,我一定不告诉姜姜。"

彼时的姜宛繁正处于孕晚期,奶奶不想让她担心。

这几年,凶险地挣扎于生死线很多回。后来,祁霜不想挣扎了,每回去医院,折磨自己也折磨小辈,忒不快乐。家人们都尊重她的个人选择,收拾好东西,带她回了家。

那一年的春日尾声,小鱼还是个赖在怀里的小婴儿。祁霜没力气,抱不动她,就坐在摇椅上看着、逗着,对她笑。碰上祁霜状态特别好的时候,老姜会推着她去镇上遛遛弯,见见邻里熟人。

奶奶走的那日,是夏至,早上发现的。推开卧室门的时候,她平躺于床上,被子盖在胸口,面容安详宁静。房间收拾得干净整洁,衣服叠在衣柜里,书桌上的日记本、针线盒码放堆高,桌面没有一丝灰尘,甚至连拖鞋都整整齐齐地摆在床边。

如果有回光返照,那么奶奶肯定是用尽最后的力气把一切收拾妥当,这是

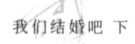

她为这个家,能做的最后一件事了。

山上树荫成片,远处群山辽阔。小鱼有模有样地学着卓裕的动作,将纸钱一张张地递过去让爸爸烧,弄完了又去帮姜宛繁除墓边的杂草。

墓碑上的照片,还是姜宛繁帮祁霜拍的。

好像是她第一次带卓裕回家,卓裕陪祁霜散完步,两人坐在院子里聊天。她记得那个傍晚,一大片火烧云拖出焰火蓝,很壮阔,身后的栀子花开疯了一般撒欢。那个场景太美,姜宛繁给祁霜拍了一张特写。她从未想过,这张照片会变成黑白的。

扫完墓,一家人又陪祁霜说了好一会儿的话。

向简丹说:"妈,我给您的卧室换了个窗帘,淡蓝色的,是您喜欢的颜色。上周在小四那里做了两套新被单,秋天的时候就给您换上。"

姜荣耀说:"托您的护佑,家里一切都好。您在那边也好好的,这次给您烧了二十副字牌,够您打过瘾的了。"

姜弋挠挠头,说:"奶奶,我又长帅了。"

一旁的卓小鱼立刻举手:"老姥姥!我又长高啦!"

大家忍俊不禁。

卓裕摸了摸闺女的头,然后看向墓碑上的祁霜,隔着照片,一老一少的目光似是跨越时空,这一瞬间,如这温热的阳光,浑身暖乎乎的。

"答应您的,我都在努力做到。"卓裕说。

比如,照顾好姜宛繁,过上松弛、有进退、快乐充实的生活。

起风了,飘落下来几片树叶,姜宛繁蹲下,轻轻抚去碑上的一片,抬眸笑着轻声道:"奶奶,我们都很想您。您多来我梦里看看我好不好?"

下山的时候,林间树叶沙沙作响,被风弹奏出温柔的声浪。一行人齐齐回头,墓碑上的祁霜,笑容平和、包容,似在无声地说再见。

又一年春节,卓裕把姜荣耀和向简丹接到B市一块儿过年。

这一套新房是下半年才搬入的,近三百平方的江景大平层,做成微复式的布局，隔出了单独的儿童空间，家庭功能分区十分清晰，就连向简丹都赞不绝口，直夸卓裕会过日子。

姜弋欠揍道："那是，花了三千多万买的，装修花了大几百万，能不会过日子吗？"

向简丹狠狠瞪了儿子一眼，这就是个孽障。

卓小鱼小朋友已荣升学前班，很神奇的是，她对滑雪有着非常浓烈的兴趣。卓裕尝试在她三岁时带她去了滑雪俱乐部，扭头跟周正说两句话的工夫，就听到一阵阵的惊呼声——原来是小鱼站上了滑板，矮墩墩的身体稳得很。经热心人稍加指点，好家伙，小家伙的小短腿一蹬，竟然滑出了几米远。

周正讶异道："老板，你这闺女天赋异禀啊。"

卓小鱼现在五岁，滑雪服一穿，墨镜一戴，特别酷的一个小姑娘，压板技术比大部分成年人都要赞。

卓裕想起她还未出生的时候，姜宛繁问要不要让孩子延续他的梦想，他说不要，任何人的人生都不该被定义。他不会以这一点，来彰显自己有多开明和伟大，只要是孩子真正喜欢的，他会倾尽所有，助力她实现梦想。

好风凭借力，送之上青云。

卓小鱼上三年级那一年，卓裕带着姜宛繁去国外旅游，难得的二人世界，卓裕先带着她去了瑞士，去看少女峰，去小镇萨斯费滑雪，那边有很多华人来度假，卓裕凭借高超的滑雪技术，当了一回热心的卓教练。

后来他们又去了英国，在康沃尔看海景。酒店在山顶，三面落地窗环绕，放眼便能看到蓝色的大海和银白的沙滩。之后又辗转去了爱丁堡，这座复古、成熟、孤独的城市，任何一个转角，仿佛都充满了期待和无限可能。

原本计划玩半个月，结果两人乐不思蜀，外出了一个多月，走遍了欧洲各国，最后的收尾，是在斯塔万格看了木教堂后，飞去芬兰看极光。

他们运气好，第二晚就有幸看见极光。姜宛繁无比激动，遥指天空，原来肉眼可见的极光，真的会蜿蜒变幻！

卓裕转头，凝望妻子——苍穹之下，极光笼罩。雪山之巅，与你并肩。

卓裕笑起来，吻落了下来，像温柔的灯芯熨帖在妻子的眉心。

一吻定终生，不用言语，在心里，在生命里，在余生的朝朝暮暮里，爱的标准答案永远是——

姜宛繁。

♡ 番外二

爱是双向的

　　谢宥笛从没想过自己会被打,而且是以"第三者插足"这种理由,在街头,在人群里,被千夫所指,万人唾弃。

　　回到家中,他打发了所有或是真的关心,或是来看笑话的亲朋好友,在卧室睡得天昏地暗。电话是凌晨一点半打进来的,那头说人找到了,于是,谢宥笛拖着一身伤,一个人开车前往郊区的一处废弃工厂。

　　踏过凌乱的碎石,他见到了陈瑶。陈瑶激烈地起身,又被旁边的人按了回去。

　　"谢宥笛!你抓我干吗啊!"

　　手下说是在高铁站逮到的她,更凑巧的是,不仅他在找,还有几拨人也在找她。陈瑶的行李箱里全是现金、首饰,还有几张假身份证——手下的话已经说得很委婉了,陈瑶在多个男人之间周旋,骗人骗财。

　　谢宥笛额上的肿块还没消,眼角也有擦伤,嘴角是淡淡的青紫,和他此刻的眼神一样。他往前两步,在陈瑶面前蹲下,视线仰看她,依旧是那张洁白无瑕的清纯面容。

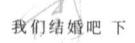

"我是找不到女朋友吗？不是，你知道的。"谢宥笛的语气和缓，"我从大一就喜欢你，那么那么喜欢你，我为你做的，从来不求回报，你觉得我好，能多看看我就行。你吊着我这么多年，真以为我不明白？不过是真心喜欢，我不想拆穿。"他自嘲一笑，"是我自欺欺人。"

幽暗的工厂高大空旷，他的声音像电影独白，眼神也难掩失落与心碎。

"在广州，你找到我，说愿意跟我在一起，我看得出来，你不曾有多少真心，但我还是舍不得，我想，就试试吧，万一我们真的能磨合，我一定对你好。"说到这儿，谢宥笛骂了一句，又气又委屈，"我对你还不够好吗！你到底有没有心啊？这样搞我！"

陈瑶翻了个白眼，理直气壮道："你自己乐意当冤大头，关我什么事？我从来没答应跟你在一起，老同学而已，那些礼物都是你主动送的，我又没强迫你。出于礼貌，我也就没拒绝，你现在来跟我算什么账？再说了，打你的又不是我。你被误会，那是你的事，你找我干什么？你找打你的人去啊。"

这番发言，让一旁的手下都把拳头握得咔咔响。

谢宥笛差点晕厥，点点头，然后站起身，手在空中一抬，有气无力地说："把她给我弄走，别再让她出现在B市。"

其实用不着他这么说，手下把人往公安局一送，她身上的那些破事够她喝好几壶的了。

回到宅子里，谢宥笛失魂落魄地去厨房倒水喝。他觉得自己应该表示一下，来祭奠自己死去的爱情。他决定哭，哭出来就什么都好了，可是眼睛闭着，酝酿情绪，想象之中的湿润并没有泛滥于眼眶中，反倒发散思维，忽然领悟，自己这是被人当成傻子了。

谢宥笛顿时火冒三丈，哭啊！眼泪呢！他使劲眨眼，依旧干巴巴的。

谢宥笛跟自己较上劲了，拧了一把大腿，疼，但还是哭不出来。他索性端起水杯，往自己脸上弹起一片水花。

清醒一点，给我哭！

就是这么巧，家中的阿姨掐着点起床煲汤，站在厨房门口一脸惊愕道："笛笛，你、你这是怎么了？"

谢宥笛茫然地转过头，大眼瞪小眼。

阿姨捂嘴心疼道："不用故作坚强躲起来哭，你看你，哭得头发都湿了。"

第二天，谢家人都知道谢宥笛半夜肝肠寸断，被情伤伤得体无完肤，其中最着急的就是他的母亲谢夫人。

秦方萌那天微笑地走进儿子房间，周身散发慈母气质，谢宥笛正在回微信，莫名其妙道："妈，怎么了？"

秦方萌晃了晃手中的书："妈妈给你读些文章好不好？"

谢宥笛看清书籍名字，清一色的心灵鸡汤，说："妈，我没事。"

"你有事，瞒不过我。"

"我真没事。"

秦方萌心疼地掉眼泪："故作坚强，这一点跟我真像。"

谢宥笛妥协道："好，您读吧。"

秦方萌翻开第一页，声情并茂地读出标题："如果生活给你戴了绿帽——"

结果必然是没有什么效果的，秦方萌又让与谢宥笛同辈的兄弟姊妹们来相劝，本来这件事没几个人知晓，现在倒好，天下皆知。

"表哥，想开点，被骗的人那么多，不是只有你一个。"

"笛哥，像你这种三十几岁还没谈过恋爱的男人真的不多，老天一定会保佑你的。"

"我们几个弟弟妹妹在庙里给你烧了一炷香，点了祈福灯，希望你早日找到爱情。"

谢宥笛两眼一黑，世人皆知还不够是吗？连天上的神仙也不遗漏。

这段时间，谢宥笛被弄得彻底抑郁，起先还想祭奠死去的爱情，至少跟感情有关，但事态逐渐偏移方向，他冷静几天，发现这些情情爱爱的破事算个屁。当年他春心萌动，是真的喜欢陈瑶，后来她消失了，感情也就淡了，也没那么非她不可。与其说他是喜欢这个人，不如说是带着一分不甘心，怀念曾经的付出。

开车的时候，电台响起《相亲相爱一家人》，谢宥笛鼻酸眼酸，非常想哭，

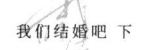

他把这些事跟好哥们儿卓裕一说，得到一个很犀利的评价：有亲情，但不多。

谢宥笛又心酸又想笑。

卓裕约他出来喝酒，大老爷们，醉一场什么都舒坦了。

卓裕乍一见人，皱眉道："知道的你是为情所困，不知道的，还以为你恣意放纵。"

谢宥笛尖锐点评："你是在讽刺我。"

卓裕挑眉道："对不起，忘记你是个……"

就在这时，旁边桌的年轻男女激动呼喊："啊啊啊！是盛梨书！"

酒吧的大屏幕上，是某时尚活动的红毯秀直播。盛梨书一席鱼尾裙，身材勾勒得凹凸有致，五官精致，气质却清冷，她将矛盾的东西很微妙地融合，让人挪不开眼，直到镜头切换到下一位明星，谢宥笛的视线才挪回来。

卓裕似笑非笑道："怎么样？"

谢宥笛感叹道："真人就是美，那个赝品没法比。"

晚上变天，进酒吧时还好好的，出来便是狂风漫天。谢宥笛的外套扔在车里，只穿着一件单薄的黑色衬衫，喝了酒，灌了风，浑身直打冷战。代驾将车开过来花了几分钟，上车后，暖气扑面，冷战打得更厉害了。

这一冷一热的刺激，谢宥笛晚上就不对劲了，先是胃疼折腾了一宿，然后头疼、发高烧，估计是因为喝了混合酒，后半夜趴在马桶前吐到天亮。谢宥笛硬扛到清晨，彻底扛不住了，吓得秦方萌赶紧叫来家庭医生给他打吊瓶。

等烧退了，秦方萌放了心，拿起手机，往密友群里连发十个哭泣的表情。

"笛笛为情所伤，还没有走出来。他昨晚买醉喝酒又吹风，这就是蓄意自杀。我儿子好痴情，我好怕他去殉情。"

密友们纷纷出主意：

"转移他的注意力。"

"没错，用魔法打败魔法。"

"笛笛太消沉，需要用活力激发他的斗志。"

秦方萌认真地问："怎么个激发法？"

"你明天不是要去现场看盛梨书吗？带他一起去！"

秦方萌觉得这办法简直太行了，虽然谢宥笛还病着，但她觉得这点伤痛算不了什么。

秦方萌心态年轻，不拘泥于年龄，认真且用心地生活着。谢宥笛一直觉得自己的母亲是个神仙，五十多岁的人了，活得无忧无虑，像个小公主。有一次他忍不住和父亲聊起，老谢顿时不乐意了，十分严厉地批评他："你母亲本来就是公主！"

谢宥笛顿时明白了，真正的始作俑者就是他爸。

秦方萌找了个借口把谢宥笛骗出来，到了机场，看到乌泱泱的男男女女，以及他们手上的横幅、彩旗、卡牌，上书"在我生命里停驻，最美盛梨书"，谢宥笛这才知道着了母亲的道，问："妈，你追星叫我来干吗？"

秦方萌说："妈老了，追不动，待会儿你帮我追。"

谢宥笛："您知道您老了，还追什么星？"

"所以才让你来啊，你年轻，追得快。"

很好，逻辑一百分。

秦方萌非常专一，是盛梨书的忠实粉丝，过去两年，她去全国各地为盛梨书应援，花钱投票，但凡盛梨书参加的活动，她一定是最佳的气氛小能手。去年，秦方萌更是自费，把一个偷拍盛梨书拍戏现场的娱乐记者告上了法庭。

人太多了，谢宥笛被挤得两眼发黑，提醒道："这位萌萌女士，您儿子我，还在生病。"

秦方萌愧疚地点头："那待会儿回家多打几个吊瓶。"

谢宥笛一阵无语。

"儿子，你应该走出自己的世界，来看看外面的世界。你以前可能是眼瞎了，妈妈带你来治眼睛。"

谢宥笛心中苦楚，备受打击，整个人恍恍惚惚。

忽然，人群开始骚动，尖叫声此起彼伏："啊啊啊！盛梨书！小书来了！"

秦方萌极其迅速，从爱马仕包里掏出应援横幅、印有盛梨书绝美照片的卡片，以及一个猫耳朵头箍,"咔"地一声戴在谢宥笛头上,这猫耳朵会发光,粉色的光。

气氛越来越热烈,谢宥笛被迫随波逐流。

"盛梨书!"

"小书!我爱你!"

在热烈的粉丝示爱声中,谢宥笛不知被谁推了一把,脚步趔趄,冲出了人群外,他彻底丧失重心,连滚带摔地匍匐在地。

手掌疼、膝盖疼,谢宥笛内心连骂十句脏话都不足以表达此刻的心情。突然,耳边一瞬间清静了,他回过神,入眼先是细长精致的高跟鞋,纤细的脚踝,匀称的小腿。谢宥笛心跳如雷,脑子跟炸开似的,他抬起眼,与盛梨书四目相对。

盛梨书微微蹙眉,一脸震惊,但是谢宥笛头上发光的猫耳朵,捏在手心的应援横幅,还有他此刻的狼狈姿势,很快让盛梨书冷静下来,她慢条斯理地蹲下身,两人的距离近在咫尺。

"盛梨书是什么星座——我的量身定做。"女明星本人一字一字地读出横幅上的标语,谢宥笛十分想死。

盛梨书伸手弹了弹他头上的粉色猫耳朵,调笑道:"原来你这么爱我,我还以为你是小黑粉呢。"

这件事过了三天,谢宥笛还沉浸在那天的尴尬情绪中。

那日,盛梨书热情回应粉丝,合照、签名来者不拒。她的粉丝也很奇葩,上一秒冲锋陷阵无比疯狂,真正见到她后,又自发安静地排队,没有扰乱公共秩序。

秦方萌特意排在最后一个,就在谢宥笛以为煎熬终于结束时,他伟大的母亲又激动地招手:"笛笛!快来治眼睛啊!"

盛梨书挑眉看着他,谢宥笛被迫追星、被迫合影、被迫成为盛梨书的忠实粉丝。事后一看照片,他木头木脑地站在盛梨书身边,女明星美艳动人,他呢,像一只哈巴狗。

原本已经不发烧的身体,又出现了应激反应,肺炎感染,谢少爷直接住进了医院。

密友们纷纷关心进展怎么样,是不是很有效果,秦方萌无奈道:"别提了,我应该循序渐进的。不能让他第一次追星就追盛梨书,这种人间绝色,刺激到笛笛了,回家之后他相思成魔,高烧不退。"

于是,大家都知道谢宥笛为了盛梨书,住进了医院。

卓裕最近挺忙,只有姜宛繁一个人来医院探望他。

谢宥笛虚弱得不能动弹,心中苦涩:"她既然是明星,为什么不早说?要我很好玩吗?她打一开始就想看我出糗是吧?就这品行还当红明星呢?从明天起,我就是她的黑粉!"

姜宛繁不是很理解:"你自己误会她,给她下定义,怎么还怪她没跟你坦白呢?再说了,去机场追星,是你自个儿决定的,关小书什么事?"

谢宥笛委屈道:"你是来看望病人的吗?你是来送我一程的吧。"

姜宛繁笑道:"小书不美吗?不耀眼吗?不配你喜欢吗?"

"那倒不是……"谢宥笛不能违心说谎。

"这不就对了?喜欢这么一个大美女,不丢人呀,你多有品位。"姜宛繁有理有据地总结。

谢宥笛没被她带进圈套,决定转移注意力,刷刷新闻。他打开微博,关注的人的动态显示在最前面:你的好友"萌萌"发了新微博。

谢宥笛下意识地点开,两眼一黑——秦方萌在盛梨书的超话里发了那日机场的合影,对盛梨书进行了一顿无死角的夸赞,九宫格配图的前三张是谢宥笛。

萌萌:"我们全家都喜欢小书!我儿子生着病都要来合影!"

她发就发吧,关键是盛梨书还转发了这条微博:"感谢喜欢,但健康第一,早日康复哟。"

评论挺多的:

"呜呜呜,小书好温柔呀!"

"倡导理智追星!"

"理智追星!"

"他站在小书旁边好像一只呆鹅。"

谢宥笛拿小号反驳:"你家鹅有这么帅?你个呆子!"然后又打电话给姜宛

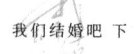

繁,"立刻,马上,把盛梨书的电话给我!"

盛梨书接得很快,慵懒的一声:"喂?哪位呀?"

谢宥笛颤抖着声音说:"删微博。"

盛梨书长长地"哦"了一声:"是你啊。"

"我,就是我!"谢宥笛愤怒道,"你把微博给我删了!我长什么样你不知道啊!照片里那死样,根本不是正常的我!"

盛梨书说:"你就长那样呀。"

"呀什么呀!"谢宥笛急道,"删了它!"

"照片上的是不是你?"盛梨书不疾不徐地问。

"废话。"

"对啊,你就是这个样子的。"盛梨书说,"其实你还挺上相的,照片比本人好看。"

谢宥笛气到嗓音发抖:"你、你胡说!删不删,我就问你删不删?"

"不删,有本事你来找我啊!"

谢宥笛一把扯掉输液针,火急火燎地往外冲:"你给我等着!"

盛梨书这一个月的工作安排大多在B市,此刻就在电视台大楼里录制一档宣传片。谢宥笛按照她给的地址直接上32楼,录制大厅里,气氛严肃认真,人人各司其职,背景上写着此次的拍摄主题——《全员学法》。

谢宥笛一怔,但凡他现在多一秒干架的念头,都对不住这个法治社会。

气焰被迫减少20%,他靠着门边,满怀敌意地盯着正在录制的盛梨书。不同于平时的盛装华服,她今天穿的是简单的白衬衫、西裤和高跟鞋,马尾利落,淡妆越发凸显五官的优势,远远看着,像一支纯白的山茶花,自然清新,是不可忽略的一抹风景——谢宥笛的气焰又减少15%。

盛梨书的台词功底非常好,字正腔圆,游刃有余,情绪拿捏得恰到好处。她身材纤瘦,却不干巴巴,合体的衬衫衬得她凹凸有致。

谢宥笛的目光从她那边挪开,不自觉地咽了咽口水——气焰减少60%。

等了近一个小时,拍摄顺利结束,盛梨书的小助理跑过来说:"这位粉丝,你先跟我下去，小书马上就来。"

"我不是粉丝"——这句话到了唇边，又被他鬼使神差地吞了回去。

在保姆车里等了九分钟，盛梨书来了，谢宥笛往左边坐远，保持距离，盛梨书假装不经意地也向左挪了挪，谢宥笛再挪，她也跟着挪。

直到紧贴车门，挪无可挪的时候，谢宥笛无语地瞪着她。盛梨书似笑非笑，冲他眨了眨眼。

谢宥笛："你再靠近我，别怪我不客气。"

"怎么个不客气？"盛梨书的语气充满挑衅。

谢宥笛无奈道："你到底是不是女明星？"

"你说我是赝品，我总要拿出赝品的气质。"盛梨书笑眯眯道。

谢宥笛咬牙道："你就是个无赖。"

"既然你这么说，我不当个无赖，都对不住你的夸赞。"盛梨书交叠着腿，看着谢宥笛，"删微博可以，给我五百万。"

安静十秒，谢宥笛忽然闷哼一声，一手捂着肚子，一手揉着头："你爱删不删吧，我有点难受。"

盛梨书蹙眉道："你怎么了？"

"我从医院来的，吊瓶打到一半扯掉了，现在头晕，想吐，浑身无力。"谢宥笛虚弱地说，借此卖惨，博取同情。

盛梨书果然倒吸一口气，说："看来你真的是我的粉丝，身体都这样了，还来现场探班。"

就在谢宥笛被她的话刺激到内伤吐血时，盛梨书调侃道："好，我删。毕竟，爱是双向的。"

明知是玩笑，但被她注视的那一秒，谢宥笛仍然可耻地有点心动。

两颗脑袋靠在一起，删完微博后，谢宥笛终于松了口气，喜悦涌上心头，人也变得善良了些，夸道："你穿这件衣服还挺好看的。"

"我妈的。"盛梨书说，"替我妈妈谢谢你了。"

一秒的死寂后，两人彼此对视一眼，然后齐齐笑出了声。

谢宥笛挠挠头："人漂亮，跟衣服无关。"

"其实，你真的和照片上一样。"盛梨书说，"真没你自以为的那么俊朗。我也听说你的事了，希望你早日走出情殇，别要死要活的，情绪影响容貌，会变得很难看的。"盛梨书强调重点。

"对了，送你妈妈一个小礼物，回馈粉丝，谢谢你们的爱。"盛梨书从包里拿出一个巴掌大的精致礼盒递过去。

谢宥笛被她的言语攻击伤得体无完肤，心想不要白不要。但是很奇怪，虽然他很受伤，可心情没有之前那么低落郁闷了，到了家，他哼着歌把东西拿给秦方萌。

秦方萌拆开一看，踩脚尖叫："啊啊啊！是小书给我的！"

照片上的盛梨书简直就是甜言蜜语的代言人，下面还特意写了一句话——

亲爱的萌萌阿姨：

谢谢您的喜欢，是我的荣幸！有机会一起吃饭哟。

谢宥笛看得忍俊不禁，女明星过于可爱，是不是犯规了？

秦方萌如获至宝，发了朋友圈，又发到闺密群里可劲炫耀。第二天吃早餐时，她喜滋滋地分享："可多人羡慕我了，谁不想要小书的专属签名呢？独我一份。"

一旁的谢宥笛慢条斯理地放下牛奶，心平气和地说："知道了妈，我会努力去要的，达成大家的心愿。"

这段时间，谢父知道这个不孝子为情所困，怕他自杀，便给他放了长假，不用去公司上班。上午，谢宥笛坐在花园里优哉地喝咖啡，以"我要帮阿姨们要签名"为理由，向盛梨书发出微信好友申请。

很快，申请通过，谢宥笛一愣，盛梨书的微信名是"女明星"。

这么诚实的吗？

正当他盘算该如何解释时，女明星发来一句："你是不是还想问我要签名？"

谢宥笛："这可是你说的，那我就勉为其难地同意吧。"

此刻的盛梨书正在去拍摄杂志的途中，捧着手机傻乐。副驾的经纪人强哥皱眉道："你有没有在听我说话？"

盛梨书:"啊？你说什么？"

强哥一阵无语。

谢宥笛按她给的地址如约找来时，盛梨书正在进行第二组拍摄。这一次的妆发造型，俏皮中带点小性感，谢宥笛静静观看了一会儿，不得不承认，女明星就是女明星，能驾驭任何风格。

盛梨书在镜头前从容自如，姿态舒展，忽然，她一个回眸，目光直中谢宥笛，那样温柔似水，像隔空抛出的小鱼钩，正巧落在他身上，勾得人心痒痒。

谢宥笛不自然地咳嗽一声，视线悠悠地转向一旁。在他看不见的地方，盛梨书若有似无地弯了弯唇角。

拍摄完毕，工作人员迅速上前，给盛梨书披披肩、递保温杯，盛梨书笑靥如花，双手合十地向所有工作人员道谢，十分有礼貌。

忙完后，她迎面走来，谢宥笛背靠墙壁，长腿不正经地支着，浅色风衣显气色，元气一恢复，又成了俊朗精神的公子哥。他挑眉调侃道:"耍大牌啊，女明星。"

"岂止是耍大牌。"盛梨书忽然抬起手，身高有差距，她微微踮脚，掌心轻轻揉了揉谢宥笛的头发，"我还关爱小动物呢，特有爱心的一个大美女。"

谢宥笛的目光猝不及防地盯着她，盛梨书后知后觉，不自然地收回手。几秒的安静，谁都没说话。

谢宥笛打破沉默:"再帮忙签几个名吧，成全你的爱心。"

盛梨书"嗯"了一声。她不多话的样子，很乖。

过了一会儿，谢宥笛不可置信道:"就签了一个？不是答应签十二个吗？"

"是啊，答应了，但我没说一天签完呀。"

"为什么？"

盛梨书倏地皱起眉，扶着自己的右手，委屈地说:"我得了一种病，每天只能写三个字，多写一个，会断手。"

谢宥笛反应过来:"你……你昨天给我妈签了那么多字！"

盛梨书无辜道:"就是刚才得的病，有问题？"

谢宥笛一阵无语，盛梨书又体贴道:"我这一个月都在B市，每天一个签名，你过来找我拿吧。"

就这样，之后的日子里，录音棚、演播厅、摄影棚，盛梨书去的每一个地方，都有谢宥笛的身影，久而久之，她身边的工作人员也认识他了。

助理小姐姐每回都热情地打招呼："粉丝，你又来啦？"

谢宥笛笑道："是啊，明天还来。"

他看着工作中的盛梨书，她美丽、敬业，多彩多变。秦方萌说得对，就该用美好的人和事来治疗眼睛，谢宥笛觉得，此时此刻，是他眼神最好的时候。

盛梨书真的每天签一个名给他，如彼此才懂的信物暗号，交接时，她会告诉他，明天在哪里拍杂志，让他几点来。

谢宥笛"嗯"了一声："会准时的。"

事实上，他从来没有准时过，只会早到。盛梨书做好造型，出化妆间，第一个看到的人，一定是谢宥笛。他穿风衣的样子真好看，不说话的时候是真的很帅。

又过了几天，经纪人也注意到他了。两人擦肩而过时，强哥忽地停住脚步，侧过头，要笑不笑地说："挺稀罕我们小书啊。"

来者不善，谢宥笛嗤笑道："关你屁事。"

"我是她经纪人。"

"那也关你屁事。"谢宥笛瞪着他，"小心我发帖，名字我都想好了，'经纪人你没有心，不可饶恕的十宗罪'！"

次日，谢宥笛如约来取签名，这一次的时间是晚八点，地点在盛梨书的个人工作室。他来的时候，工作室就她一个人。谢宥笛环视一圈，问："你的臣子们呢？"

盛梨书坐在沙发上玩手机，头也不抬地说："下班了。"

"这么早就无事可做下了班，你是不是过气了？"谢宥笛优哉踱步。

"嗯，过气了，准备找个老实人嫁了。"

谢宥笛肩膀一僵，什么意思？她想干什么？是不是对他有什么非分之想？因为他的微信名，就叫"老实人"。

谢宥笛的心跳如山体滑坡，忍不住打破沉默，转移话题，声音有点缥缈："你在看什么？"

盛梨书若无其事道："直播。"说罢，她调大手机音量，入耳就是一段电子音乐，一听就不正经。

谢宥笛探头一看，一个帅哥，穿着丝绸衬衫，正随着音乐节奏疯狂扭腰摆胯。

"你怎么看这个？"

"我的爱好。"

"等等，你怎么在输密码？"

"支付密码呀。"盛梨书说，"我给他刷礼物呢。"

谢宥笛静默十分钟，也偷偷观察了十分钟，他发现，盛梨书是真的很喜欢看男人跳舞！而且打赏也是真的大方，男主播激动地喊了几次："谢谢女明星的'火箭'！谢谢！谢谢！"

谢宥笛被他吼得心浮气躁，这什么破音乐？哪个良家男人会直播干这个！

忽然，盛梨书问："你怎么啦？什么表情啊？愤世嫉俗，像要杀人一样。"

谢宥笛冷哼一声，问："你觉得他身材好？"

"还不错啊。"

"这叫好？亏你还是明星呢，有没有见过世面？"谢宥笛极其不屑，并且自以为没有阴阳怪气。

盛梨书真诚发问："比如？"

"我。"

安静，彻底的安静，然后盛梨书轻飘飘地问："怎么，你身材很好吗？"

谢宥笛不以为意："我腹肌六块，轻松开瓶盖。怎么，不信？"

盛梨书点点头："是的。"

"等着。"谢宥笛从冰箱里拿出一瓶啤酒，"我现在就证明给你看。"

他脱掉风衣外套，撩起打底衫，盛梨书的目光情不自禁地被吸引。

"看好了啊！"谢宥笛用嘴咬着衣摆，左手拿啤酒瓶，"别轻易被男的骗，他们只会觊觎你的金钱，不像我，诚心要让你见世面。"

盛梨书心跳如雷，默默抱紧抱枕，下巴抵着，屏息期待。

谢宥笛左手猛地一用力，瓶盖擦向腹部，划出一条斜线。他皱眉痛呼，啤酒瓶扔到地上，整个人蹲在地上捂住肚子，抽出手一看，竟是一掌心的血——啤酒瓶盖太锋利，划伤了他。

半夜十一点，盛梨书戴着墨镜，全副武装，开车带他去医院挂急诊，打破伤风。直到打完针，盛梨书仍一脸恍惚，处于极度的震惊中。谢宥笛全程垂着头，不说话。

护士偷偷瞄了盛梨书好几眼，在她出去后，终于忍不住激动地问："那个……她是不是盛梨书呀？"

谢宥笛有气无力地回答道："那么红的女明星，怎么可能跟我这样的人一块儿玩？"

"也是。"护士心想，她的女神怎么可能跟傻子一起呢。

盛梨书送他回家，谢宥笛把脸偏向车窗装死。

"其实，你不用难过。"盛梨书好心安慰，"你知道吗？现在走谐星路线的男主播挣的也不少，大家就爱看这一种。"

谢宥笛失魂落魄地回到家，往床上一躺，扯得伤口疼，不断提醒他今晚有多尴尬。

"叮咚"，微信新消息，女明星向他转账5000元，备注：打赏。

很快，盛梨书收到回复，老实人向她转账20000元，备注：保密，后边还跟着三个哭泣的表情包。

盛梨书笑到差点错过绿灯，怎么会有这么好玩的男人啊。

回到家，脱了鞋，她赤脚踩在地上飞奔向沙发，迫不及待地给他发微信："你的小肚子没事吧？"

谢宥笛秒速回复："什么小肚子，是六块腹肌！"

盛梨书乐了："哦，你的腹肌还疼吗？"

谢宥笛发来三张照片，血红的伤口，确实很触目惊心。盛梨书口是心非地装嫌弃："好好的，怎么发照片了？"

谢宥笛回道："你数数看，是不是六块？我没骗你吧。"

"明明是四块半。"盛梨书修了一下图,然后画上红圈,"你看!"

谢宥笛感觉受到了侮辱,各个角度拍摄一张,然后连发二十五张照片给她,证明自己所言不假。

盛梨书正在浴缸里一边泡澡一边品红酒,好好欣赏一番后,认为照片拍得很不错。

谢宅,阿姨炖了燕窝,呼唤谢宥笛下来喝。

秦方萌喝得好好的,忽然一声惊呼:"呀!小书发微博啦!"

谢宥笛警惕地问:"她发啥了?"

拿起手机一看——盛梨书:"今天遇到一件超开心的事,好想跟你们分享我的喜悦!"

秦方萌疯狂留言:"快乐会传染,你开心,我也好开心哦宝贝!呜呜呜,你要是我女儿就好了!"

燕窝变得难以下咽,谢宥笛连滚带爬地回到卧室,躲起来给女明星发微信:"别在微博上提我!"

女明星:"你谁啊?凭什么听你的?"

就在谢宥笛准备反驳的时候,盛梨书跟有读心术似的抢先一步说:"你要搞清楚,微博是我的哟。"

谢宥笛仔细一想,这女的就不按常理出牌,根本不怕威胁。他的智商突然升高,非常有水平地以退为进,委婉讨好道:"不记得你的承诺了吗?你可是女明星耶!你曾说我是你的柯基,你对小动物不好,就是虐待,你一个公众人物,影响多不好。"

这世上还有这种上赶着当狗的男人,盛梨书立刻改了谢宥笛的微信备注:谢柯基。

就在谢宥笛紧张忐忑地等回复时,他的母亲又在楼下欢呼:"啊!好可爱的狗狗!小书什么时候养狗了?我记得她只有两只英短猫的。"

谢宥笛赶紧点开APP,女明星发了今天的第二条微博:"新养的小狗狗!"

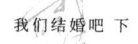

配图是一只奶乎乎的卡通柯基。

粉丝评论:"小书养狗啦?可不可爱?好不好养?要注意别被它咬哦。"

这条评论之所以是第一名,是因为盛梨书回复了:"超级可爱,很不好养,天天咬我磨牙呢。"

谢宥笛捧着手机,不自觉地咧嘴笑了。

凌晨四点,盛梨书起床化妆,今天有个宣传片要拍摄,得赶日出的场景和光影。去拍摄地的路上,她得空刷了一会儿手机,点开微信,蓦地一愣——列表最上端的谢宥笛连夜换了个新头像,正是她昨晚发微博的那张卡通柯基。

盛梨书抿起唇,笑容与即将到来的日出一样明亮。

家里的阿姨发现谢少爷最近有了一些细节变化,比如添置了许多新衣新鞋,时常在衣帽间一待就是两小时,还问:"姨,你觉得我穿哪件好?红色怎么样?"

阿姨震惊道:"大红色?"

"人群之中比较醒目。"谢宥笛很自信,"就冲我这颜值和气质,我能驾驭任何颜色。"

"能驾驭,但没必要。"阿姨认真道。

谢宥笛又换了百八十件衣服,最后还是选了第一件。他出门时,秦方萌嗅了嗅,问:"笛笛,你今天换香水啦?"

谢宥笛心虚地随口胡诌:"没喷香水,自带体香。"

盛梨书今天的宣传片拍摄流程很长,要持续到晚上十点,所以特意让他晚点过来。

谢宥笛说:"我就不!"

盛梨书不懂这有什么好争强好胜的。

通知他十点到,结果七点,人就来了,谢宥笛的红色西服很醒目,于人群当中,像是盛满红酒的高脚杯,不违和,是一种很特别的气质。

其实盛梨书已经很累了,但一眼看到他,如焰火,灼热着她的眼睛,连带着心跳都不自觉充电,感觉又能续航。

最后还有几个镜头要补拍,忙完是晚上十一点,收工后,盛梨书小跑过来,第一时间来到谢宥笛面前。看着她裙摆飞扬的样子,谢宥笛不自觉地挺直脊背,心跳怦怦。

"不好意思,久等了!"盛梨书真心道歉,"待会儿给你签两个名。"

谢宥笛调侃道:"不是超过三个字会断手?"

"今天这病暂时痊愈,明天复发。"盛梨书总能自圆其说,顺便感叹,"你好有耐心哦。"

"这算什么,你是没见过我大学时的耐心。"

盛梨书瞬间收敛笑容,凉飕飕道:"追你那位女神吗?"

谢宥笛一愣,女明星的思维怎么发散成这样?

"我是没见过你大学时的耐心。"盛梨书面无表情地说,"但我见过你前段时间要死不活的模样。"

谢宥笛问:"我哪里惹你了?你要这么攻击我。"

盛梨书别开脸,哼了一声。

女孩子心思这么善变的吗?谢宥笛看了看自己,瞬间领悟,真诚道歉:"好好好,我错了。我下次不穿这件衣服了,行吧?你不喜欢红色,早说啊,遮遮掩掩支支吾吾的,还要我猜。"

见盛梨书仍不说话,谢宥笛放低语气,哄着她:"我知道错了,补偿你好不好啊?女明星?"

就这样,躲过所有人,谢宥笛带盛梨书偷偷出了录影棚。刚上车,经纪人强哥的电话紧追而来:"你哪儿去了?还有会要开呢。"

手机被谢宥笛一把抽出,反驳道:"几点了还开会?女孩子的皮肤不要保养的啊!是不是男人了,你个臭不要脸的。"

挂断,关机,往后座一丢,这套动作行云流水。盛梨书看呆了,继而开始兴奋:"你要带我去干吗?"

"这么晚了,你说还能干吗?"

"里脊肉、烤茄子、炸酥肉、鸡柳、牛肉串,这些都要,少辣,五花肉烤久一点啊。"炸串摊前，谢宥笛像是来进货的。

盛梨书象征性地制止道："太多了。"

"多什么多？不要你吃完，每一样都尝尝。"

夜市才是人间烟火气最盛的地方，这个时间，小吃街人头攒动，汽笛声此起彼伏。盛梨书因为工作，自然是极少来体验的，她开心、兴奋，疲惫的情绪一扫而光，眼睛都会发光。

摊位前都是人，盛梨书还是有点紧张，下意识地往谢宥笛的身后靠。

忽然手一紧，谢宥笛用力牵住了她的手。他侧身，把她拉到自己前面站着，宽阔的背影挡住了大部分人，又细心地将她脸上的口罩往上扯了扯，鸭舌帽的帽檐压低，低声安抚她："没事，安全的。"

盛梨书的后背贴着他的胸口，觉得自己薄成了一张纸，心快要撕破纸跳出来。

谢宥笛拎着一大袋炸串，领着她去了小吃街的巷子口，两人躲在石柱后，几乎没人看得到。

"吃吧。"谢宥笛挡在她前面，左看右看如特务。盛梨书终于能够扯下口罩，大快朵颐。

谢宥笛看着她小心翼翼新奇尝鲜的模样，又心酸又心软，嘀咕道："当什么破明星，还不如找个老实人嫁了呢。"

盛梨书回道："哪有那么多老实人，我家姜姜是走大运，碰到个靠谱的。"

"我不靠谱啊！"谢宥笛急急反驳。

"你靠谱，但是不老实。"

这天不能好好聊了。

左边有一群小年轻有说有笑地经过，谢宥笛下意识地往左挪了挪，挡住她的身影。两人的距离近在咫尺，盛梨书仿佛都能听到他的心跳声，手里的五花肉顿时不香了。

谢宥笛低咳两声，立刻站远半厘米，转移话题问："怎么想进娱乐圈的？"

盛梨书默了默，很安静，神色亦浮现出淡淡的忧伤。谢宥笛心说不妙，她一定是有难言之隐，或者是因为什么悲惨身世，不得已而为之。

"因为我……"盛梨书叹了口气,"天生丽质难自弃吧。"见谢宥笛怔住,盛梨书眨了眨眼,眼神无辜地问,"怎么?我不美?"

谢宥笛哭笑不得:"喂,你从小到大,都这么自信吗?"

"当然。"盛梨书说,"不然我怎么这么红?"

谢宥笛挑眉问:"有多红?"

"比如,如果现在我俩被拍,不出半小时,你底裤什么颜色都能被扒得一清二楚。"

"那不一定。"谢宥笛如实道,"我今天没穿。"

盛梨书心想我只是举例,你倒是不用这么较真。

女明星对身材的管理能力是相当强的,盛梨书就真的每一样炸串都只尝了一口,其余的全被谢宥笛吃了。她吃完一小口,就把炸串递给他,他也十分自觉地接纳,此动作循环十几次后,两人十分默契地对视一眼……这算不算间接接吻?

盛梨书越夜越精神,拖着他压马路,谢宥笛紧张死了:"你把口罩戴好,想被拍是吧?"

"我想喝奶茶。"

"你是女明星吗?"

"谢谢提醒。"盛梨书受到启发,伸出两根手指,"两杯,不同口味。"

奶茶店人气高,凌晨一点还有十几个人在排队,谢宥笛站在队伍里缓慢移动。

他个子高,相貌英俊,在灯红酒绿与烟火气的奇妙结合里,远远看着,让盛梨书很安心。她不自觉地弯了弯唇,真好,有这样一个男人,为她深夜排队买奶茶。

两人逛到两点半才回家,谢宥笛本以为自己很困,结果洗完澡躺在床上却怎么都睡不着,忍不住给盛梨书发微信:"汪。"

盛梨书发来好几张照片。

老实人:"这个点你还在健身房做什么?"

女明星:"晚上吃多了,必须消耗掉!今日事今日毕!"

谢宥笛忽略她的自律,而是被她发来的照片吸引,依次点开、放大浏览。

差不多天快亮了,他才睡着,结果不到七点,又被秦方萌的舞曲吵醒。

他忍无可忍地走出卧室:"妈,您……"

秦方萌并没有在跳舞,而是冷冷地坐在沙发上,叠着腿。

谢宥笛很快意识到,萌萌心情不好,他刚准备溜回卧室,秦方萌冷不丁地开口道:"你给我站住。几点了还不起床?你除了睡觉还会干吗?这么大的人了,也没见你谈个女朋友!别人家的儿子多懂事,根本不需要伟大的母亲操心感情问题!你爸爸,我丈夫,创造出这么优越的家庭条件,你都没有好好利用起来找个女朋友!"

谢宥笛弱弱辩解:"妈,这才七点不到,而且我是被您吵醒的。"

"你还敢顶嘴!"秦方萌生气地揍了一拳怀中的粉色兔子抱枕,"你果然是个逆子。"

谢宥笛不说话了,但这显然也是一种错,只见秦方萌激动地甩出手机:"别家儿子都能和小书在一起!被偷拍也是人家的本事!"

谢宥笛茫然道:"什、什么?"

"早上的新闻,说小书被拍到和一个陌生男子亲密逛夜市!吃五花肉!喝奶茶!"秦方萌都快哭了,"别人家的儿子能做到,为什么你不能?和小书在一起的为什么不是你?呜呜呜。"

谢宥笛回到卧室,把门关紧,颤着手打开微博,虽然新闻标题用的是"疑似",因为两个人拍得都很模糊,尤其是他,夜色本就朦胧,还只露了个背影,但他一看,就百分百确定,是他和盛梨书!

现在娱记这么敬业吗?凌晨两点还奋战在最前线。

照片里,他和盛梨书隐蔽在石柱后,稍微清晰的一张,拍的是盛梨书的侧面,两人看起来像在拥抱。

网友评论:

"真的吗?太好了!"

"如果小书真的谈恋爱了,我谢谢你××周刊,给你们寄锦旗!"

"呜呜呜,她终于开窍了!"

"这男的身材看起来还不错的样子。"

谢宥笛一边心乱如麻，一边给最后这条评论点了个赞。

自新闻爆出，盛梨书那边一直没消息，谢宥笛坐立难安，苦苦挨了两个小时后，他忍无可忍，主动给盛梨书发微信。

老实人："今天去哪里找你拿签名？"

消息石沉大海，盛梨书一直没有回复，谢宥笛像被一条扔进大海里的狗，浑身湿漉沉重。就在他快要窒息时，终于，盛梨书回了消息。

女明星："我已经离开B市了，我让工作人员寄给你。"

她走了？为情所困被逼走的吗？还是受到困扰不想看到他？或者是觉得他晦气，影响了她的事业？

谢宥笛的心脏像插了一把刀，疼极了。

十分钟后，他很快做出决定，拉开门，大步流星地下楼："萌萌，您知道您偶像的行程安排吗？"

这个问题让身为超话小主持人的秦方萌受到了侮辱："废话！她今天去北京拍杂志！"

谢宥笛只觉得心潮澎湃，本能告诉他，现在，立即，马上，他要飞北京。

秦方萌还是了解自己儿子是什么德行的，看他此刻的神色就知道有些不对劲，问："你要干什么呀？"

谢宥笛抬起头，问："妈，您知道什么叫株连九族吗？"

秦方萌："胡言乱语什么？"

谢宥笛："如果从今天开始，您被盛梨书开除'粉籍'，取消您的超话小主持人权限……"

话未说完，秦方萌冷冷道："那我就跟你爸离婚。"

还穿着睡袍的英俊谢父正巧从主卧下楼，听到了这句话，他加快脚步赶到谢宥笛面前，火冒三丈道："你又惹你妈了是不是？不长记性的玩意儿！我最后说一遍，这个家，除了你母亲，什么都可以扔进垃圾桶，尤其是你！"骂完儿子，谢父转过头，瞬间换脸，温柔包容地哄道，"我给你买十个包，把那句话收回去

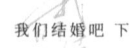

好不好？"

父母情比金坚，对他这个不孝子来说，大概也是刑罚的一种吧。

谢宥笛都走到门边了，隐约还能听到秦方萌在丈夫面前委屈抱怨："除非他带小书回家吃饭，否则别想得到我的原谅。"

北京。

盛梨书的工作状态如常，无论多少流言蜚语，她都能完美完成所有拍摄要求。

晚上九点多，拍摄圆满结束，小助理这才告诉她："小书姐，有人找你哦。"

当看到大厅里，可怜巴巴地坐在那儿的人时，盛梨书不可置信。谢宥笛站起身，目露委屈，第一句话就是："北京这么冷的吗？我没带外套，心都被风吹凉了。"

盛梨书震惊道："你、你怎么来了？"

"你答应我的，一天一个签名，不许赖账。"谢宥笛低声说，模样太乖了。

盛梨书走向他，放软语气道："不是告诉你了吗？我会让工作人员寄给你的。"

"谁要工作人员寄？"谢宥笛哼道，"得你亲自给本少爷签。"

盛梨书忍着笑："好好好，去我房间，我当面给少爷签名，行吗？"

谢宥笛不情不愿地"嗯"了一声："这还差不多。"

两人走进电梯，分站两边，中间隔着安静。谢宥笛站得稍稍靠后，目光如炬，盯着她柔顺的长发和纤细的背影。他不得不承认，在见到她的这一刻，自己的心是踏实的，但又不够踏实，总想要更多。

谢少爷，从小到大，都从不曾委屈自己，他忽地开口，是平静的，商量的，却又暗含势在必得的语气。"盛梨书。"

"嗯？"盛梨书回过头。

"昨晚的事，不需要解释一下吗？"他真诚发问。

盛梨书反应过来，宽慰他："没事，不需要。我的团队会公关的，也不会曝光你的。你没给我造成困扰，别多想。"她开着玩笑，缓解他的紧张。

谢宥笛向前半步，说："是你，给我造成了困扰，我需要你给我一个交代。"

心跳跟往上升的楼层数字一样，越来越快，盛梨书的声音软了些，问："那你想怎样？要什么交代？"

谢宥笛从来都是火山一般的作风，想什么，就去做什么，一秒都不犹豫，不让自己后悔。他没有正面回答这个问题，而是幽幽道："我的确有过一段很受辱的感情经历，但我不后悔，我喜欢过的，做过的，从来不会隐瞒。我也不觉得有多丢脸，正视自己的内心，顺从自己的喜好，有什么错？错的是那些骗我的人，是他们不堪入目，我坦坦荡荡，敢做敢当。

"我就是这么一个随性却不随便的人，有时候很烦人，但只要我女朋友需要，我一定第一时间出现在她身边。不管遇到什么事，我都不会让她一个人面对。"

谢宥笛目光如有重量地落向她，停顿两秒，是遐想联翩的留白——就像此刻，我不让你独自面对流言蜚语，所以来到你身边。

盛梨书有点蒙，声音也有点抖："所以呢？"

谢宥笛盯着电梯门，许久，视线又慢慢挪回她的脸，似在自言自语："女明星这么受关注的吗？只是一起逛夜市，就会被拍。"

盛梨书一改往日的伶牙俐齿，这么好的自夸机会，她暂时放弃，选择沉默。气氛像在酝酿一场海啸，她有所预料，但又不敢确定。

谢宥笛声音低沉道："如果……女明星被强吻，你粉丝是不是得炸？哦，还有我妈。"

就在盛梨书懵懂迷茫时，眼前覆盖下来一片薄薄的阴影，下一秒，后脑勺被一只手稳稳托住，男人温热的唇落下，盛梨书彻底蒙了。

谢宥笛伸出手，掌心盖在她的眼睛上，含糊道："没接过吻啊？闭眼。"

盛梨书虽然拍过吻戏，但没有跟工作之外的异性这样过，她的一切被狠狠拿捏，脑子里天人交战。

这时，"叮咚"一声，电梯门凑热闹地打开，电梯外，经纪人、工作人员、导演、商务，笑容戛然而止，逐渐扭曲成同款天崩地裂的震撼表情。

谢宥笛的理智回归三分，刚想放开人，盛梨书单手揪紧他的衣领，猛地把人往身前扯，钳住他不让走。

"让他们看……这就是我给你的交代。"

谢宥笛重返主场,按关电梯门。

盛梨书的手抵着他的胸口,轻声道:"你想好了没?跟我在一起,要被我粉丝监督的,对我不好会被骂,身材不好会被骂,长得不好也会被骂。"

"放心,我对你不好,我妈第一个不干。"谢宥笛一顿乱亲,哑着声音道,"你喜欢我吗?"

"我喜欢你妈妈的呀,她太可爱了。"

谢宥笛心说,行吧,喜欢我妈,就等于喜欢我了。

他也有模有样地给盛梨书打预防针:"如果以后你离开我,只有一个理由。"

"什么?"

"我太黏人了,也太喜欢给喜欢的人买礼物了,看到好的都想给她,我喜欢的人,值得世上最好的一切。"谢宥笛委屈道,"我就想对我喜欢的女孩好,天天黏在一起,一刻都不能忍受她不理我……我也想改的,可我试了好多次,真的改不了。"

盛梨书抱住他,轻轻拍他的后背,笑着说:"嗯,未来让我来检验,你到底有多黏人。"

她家里养了两只可爱的猫,从这一刻起,生命里又多了一只黏人的狗狗。

有猫有狗,盛梨书心想,这也算人生赢家了吧。

♡ 番外三

特别感谢你

  这年夏天,姜宛繁随大学老师去璟南参加一个研讨会,传授技艺,汲取行业新动态。其实这些会议大同小异,唯有一点让姜宛繁很感兴趣——老师说的是直播风口,目的是带动销量,她看中的是,可以科普传统文化知识。
  吕旅对拍短视频、做直播干劲十足,很快搜集了一大沓资料,设备场地这些都好办,唯有参演的男主角是个难题。
  "要让视频的内容看起来生动有趣,当然要设计一些剧情演绎。"吕旅大刀阔斧,连夜写了四五个小剧本。
  "师傅,你让姐夫来演吧。"吕旅的算盘拨得响,"咱们还能省点经费。"
  卓裕一听这新鲜事,自然愿意效力,结果真正拍摄时,背剧本,走位,串词,还有什么表情特写,一遍遍地重复,弄得他手忙脚乱。
  "哎呀,姐夫,你表情再自然一点。"
  "不行,不行,这眼神不够柔和,不像宣传传统文化,而像宣传非法文化。"
  "姐夫,你笑嘛。"

卓裕着实无奈："你这剧本里有没有哭戏？我现在演哭比笑拿手。要不，小吕导演，你换个男主吧？"

吕旅点点头："姐夫，换一个也不是不可以。找几个青春阳光的大学生跟我师傅对台词，似乎也不错？"

卓裕立刻纠正道："我看很有错。行，我上。"

这一天拍摄下来，比他滑两场高山赛道还要累，回到家直接瘫软在床上起不来。

姜宛繁走过去拍了拍他的大腿："我就说吧，让你别去蹚浑水，盲目自信不可取。"

"本来是想服输的，但吕旅说要给你找几个男大学生搭戏。"卓裕翻了个身，享受姜宛繁的轻柔按摩指法，"我敢认输吗？"

姜宛繁笑了笑："幼稚鬼。"

"上个月组队来你店里买东西的那几个小兔崽子，我可是看到他们手里藏了电影票的。"卓裕记得很清楚。

姜宛繁佯装遗憾道："可惜你进来的不是时候，还叫了我一声'老婆'。"

卓裕忽然到处找东西，姜宛繁问："你找什么？"

"手机，马上给吕旅打电话，明天我会准时参加拍摄。"

姜宛繁被他逗笑了。

原以为这事就这么搁置了，半夜她渴醒，发现身边空了，卓裕不在。客厅外有微微亮光，是从洗手间门缝里透出来的。姜宛繁走近，能听见门里的声音，仔细辨别后，她忽地笑起来，竟是他在练习明日要拍摄的台词。

姜宛繁想，明天一定要给他一个拥抱，告诉他，他早就是她人生中的唯一男主角。

五一小长假，两人回了一趟霖雀，不过不是为了度假，而是一桩头疼事。

姜荣耀在两天前的晚上打电话给卓裕，卓裕还以为看花了眼，凌晨两点半，他猛地一个激灵，怕家中出事。结果是姜荣耀借酒壮胆，一把鼻涕一把泪地控诉：

"你妈她要跟我离婚。"

起因非常简单,向简丹参加了老年人舞蹈社团,原本姜荣耀以为就是跳跳广场舞,强身健体,自当大力支持。向简丹每天准时去报到,回来时也高兴得很,做家务还要哼着小曲。

这天,姜荣耀心血来潮,想着去观摩一下,结果去了才发现,怎么跳的是交谊舞啊!镇上那些小老头个个白衬衫红领结,跟唱大戏的孔雀似的,其中还有姜荣耀的死对头,李大山。

那不行,姜荣耀气鼓鼓地回家,等老伴回来后,又气鼓鼓地吵了一架。向简丹被这一盆冷水泼得更加火大:"凭什么不准我去跳舞?我就要去。你要么换老婆,要么就让我去,你自己选吧!"

姜荣耀内心愁苦,去繁从简,提炼出她不想过了,要离婚的恐怖信息。

本来没多大的事,可卓裕和姜宛繁一回家,两个老人都有很多苦要诉,有很多心里话要说。

向简丹是霹雳火爆的性格,首当其冲道:"你爸就是找碴,我随便他,我晚上就跟李大山搭档。"

姜荣耀跳脚道:"你……你,你们看看你妈!"

向简丹双手叉腰:"看我怎么啦?我美得很!"

姜宛繁劝说无果,眼神无奈地求助卓裕。卓裕在她耳边悄悄说了几句话,随即,两人视线一搭,立刻默契实施。

卓裕哀声道:"爸,我特别理解您,宛繁跟我这么说的时候,我跟您的感受一样。"

"还是女婿好……不对,等等。"姜荣耀狐疑道,"她跟你说什么了?"

"她啊,也要跟我离婚。"卓裕凄惨地低声道。

向简丹与姜荣耀齐声惊呼:"姜宛繁,你在搞什么鬼东西?!"

姜宛繁:"啊?"

向简丹:"你你你,你可别给我作妖,你丈夫这么好,上哪儿再去找!"

姜荣耀:"对,你妈说得对!"

向简丹:"多大的人了,说话也没个轻重,我看你就是拎不清。"

姜荣耀:"对,你妈说得太好了!"

姜宛繁哭笑不得:"不是,爸、妈,你俩不是要离婚吗?怎么突然这么统一?"

向简丹:"你一边儿去,谁说的?"

"我没说,你们胡说!"姜荣耀同仇敌忾。

姜宛繁适时道:"上梁不正下梁歪,我都是跟你们学的。"

得了,老两口立刻和好如初。

这事解决得尚算完美,姜宛繁后知后觉道:"我怎么感觉自己成了炮灰啊?"

卓裕笑道:"哪里是炮灰了,是'你'要跟'我'离婚啊。"

姜宛繁淡淡瞥他一眼:"对剧本念念不忘啊?要不我们两个也照着演一遍,让你过过瘾?"

卓裕将她的一缕长发绕在指间把玩,说:"就别给咱爸妈添乱了。哎,这招这么有效,你说,你爸妈怎么只有你一个女儿啊?"

姜宛繁不解道:"什么?"

卓裕笑得风流英俊:"别人还以为我娶不起。"

"我看你不是娶不起,而是找打。"

卓怡晓最近有点反常,节假日的家庭活动、出游计划等,通通找了理由推掉。卓裕原本以为妹妹是临近毕业,学校事情多,但次数多了,他难免有意见,委婉地提醒过一次:"你都很少来陪你嫂子了,她手艺不错,明天回家吃鱼。"

卓怡晓说:"明天啊?我有点事,回不了,我给嫂子打个电话。"

卓裕皱眉问:"你这一天天的,忙什么?"

"就……就一些学校的事呀。"卓怡晓一溜烟地跑没了影。

卓裕不放心,问姜宛繁:"这小妞有事瞒着我?不会欠网贷被勒索了吧?"

姜宛繁平静道:"当然不会,她只是恋爱了而已。"

卓裕愣了愣。

姜宛繁以为他疑虑消除,没事了,没想到,第二天又出了个事——卓怡晓和哥哥闹脾气，兄妹俩不欢而散。姜宛繁当调解员，一问原因，哭笑不得。

卓裕从俱乐部开车出来，路过CBD商业区时，正巧看见卓怡晓和一个男孩手牵手，有说有笑。他难以形容那一刻的心情，既失落，又自我说服要慢慢接受，妹妹长大了，理应享受甜蜜的恋爱。

"哥？你怎么在这里？"卓怡晓也看到他了，皱眉问道，"哥，你不会是跟踪我吧？"

然后，她身边的男孩本能反应地把她拨到身后。卓裕当时的脾气一下没忍住："我妹妹，还轮不到你来护这个短。"

后面也谈不上争吵，卓怡晓生气了，卓裕也憋闷，总之两人不说话了。

卓怡晓给姜宛繁打电话，眼泪哗哗地流："嫂子，呜呜呜。"

姜宛繁被这兄妹俩逗乐了，有误会，那就当面澄清，于是把两人拉到一块，做了一顿鱼，一起吃顿饭。

相依为命多少年的兄妹，那必须都长了嘴，事情说开后，妹妹承认恋情，哥哥解释自己不是跟踪。

卓怡晓羞愧脸红道："对不起啊，哥。"

卓裕叹气道："你不谈恋爱我才担心，行了，下回带那男孩来吃饭。"

晚上，姜宛繁洗完澡出来，看他坐在书房，依旧闷闷不乐的样子，走过去问："怎么，还不开心呀？"

卓裕牵住她的手，指腹摩挲她的手背，感慨道："怡晓长大了。"

"她这么好的姑娘，当然要好好恋爱，有好的人生。也许，结婚生子，有个幸福的家庭，也许，她选择一个人生活，充实自在。这都是她成长的标志，多好呀！"姜宛繁一句话终结他的抑郁情绪。

卓裕笑道："嗯，我明白。"

姜宛繁得意邀功："我这鱼做得不错吧？把你们兄妹俩吃得团圆和气。"

卓裕漫不经心地问："做什么？"

"鱼呀。"

"哦，盛情难却。"卓裕搂住她的腰，低头亲了亲她的嘴角，"那就……开始吧。"

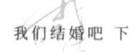

这一年的流感特别严重,女儿生病才好,姜宛繁又中招了,高烧不退,折腾了好几天才缓过劲。卓裕干脆把母女俩都送回了霖雀,在山清水秀人少的地方调理身体。

姜荣耀的厨艺有了用武之地,一日三餐变着花样地做,卓裕忙完俱乐部的事过来,满意道:"不错,都长肉了。"

向简丹不同意道:"哪有,你看姜姜,脸还是那么瘦。"

卓小鱼小朋友的表现也非常好,早上跟着姜荣耀去公园里练八段锦,小丫头一招一式有模有样,有路人无意间拍了一段她的视频上传到网上,以"骗我生女儿"的标题,拿下了两百多万点赞。卓裕得意地把视频转发到兄弟群里,说:"好奇,这么可爱的女儿,究竟是谁家的?"

"哦!不好意思,原来是我家的。"

此等浮夸演技,引起谢宥笛等人的公愤,拉黑退群第一次警告。

卓裕:"知错了,将功补过,推荐各位看一部高质量的纪录片,关于宣传传统文化的。注意看,里面那位宣传大使叫姜宛繁,是我的老婆,我女儿的妈。"

谢宥笛:"你自己退群吧。"

谢宥笛:"等等!"

他连发十几张照片,是盛梨书的工作室刚发的合作品牌宣传照。

"哼,我也有老婆,谁还没个老婆了?"

几秒后,一个哥们儿回复当中的一张照片:"这?"

谢宥笛定睛一看,是他和盛梨书昨晚的自拍,他赶紧撤回:"不好意思,这张发错了,你们就当没见过女明星的绝美素颜。"

卓裕见怪不怪,这种欲拒还迎的炫耀伎俩,是谢宥笛会干的事。

姜宛繁看完他们的群消息,拧拧眉心,真是幼稚啊。

"卓老板,你都三十好几了。"她捏了捏卓裕的耳朵。

卓裕飞快凑近,亲了一下她的脸颊:"一百岁也爱你。"

示爱的方式返璞归真,永远将她的偏爱,当成珍宝与炫耀的底气。

这一晚,姜宛繁无意间提了一句:"夏天又要来了啊,我感觉中午热得都能吹风扇了。"

她对着窗外的茫茫夜色兀自轻叹，她最不喜欢的就是夏天。卓裕知道，她是想祁霜了。

"每年这个时候，奶奶都会做蒿子糕，她做得最好吃，好多年了，我都快忘记是什么味道了。"姜宛繁倚着窗台，双手捧着脸浅叹。

卓裕看了她一眼，没有吱声。

临近入夏，姜宛繁的睡眠不太好，次日，她自认醒得已算早了，不料身旁空空，卓裕比她起得还早。

姜宛繁走出卧室，卓裕正从厨房出来，手里还端着一盘热气腾腾的蒿子糕。

"起了？正好，来尝尝我做得好不好吃。"

姜宛繁怔道："你做的？"

"第一次做，手忙脚乱。我尝了一小块，味道还行。"卓裕笑着说，"虽然赶不上奶奶做的，你将就一下，填补填补念想。"

向简丹正在厨房切水果，声音飘过来："姜姜，你啊，捡到宝了。阿裕五点就出门去山上摘蒿子，回家又一顿忙碌，蒸蒿子，揉面，耐心得很，就想让你吃一口新鲜热乎的。"向简丹端着果盘走出厨房，声音稍高，"你以后一定要对他好，不许欺负他，知道了吗？"

姜宛繁感动归感动，但心中不免好奇，向女士，您是不是忘记谁才是您亲生的了。

"对了，阿裕摘蒿子的时候，被刺划了手，你记得给他消消毒，抹点药。"

"多大点事，这么紧张？"卓裕看着她小心翼翼涂碘伏的模样，心里每个角落都被春风暖阳塞得满满当当。

"你傻乎乎的，我就随口一说，你费这么大劲，还把自己弄伤了。"姜宛繁确实心疼。

卓裕说："只要是你说的，我就会记在心里。你想要的，我一定尽力去实现。"

姜宛繁为他上药的动作很轻柔，声音也不自觉地变低："下次去看奶奶的时候，我一定在她面前多表扬你。"

"表扬就不必了。"卓裕拿起纸巾,将她指尖上沾到的碘伏仔细擦拭干净,温柔道,"告诉她,我把她交代的任务完成得还不错,你这一生,过得很好,这就足够了。"

《我们结婚吧》下·完

责任编辑 ｜ 张艳艳
特邀策划 ｜ 号号　李姣姣
装帧设计 ｜ Ash　张强

官方微博 ｜ @力潮文创-黑组工作室